U0840668

子弟

潘一掷／著

人民文学出版社

图书在版编目（CIP）数据

子弟 / 潘一掷著 . -- 北京 : 人民文学出版社 ,
2021

ISBN 978-7-02-016175-1

Ⅰ . ①子… Ⅱ . ①潘… Ⅲ . ①长篇小说—中国—当代
Ⅳ . ① I247.5

中国版本图书馆 CIP 数据核字 (2020) 第 045037 号

责任编辑　**朱卫净　张玉贞**

出版发行　**人民文学出版社**
社　　址　**北京市朝内大街 166 号**
邮政编码　**100705**
网　　址　**http://www.rw-cn.com**

印　　刷　**山东德州新华印务有限责任公司**
经　　销　**全国新华书店等**

开　　本　**890 毫米 ×1240 毫米　1/32**
印　　张　**10.5**
字　　数　**244 千字**
版　　次　**2021 年 2 月北京第 1 版**
印　　次　**2021 年 2 月第 1 次印刷**

书　　号　**978-7-02-016175-1**
定　　价　**55.00 元**

如有印装质量问题，请与本社图书销售中心调换。电话：010-65233595

目录
CONTENTS

中　篇

下　篇

楔 子

每个城市都有一座安宁医院，也叫精神卫生中心，通俗来讲就是精神病院。这些安宁医院或择址城郊，或隐身山林，或兀立稻田，隔离红尘，安静偏远。医院大门口必有一个孤零零的公交车站，在此乘车上下的，多是探视病人的家属，他们大包小裹，面色疲惫。当然也有家属乘出租车过来，一路上，出租车司机时不时抬头看看后视镜，暗地里揣摩他们的神情。

小满在安宁医院待了两年，身份越来越模糊，说不准算是病人还是护工。说是护工，他一分钱工资也没有，和其他病人一样吃药检查睡病房；说是病人，他却白吃白住全然不用花钱，科室职工聚餐也常带上他，病房主任甚至给了他一把值班室的钥匙。日复一日，小满在值班室里按电铃通知病友们起床和熄灯。大家都开玩笑叫他打铃。小满倒也不反感这个绰号，打铃就是Darling，亲爱的打铃，电影里宋美龄总是这么叫蒋介石，听上去洋气十足。

作为病区的长住客，小满和两任“住院总”医师结成了沆瀣好友。“住院总”不是技术职称，而是为期一年的苦累岗位，必须一周六天全天候在病区值班。小满经常帮他们誊写病志，有时还掩护他们翘班去约会女友，更教会了他们如何用一张X光胶片划开门锁。每有医学院学生来课间实习，打铃小满比“住院总”医生更热情上心，时常主动上前指导：“同学们要记住，在二级病区内，最重要的是安全！安全！你们务必养成三个好习惯：第一，尽量靠边站，靠墙站，不要让自己的身后站人，我不多说，你们懂的……有时病人捡个瓷砖碴子也能抹你脖子；第二，养成随手关门的好习惯，门禁关上了才叫门禁，不关？那就叫诱惑；第三，嗯……第三什么来着，好了，等我下次想起来再说。”

比起带教老师的长篇大论，小满的即兴指导更显简明扼要。学生们面面相觑，如此接地气的总结竟然来自一个病人？于是有学生猜测小满是久病成医，如鱼观水；也有人猜测他是医院里的避世高人，不入世的扫地僧。

小满听了不高兴，什么老僧，我有那么老瘪吗？

超出三界外，不在五行中。打铃小满可以随时脱下病号服，大摇大摆走出医院，去镇上采购日杂或者打上几杆露天台球。他在安宁医院可以是患者，也可以不是，视乎情境，随乎心情。

安宁医院的病人并不都是疯疯癫癫的。

这里除精神分裂外，还有抑郁症、强迫症、重度焦虑症、创伤后应激障碍，林林总总，不一而足。住院病人按恢复程度分成三级：一级是重症患者，他们情志严重失控，一有机会就打人或者自残，搞不好还要跳楼。好在一级病区是平房，脚踏实地，无楼可跳。最为狂躁的病人会被“束缚带”五花大绑地固定在床上，过剩的能量只能通过口唇发泄。有的就对着空气爆粗口，一天一夜不嫌疲倦，也有的鼓腮吐口水，口水能喷到天花板上，功力不输于《神雕侠侣》里的悍妇裘千尺。

二级病人处于舒缓期，他们可以在病区内四处溜达，也可以去工娱室打扑克打乒乓球，但吃饭时必须用塑料勺子，住的楼房窗户上也有栅栏。而三级病人最为宽松，他们是半放养的散仙，甚至可以在指定的地点吸烟，每天定量不超过三支，想抽更多的，就得私下找小满从外面夹带。

每早六点钟，全体三级病人被小满打铃叫醒起床，洗漱之后一窝蜂下楼做操、吃早餐。餐后是强制服药时间，护士会监督每个病人服药，小满则虎视眈眈地站在一旁压阵，发现藏药不吃的，小满就请他吃耳光。

经常有病人和发药护士对抗，这时护士会甩给小满一个眼神，小满冲上来就挥起王八拳。有不驯的病人和小满从病房对打到走廊，一路乒乒乓乓。小满的必杀技是抡电炮，学名叫勾拳。无敌小满会把打倒的对手绑上束缚带，送到一级病房陪裘千尺睡卧铺。

有一次，一个新来的眼镜病人莫名其妙地亢奋，说什么也不肯吃药，还把一杯水泼到护士脸上。小护士气得大哭，眼镜病人却摇头晃脑吟起诗来："将进酒，杯莫停……"小满赶紧跑过来，抡起一个电炮砸在他脸上。眼镜"咣当"倒地，趴了半天才勉强起身。

小满问他服不服。

眼镜吐出一颗断牙，想了想，说："昨夜西风凋碧树……"

"凋你妈！"小满加上一脚，又把眼镜踹翻，"你会古文，我还会日语呢！"

如此调教几个回合，病区里的所有新病人，不论懦弱的还是勇敢的，瘦小的还是健壮的，都逐渐明白了病房的真理：顺从！该吃药时就张嘴，不该理论时绝不理论。

在三级病区里，只有小满是成年累月地住院，其他病友都是阶段性治疗，每个季度进进出出。这年夏天新入院了一个名人，据说是从前的副市长，也不知道怎么倒霉催的，宦海沉浮居然沉到了安宁医院。

黄院长亲自来帮忙办理入院，他帮副市长提着包，边走边宽慰："有人管安宁医院叫小雷音寺，说我们这里都是妖魔鬼怪。其实安宁医院最简单清净，比外面好多了。外面社会是大雷音寺，表面上客客气气，内里全是人事争斗，唐僧求真经也得花钱送礼，佛祖还袒护贪污和尚哩！"

副市长也不听，走在前面，自说自话："我这还不叫沉到底。沉到底是监狱，是蹲笆篱子，那才叫身败名裂！"

黄院长安排副市长住进高级单间，最后又客套一番："敬爱的领导，您静心疗养，顺便看看我们医院还有哪些工作需要改进，您多提宝贵意见！"

副市长想了想，最后说："老黄，你最好成立一个干诊病房，我一个人住院太孤单，想把反对我的人都搞进来。"

孤单的副市长很快和打铃小满走动熟了，两个人经常一起下棋抽烟。副市长带来一兜子软中华，执意要分给小满一条，小满说什么也不收。

"这样吧，打铃小满同志，咱俩平等交换，"副市长说话还是一板一眼，倒驴不倒架，"把你的烟也给我尝尝，新环境和新事物，都值得尝试。"

小满从兜里摸出力士烟，给副市长点上。副市长抽了两口，呛得眼泪差点没流出来：“这烟不错，就是浓厚过了头。”

“两三块钱一包的烟末子，味道都呛。”小满解释说。

“你住院时间长，我跟你打听个事儿。”副市长在烟气中揉了揉眼睛问，“前两年公安局是不是送来了一个病人？”

“好多人都是被警车送进来的，不知道你说的是哪一个？”

“这么回事儿，前几年有个精神病往白鸟广场的塑像上挂了个车胎，然后拍成照片在网上流传起哄，搞得我们很被动。最后抓住了这个精神病，就送到这儿了。”

“好像是有这么个人，你要找他？”

“你帮我找找，我想看看这个人。”副市长说，“那时候我刚当上二把手，下面人说是这个精神病干的，后来我一想，这个精神病可能是顶包的，后面应该另有主使。”

“不就是挂个车胎吗，拿下来不就完了。”

“雕像那么高，把车胎挂上去不容易，肯定需要工具和同伙。”副市长说，“这件事可能是政敌在搞我，当时我们两派斗得厉害，对方一直变着法儿抹黑我的政绩。”

“我说大领导，您现在都落脚到这地界儿了，还想着以前那些破烂事干吗？”

“我想弄清楚这笔旧账，等哪天出去了，跟他们一个一个再细算。”

“行，等您官复原职，给我弄个什么科长处长当当呗。”小满开玩笑说。

“官复原职是不可能了，但我可以举报，我还有一箱底的材料，肯定能把他们送进监狱，能让他们一个一个都沉底！”副市长越说越激动。

“还斗啊？您可歇歇吧！”小满直摇头。

“唉，我也很矛盾，”副市长叹了口气，掐灭烟头，“不斗吧，咽不下这口气；斗吧，可能玉石俱焚，我的精神又受到刺激。”

“这事儿也简单，要是您自己底子干净，就出去收拾他们！要是您底子也是不明不白，那就忍忍别掺和了。现在不是挺好的么，住院正好借坡下驴，就算外面大风大雨，跟您一个精神病人没半毛钱关系。”

“嗯，不无道理。”副市长沉吟了片刻，眉头一松，“没想到小满你挺有政治觉悟的，只让你当处长太可惜了，你应该是当局长的材料。”

“局长也不难当，你们城里的局长级别还赶不上我们厂长，我们厂可是地师级的！”

“哦？那你老家一定是西铁城厂的，对不对？”副市长拍了拍脑门，“只可惜，你们西铁城厂不归我们地方管哪！”

上篇

第一章
西铁城厂

小满成长于铁城市的西郊小镇，小镇主体是一座庞大的万人工厂。由于工厂是保密单位，当年的城乡地图上都没有关于厂址厂名的标注，通信地址也仅仅是一个信箱，叫作“铁城二号信箱”。工厂是在上世纪六十年代末从中苏边境紧急搬迁到铁城西郊，在荒凉的山谷里匆匆建成的。当时几乎没人了解工厂的底细，本地人就干脆叫它“西铁城厂”。

那时西郊还是贫瘠山区，山谷里全是稀稀拉拉的玉米地，厂房就在这片玉米地里动工。建厂工人们夏天住席棚子，冬天住干打垒土坯房，他们偶尔拿三接头的劳保鞋和附近村民换鸡蛋，换完鸡蛋也不多说话，说是三线工厂有保密纪律。附近村民搞不懂什么是三线工厂，只见山脚的厂房一天天长高，比拔节的玉米还快上百倍，转年就完工投料生产，冒出第一股化工黑烟。“先生产，后生活”的建厂突击队马上又动工家属区，萝卜快了不洗泥，一排排二三层楼房很快封顶，冒出了第一缕白色炊烟。

等到秋天，新落成的家属区里开进来二百辆解放大卡车，车上装满了衣柜木床和锅碗瓢盆。随车抵达的男人身穿劳动服，头戴前进帽，装束和“大生产”烟盒上的画像一模一样。工人下了车，给前来围观的当地村民敬上一根香烟，问：“你们这疙瘩冬天脑和（暖和）不？刮大烟炮（风雪暴）不？”

当地村民听不懂什么叫“大烟炮”，随手把香烟夹在耳朵上，掏出自己的烟袋锅点上火，吐出一口烟气，反问道：“你们这个厂子能有二百户？”

“你也太小瞧我们厂子了！”前进帽工人也吐出一口烟气，“我们是头一批！这二百辆大卡车要跑二十个来回，老爷们儿押车先来，老婆孩子坐火车，随后就到！”

村民们掐指一算，好家伙，四千户！少说也得两万人。

就这样，两万人的军工厂自北境南下，在温暖的铁城西郊建立了崭新的领地，并很快得到了“西铁城人”的绰号。西铁城人陆续建成了幼儿园小学中学，职工医院职工俱乐部，图书馆体育馆灯光篮球场。他们把黑龙江老厂区的毛主席塑像也搬到了新厂机关楼前，全厂职工轮流在塑像下拍照合影。他们把照片寄给遥远北方的亲戚，信中写道：“不论工厂搬到海角天涯，有毛主席的地方就是我们的家。”

特殊年代里的西铁城厂，一直对外托称是农用化工厂。直到后来发生了一场特大生产事故，大爆炸“轰隆”一声巨响，把远在五十里外的半个铁城市的门窗玻璃都震碎了。本地人就问他们，你们厂不是生产化肥农药的吗？咋整出这么大动静？西铁城人含糊回答，说高级化肥都容易爆炸。本地人问，那化肥不就成了炸药？西铁城人民说，对，化肥跟炸药本来就是一家。本地人民将信将疑了好几年，后来才慢慢搞明白，神秘的西铁城厂根本不生产化肥，而是全国数一数二的火药生产基地！而这些在山谷里上班的工人，都是政审筛出来的“好人好马”，受过最严格的保密培训。

直到八十年代，西铁城厂才日渐褪去从前的神秘面纱。更多的本地人有机会走进厂区，他们发现这里简直就是世外独立王国，运行着完整的社会体系。什么供电供水供热，医院学校邮局银行，报纸闭路电视台，厂区内一应俱全。不夸张地说，从职工医院里呱呱坠地，到太平间里长眠不起，活人可以一辈子不用走出十里厂区。

当年像西铁城一样的三线大厂散布全国中西部，这些重工业飞地各自号称“十里车城”“十里炮城”“十里纺城”，西铁城也曾自号“十里化工城”。厂就是城，城就是厂，这里城厂一体的生活场景宏大有序：每天朝阳升起，厂区二十个大喇叭一起响起《歌唱祖国》的歌声，千万辆自行车汇成潮水，从生活区涌向生产区的预制车间、硝化车间、混成车间、机械分厂、胶帽分厂。每个车把上都挂着一样颜色的塑胶提兜，兜子里装的是大同小异的铝质饭盒。等到下班时间，千万辆自行车再次汇聚成河，流回炊烟升起的生活区。生活区里也是高度的集体化和同质化。楼上楼下全是同事，楼前楼后全是工友，子弟们互相认识彼此的父母。单职工的家庭叫“单基药”，双职工叫“双基药”。全厂职工张口闭口都说“我们厂”，管进城叫作“去铁城”，管生孩子叫作“出成品”。每个家属区都有好几个大喇叭，时不时广播生活通知：

“停水通知：明天供水管线维修，一三五家属区停水，消防车五点钟送水！”

“接种通知：本周之内，全体一九八二年出生的小学生由家长陪同，到职工医院打预防针，吃塔糖，打蛔虫！”

“游园通知：明晚工厂举办元宵灯会，请大人务必看住小孩，避免踩踏走失！”

“关闭通知：由于近期红眼病爆发，厂游泳池近期关闭，开放时间待定！”

西铁城厂像是天外飞来的巨型陨石，自带一套磁场体系，与驻地城乡几十年来格格不入。在讲话口音上，工厂职工学不来铁城本地的鼻音方言，厂内只通行黑龙江口音的厂话。在饮食上，西铁城的锅包肉是酸甜口，而铁城本地则是咸口。哪怕是玩虫子，工厂子弟也和当地小孩玩不到一块去，工厂子弟不知道什么叫“知了猴”，村民小孩也听不懂什么叫“扁担钩”。

在西铁城厂搬来之前，铁城市内也有零散规模的轻工厂，像搪瓷厂、热水器厂、缝纫机厂、毛巾厂、胶鞋厂。这些厂连职工带家属也达不到千人规模。而后搬来的西铁城厂属于正地师级单位，厂党委书记和市委书记在级别上平起平坐，在待遇上更胜一筹，市委书记坐的是国产212吉普，厂书记坐的是苏联伏尔加小轿车。由此，又红又专的西铁城人民不太把作坊小厂和市民看在眼里，他们看上眼的，只有哈尔滨的“三大动力，十大军工”、齐齐哈尔的“一重”、沈阳的“黎明东机五三”、鞍山的“三钢一铁”。

市区人民也看不惯牛哄哄的西铁城，讥诮说，我们城里有文庙魁星楼，有千年辽塔百年古刹，你们厂子除了山沟就是烟囱，有啥可牛的？西铁城人反驳说，什么破塔邪庙，都是封建底子孔家店，还拿出来显摆？你们城里也不过“三条街五个楼，一个交警一个猴”，什么时候才能实现工业现代化？

作为光荣的三线工业飞地，西铁城人民觉得自己是五月花帆船运来的特选子民，而本地人却认为他们是南下掠地的金兀术。武斗年代里，西铁城厂的造反派曾把大炮拉出厂区，要炮打城里的阶级敌人。从那时起，铁城本地人民只用一个字评价西铁城人：虎！这既有对于赳赳武夫的鄙视，也有对于强悍武力的惧怕。

小满和夏雷的童年友谊起始于家属区的旱厕，这听上去像是屎壳郎兄弟的江湖相逢。

那时西铁城厂已搬迁到铁城西郊二十多年，夏雷和小满是军工厂的第三代子弟。他们都出生于厂职工医院。小满出生的那天正是小满节气，干脆直接起名叫小满了。夏雷则出生于一场雷阵雨中，接生大夫匆忙间把他的脐带剪短了，扣结打得有点勉强。

那一年厂职工医院接生了二百多个孩子，这些孩子大多是独生子女，他们出生没多久，大人就被厂计生干事动员做了节育措施。在他们咿呀学语那一年，父母怀抱着他们去厂职工俱乐部看《少林寺》。也是那一年，很多家庭都买了黑白电视机，机壳上的“松下”的商标还不是“Panasonic”，而是“National”。再后来，市面上出现了一块钱一张的电视彩膜，贴在电视屏幕上看动画片，黑白米老鼠能变成彩虹米老鼠。

等到了上学的年纪，孩子们都被送去了子弟小学。西铁城有四个子弟小学和一个子弟中学。第一家属区对应子弟一小，第二家属区对应子弟二小，依此类推。所有小学的毕业生像是一批批升井的原煤，先是直升子弟初中，然后经过中考的洗煤筛选，剩下的合格品再升入子弟高中。三年后，优质的精煤会考上大学，普通的煤块会去职工技校。技校再把他们培训成化工、电工、钳工、车工，分配到各个车间上岗。整个西铁城厂就像一座超级庞大的火电机组，每年都有作为新煤的青工输入，维系燃烧几十年不熄的产业火焰。

小满和夏雷家住第一家属区。第一家属区是工人村，小区里没有一个科长，也没有一个医生和工程师。工人子弟们的玩具除了弹弓、玻璃球，还有螺丝、螺母、子弹壳。男孩们都会背的顺口溜是“车钳铣，没法比，铆电焊，吃饱饭”和“车工紧，钳工松，吊儿郎当作电工，破破烂烂机修工，不要脸的电焊工”。每逢四个小学联合开运动会，其他学校的学生都坐板凳马扎，而工人村的孩子们屁股下面坐的，全是清一色的木质电缆轴。

夏雷和小满记忆中的第一家属区，中轴是一条普通柏油马路，路两侧是五十栋老砖楼，楼房之间则是胡搭乱建的地震棚和仓房。每家仓房里都有一堆废旧手册和棕色玻璃瓶，废旧手册是《军工企业保密手册》《化学战民兵手册》《防核打击手册》，棕色塑料瓶里则是丙酮、甲醇和信纳水这些化工溶剂。

这五十栋老砖楼被马路分隔为路北和路南两大块。两边住户的顽童也就自然而然分成两派，各自号称北少林和南少林。南北少林都有所谓的“大雄宝殿”。北少林的宝殿是一座破败废弃的土坯仓房，铁皮门上扭扭歪歪写着一行粉笔字“少林正宗”，旁边是一行小字“我爱王小滨”；南少林的“大雄宝殿”是一个常年锁门的失修泵房，泵房墙根下是一片泛白的尿渍，屋顶上的防水油毡纸早被小孩们撕得一丝不剩。

第一个去撕油毡纸的顽童是小满。当时还没有水洗公厕，几栋楼房共用一个旱厕。旱厕镂空透风，尤其是在冬夜，朔风四起冻屁股。小满每次去厕所大解的路上，都先从泵房屋檐撕下一片油毡纸，点燃后扔进茅坑深处，然后再解开裤子，将屁股对着火光和上升的热气。油毡纸的火苗抗风不易灭，缺点是冒黑烟。小满倒不在乎屁股熏黑，冬夜里什么体面都不如温暖。只是有时火苗太盛，会烤得屁股生疼，如坐针毡。小满慢慢摸索出了规律，只用手掌大小的油毡纸正合适。

这一年的三九寒冬，小满察觉到老泵房的油毡纸越来越少，想必是有其他人也在撕。有一晚他闹肚子，拎了张油毡纸跑进厕所，却见一个年龄相仿的男孩在提裤子系腰带，蹲坑里一大块油毡纸正熊熊燃烧。

那男孩看到小满手上的油毡纸，也是一怔。

深夜厕所狭路相逢，小满先问："你是谁？我怎么不认识你？"

"你是谁？我为啥要认识你？"男孩反问道。

"我可是南少林的住持，"小满骄傲地说，"你从哪儿来的？怎么跑到我们这儿上厕所？"

"我也是工厂的，以前住老厂留守处的爷爷家。"男孩回答。

"难怪从来没见过你，你叫啥名字？几年级？"

"我叫夏雷，转学过来三年级。"

"太巧了，我也是三年级。"小满低头看到蹲坑里燃烧的油毡纸，又问，"这是你从泵房顶上撕下来的？"

"嗯哪。"

"咋能撕这么大一块？"小满摇摇头说，"火苗太大也不行，能把屁股烤熟！"

夏雷信服地点点头，他刚才确实被烤得半蹲马步。

"像我这块大小正好。"小满把手上的油毡纸晃了一下，点燃后扔进茅坑，"完事了你就快走吧，你在这儿，我拉不出来。"

夏雷走出厕所没几步，又返折回来："我明天能找你玩吗？"

小满正在蹲着运气，不耐烦地问："有啥好玩的？"

"我有单腿驴冰车，爷爷用三角铁给我做的。"

"三角铁的？好吧，明天你来找我，我家在 26 栋 5 号。"

“记住了,谢谢！”夏雷摸了摸裤兜,“我有酸三色糖,你要不？”

“要！”小满伸出手。

夏雷掏出两粒酸三色放在小满手心里，自己拎着手电筒走了，一边走一边唱着:“大冲击那个大流行，信天游唱给便衣警察听……”

剩下小满一个人蹲坑，四下寂静无聊，他想起一个顺口溜，就自娱自乐地念叨着:“一九九〇年，我学会了开汽车……厕所没有灯，掉进粑粑坑，坑里做斗争，最后我牺牲。”等念叨完一遍，小满想，万一牺牲前还没吃完糖可就亏了，于是他剥开糖纸，把酸三色放进嘴里。

寒夜里，厕所火光摇曳，小满蹲坑含糖两不耽误，嘴里甜蜜，屁股温暖。

西铁城厂的布局是生产区依山，生活区傍水。流经生活区的河流名叫回流河。一到冬天，河水先从缓流开始上冻，近岸的水面最早结冰。

第二天上午，夏雷拎着冰车跟小满翻过河坝，来到河面冰上。那里正有一群顽童胡闹着比赛滑冰车。

小满先把夏雷介绍给大家，这时凑过来一个叫王东东的男孩，递了一根冰镩子给夏雷:“这根是甜的，来舔舔！”

“去你的，大骗子！”夏雷气得脸通红，“你当我是傻子吗？”

“王东东你个大傻帽！”小满给了他一个大脖溜子，“人家夏雷以前住在兴凯湖，那边撒尿都能冻成个冰棍，你能骗得了他？”

王东东失了算，尴尬地吐了吐舌头。

“你真会滑单腿驴？”一个叫宋和尚的男孩问夏雷，“咱们南少林就数王东东滑得好。”

“当然会滑！”夏雷挺了挺胸脯说，“我可是兴凯湖的冰上飞！”

大家都哄笑不信。

“不信？给你们露一手！”夏雷把脚踏在单腿驴上，身体慢慢蹲下保持重心，双臂用力往后一撑冰镩子，“嗖”地滑了出去。

“来个小回，小回一个！”宋和尚和王东东抻着脖子大喊。

小回是东北土话，急拐弯的意思，是单腿驴冰车最难的动作。不过这也难不倒夏雷，他提起重心向前，猛一摆尾，脚下的冰刀“吱吱”作响，将冰面刨出一堆冰屑。

漂移成功！

“好样的！”小满带头鼓掌。

“太毙了！”围观的孩子们都鼓噪叫好。宋和尚连忙把兜里的果丹皮掏出来，分给了夏雷一块。

“臭和尚，你只给我吃一口，为啥给他一整块？”王东东嚷道。

“谁让夏雷滑得比你好！”宋和尚说，“我不跟你这个二把刀学了，我要跟夏雷学。”

一片笑闹声中，小满心里最是高兴，新朋友给他挣足了面子。他走上前接过夏雷的冰车：“来，我也试个小回！”说完，他撑起冰镩子，朝对岸方向划去。

夏雷刚把果丹皮放进嘴里，一回头看见小满滑到了河中心，吓得他一口吐出果丹皮，赶紧大喊：“你快回来！那里冰不结实！”

小满这才意识到河心危险，他正要往回掉头，河冰忽然发出“咔嚓”一声闷响，冰面塌陷了一大片，他整个人掉进了冰窟窿里！

“救——”小满刚一张嘴，冰水就涌进口鼻，咕噜噜咕噜噜，他感觉脑袋越来越空，眼前越来越模糊，时间越来越慢。

等小满再一睁眼，天在下，地在上，自己吐出的水都流到了脑门上。“醒啦，醒啦！”身边的夏雷和王东东见他睁开了眼睛，惊喜地大喊，“丁师傅你放下吧！”

“这小子命大……”被叫作丁师傅的大人长舒一口气，把小满平放在地上。等他穿上衣裤，又将小满像褡裢一样扛上肩，朝不远处的职工医院走去。

从冰窟窿里救出小满的人，正是西铁城大名鼎鼎的丁师傅。

要问八十年代西铁城最牛的人是谁，西铁城人民会告诉你，既不是厂长也不是书记，更不是保卫处处长，而是打了针的丁师傅。打完回家的路上，不管是谁阻挡了他，他都立马翻脸，天王老子也不行。

有次新任厂长的蓝鸟轿车挡了丁师傅的路，丁师傅把老茧大手伸进车窗，直接给了新厂长一个大耳刮子。新厂长是五机部刚派下来的空降干部，当时就给打蒙了，这是个什么土匪厂子，有没有王法？工人二话不说就敢扇厂长耳光？

秘书和司机赶紧下车追打老丁，丁师傅蹬上自行车边骑边骂：“妈的，好狗还不挡道哩！这道理都不懂，你们还当个鸡毛干部？再耽误我一分钟，我明天就攮死你们仨。”

除了每月打针那两天，平日里的丁师傅像是换了一个人，他骑车慢慢悠悠，说话哼哼唧唧，随便大家怎么开玩笑都行。有路人逗问：“丁师傅，你今天不打针啊？”

丁师傅说：“那玩意儿哪能天天打？”

路人寻开心，还问：“打针好使吗？”

丁师傅一翻白眼：“滚！好不好使，得问你妈！”

丁师傅早年参加过对越自卫反击战，退伍后转业到西铁城厂上班。据说他在法卡山战场上，被敌军子弹打飞了一侧睾丸，由此算是为国捐蛋。还有更玄乎的说法，说丁排长在押解越南女兵时，一不留意被女越匪抓住了下体，捏得睾丸破裂。这个说法显然是扯淡，估计造谣者刚看过电影《鹰爪铁布衫》。

当年时常有各级领导来厂探望丁师傅，逢年过节嘘寒问暖。西铁城厂拥军优属的第一号任务，就是为丁师傅定期注射睾酮激素。职工医院鲁院长说，睾酮激素能代替睾丸维持男性的生理，不仅关乎体貌和气质，还关乎夫妻生活。

丁师傅每半个月去职工医院打一次针。据说一针下去就能唤起激情勃发一小时，时间过了就失效。打完针的丁师傅争分夺秒往家赶，一刻也不容耽搁。有次路上撞倒了中学侯校长，他也没下车扶一把，一边飞骑一边回头喊："老侯你自己爬起来吧！明天我请你喝酒！"侯校长从地上爬起来，掸了掸膝盖的灰土，感慨道："这他妈的，可真是春宵一刻值千金！"

每次打针回到家，丁师傅连自行车都不锁，进了屋就拉上窗帘，一边看墙上的北极星挂钟，一边催促老婆："别看电视啦，还有不到半个小时，咱得抓紧！"老婆来不及关电视，就"哎呀"一声被丁师傅放倒，扔上了床。

有时赶上逆着自行车潮，丁师傅就拎上一把擀面杖，边骑边挥舞，像极了上古的猛士刑天。这可是八十年代西铁城的马路一景。全厂的子弟小学生第一次骑车上路前，家长都要嘱咐："一要躲卡车，二要躲老丁，卡车有大轱辘，老丁有急事。"孩子们问究竟是啥急事，家长们想了想说，老丁着急回家送鸡毛信。小孩子接着问，他家里有消息树吗？大人又想了想说，有的，老丁老婆就是那棵消息树。

那年冬天，职工医院药房的暖气片炸了，热水淹了一大堆药剂。

丁师傅见自己的专用药箱湿透了，就转身去找鲁院长换新药。鲁院长推脱说："你的药是新特药公司按计划调配的，铁城独一份，很难换的。"

"难不难我不管，你看看它的面子够不够？"丁师傅把擀面杖"咣"的一声杵在鲁院长办公桌上，"反正下个礼拜我就得打上新的，老鲁你不能拿过水的药糊弄我！"

鲁院长没办法，只得拍着胸脯劝走了丁师傅，回头赶紧跟厂里打报告。厂长端着报告，先是想起前一年自己挨的耳光，又想起丁师傅新添的二尺长擀面杖，就赶紧派小车司机带上介绍信，去北京采购睾酮注射剂，拉回了西铁城。

小满掉进冰窟窿那天，正是三九天最冷的时候。丁师傅刚从医院打完针，风驰电掣骑到桥头，就听到桥下孩子们在大喊"救命"。他赶紧撇了自行车，脱掉棉衣裤，"扑通"一声跳进冰河。冰河水深没腰，丁师傅冷得炸了毛。他俯身摸到小满，从身后紧紧揪住他的裤带，双臂一发力把他托上了冰面。

等丁师傅自己爬上岸时，身上已被冰锋割出了十几道血口子，北风一吹，疼得像是千刀万剐。他把小满拎起来大头朝下控水，像是猎人拎着捆脚的山鸡。夏雷和王东东像擂鼓一样拍打小满的后背，小满一口一口吐出水，直到缓回一口气，丁师傅才放下心。他穿上衣裤，扛着小满返回医院。

到了医院，丁师傅把小满交给急诊大夫，自己赶紧寻了一爿暖气搂着坐下。闻讯赶来的鲁院长给他端了杯热茶，邀请说："老丁，走！我领你去手术室洗个热水澡，你这岁数下冰河，可是拼了命了。"

丁师傅接过热茶喝一口，抹抹嘴说："没大事，就当是冬泳了，只可惜这次的药白打了，没用上……"

三九寒天过去是四九，四九之后临近农历新春。每年此时，西铁城厂都要召开年度先进表彰大会，各个车间分厂选出的先进劳模披红挂彩，轮流上台和厂长书记握手合影。

这年大会上，新厂长给丁师傅亲自颁发了“见义勇为”奖状。丁师傅笑得面纹条条上扬，他握紧厂长的手说：“厂长大人，对不起啊，我可是冒犯过您，也给您添过麻烦。”

“快别说那些，你可是时代的楷模，西铁城的罗盛教！”厂长搂紧丁师傅的肩膀，“我以后让医院备足睾酮，让你这头独瓣蒜再辣三十年！”

第二章

没头脑和不高兴

冬去春来，四月里，厂区的大小花坛连翘花开，随后春雨连绵，远山上的榛树和荆条开始发叶。孩子们脱了毛裤，换上一年一双的新白鞋。为了保持鞋面白净，女生们刷完鞋包上卫生纸，放在阳光下曝晒。男生们懒得刷鞋，就拿白粉笔涂在鞋面上，走起路来一股一股冒白烟。到了五月末，四个子弟小学筹备联合开运动会。体育老师拉着白灰拖斗画跑道，学生们在操场一角练习吹号打鼓。有人把谱子写在鼓面上，年轻的音乐女老师不高兴地说，这么简单的谱子都记不下来，你们脑子里都是糨糊？等大家敲鼓敲累了，音乐老师又高兴了，说，同学们，我们一起学首新歌吧，《耶利亚女郎》！没听清的男生们交头接耳地互相问，什么？野驴女郎？

六一当天，运动会开幕式上，前导队最先入场，四个高个子男生扛着标语铁架子，一起甩头对着主席台大喊："发展体育运动，增强人民体质！"紧随在后的鼓号队演奏《进行曲》，男生们鼓起腮帮子吹起"滴滴滴底地，滴滴底地底"，女生们敲队鼓"咚哒啦，咚哒啦，咚哒啦哒啦哒啦咚"。围观的工厂家属有好几层，大家都说，这鼓和号可是老有年头了，多少茬工厂孩子都吹打过。

七月份是真正的夏天，在没有课堂的暑假里，时间才叫作光阴。女孩子都穿上裙子，男孩也换上了塑料凉鞋，蝉声响彻各个家属区，卖西瓜的马车天天停在马路边。双职工家庭的孩子脖子上都套着尼龙绳钥匙，没写完作业就偷看电视。父母回家一摸电视后屁股还是热的，立马操起笤帚打孩子。小满有次被爸爸追到了街上，迎面看见夏雷也在被他妈狂追。

小满气喘吁吁地问夏雷：“你妈真厉害，追了你这么远，都跑到26栋了！”夏雷说：“别废话了，快跑吧，你爸手里有电工皮带！”

吃一堑长一智，孩子们第二天下午提早关掉电视，散去热气，可还是被父母察觉，也不知道哪里露出了马脚。小伙伴们聚在一起交流经验，结论是大人们在电视上做了隐蔽的记号，有人说是电视纱罩上的一道褶皱，有人说是缠绕开关按钮的一根头发。

小满在幼儿园时就被喊成“没头脑”，他把这个绰号一直带到了育红班和小学。直到三年级，新转学来的夏雷被老师叫作“不高兴”，这下把他俩凑成了动画片里的一对主角，一直到长大，大家还是这么称呼他们。

全班四十个同学中，“没头脑”小满最让班主任牛老师头疼。这年暑假前，牛老师叮嘱保密纪律：“我们厂是全民保密，小学生也不例外，如果你们暑假去外地探亲，有亲戚问到我们厂子生产什么，大家要说农药和化肥，千万别说生产火药。”

“牛老师，你不是说过做人要诚实吗？”小满举手质疑，“我们可不能说谎啊！”

“对亲人对组织要诚实，对敌人对特务当然要保密。”牛老师回答。

“要是我二姑奶问我，我该不该告诉她实话？”小满还问。

“最好别说，”牛老师想了想说，“远亲不算亲人，搞不好还会是敌人特务。”

“为啥远亲可能是敌人特务？”小满更糊涂了。

“因为我们都不太了解远亲。”

“那，为啥近亲就不能是敌人特务？”

“这个么……”牛老师想了半天，觉得自己被绕进了坑里，“小满你照做就行，不要抬杠。”

“可是，我告诉我奶奶，我奶奶再告诉她妹妹，还不是一样？”

“小满！你是真的没头脑，还是存心抬杠？”牛老师不耐烦地结束了话题，“别人再问你，你就说你是猪，除了吃啥也不知道，行不行？”

和总让老师光火的小满比起来，夏雷上课认真听讲，双手背后，从月考到期末都是双百第一名。可班主任牛老师还是不太喜欢他，觉得他性格内向孤僻，不爱举手抢答，很少给他发小红花。

有次全班排练合唱，牛老师给男女生都涂上红脸蛋。“我们的祖国是花园，花园里花朵真鲜艳”，歌声响起，同学们都露出花朵般的笑容，只有站在第一排的夏雷苦着脸不会笑。

“你心里想想好吃的，发自内心地笑一笑！”牛老师启发说。

夏雷想到了服务社柜台里的午餐肉和麦乳精，他咽了下口水，抿着嘴挤出了一个笑。

“天哪！笑得好像苦菜花！”牛老师惊叫，“你这个‘不高兴’，还是给我站到后排去吧！”

“没头脑”和“不高兴”这对好朋友形影不离，他们的绰号在子弟一小交相辉映，第一家属区的人都认识这两个孩子，甚至连疯子傻子都知道他们的大号。

第一家属区的疯子傻子都是散养，平日里在马路边晒太阳，每到课间操时间，他们就赶来子弟一小门口巴望。也不知道体操有什么特殊魅力，他们一有机会就冲进操场，要和学生们一起做操。后来校工把校门上了锁，疯子傻子们撼不动铁门，就一起爬上了墙头。

校园围墙的墙头是平的，窄不到二尺，水泥里倒嵌着玻璃碴子，这也拦不住疯子傻子们。每天大喇叭一响，他们就攀上墙头做操，姿态各异，有的像麻花，有的像盆景。

其中最认真的要数戴红像章的柳疯子，他的动作大开大合，简直忘了自己是在窄墙上，做到分腿跳跃运动时，他落脚不稳一头栽下墙头，摔了个鼻青脸肿。大家以为柳疯子将从此退出墙头舞台，没想到第二天课间，他缠着纱布又准时赶来，再次爬上墙头迎风招展。那一天的课后作业是用“顽强”造句，三年级全班同学都写下了同样一句，“柳疯子顽强做操的精神，是我们学习的好榜样”。

柳疯子的顽强感动了师生，也感动了校长，大禹治水堵不如疏，校长干脆打开校门把傻子们放进来，让体育老师把他们编成一列，挨着学生方阵一起做操。如此试行了一段时间，眼看安全没啥问题，校长才算彻底放心，他常拿着大喇叭训话学生：“你们这些小家伙听着！谁再做操不用心，我就把你们编到傻子队里去！听——见——没——有！”

小满一向做操不认真，不是快一拍就是慢一拍，有天被罚站到傻子队尾。前面的柳疯子扭头问他：“你是不是去年掉进河里的‘没头脑’？”

“你怎么知道？”

“听说你比‘不高兴’成绩差远了。你怎么学的？”柳疯子还问，“是不是掉进河里脑子进水了？”

“啊？我学习差得这么有名啊？”小满无奈地自言自语，“连疯子都知道。”

小满自小父母离异，他和爸爸一起生活。爸爸是硝化车间的四级钳工，外号叫“八级杜康”。酗酒爸爸对儿子的管教，无非连打带骂。一见醉醺醺的爸爸挥起五指山，小满就像成了精的孙悟空，麻溜儿往门外跑，游荡到天黑也不敢回家。他常爬上暖气管道呆坐，看着十几米外自家的窗户，等着灯亮，等着爸爸酒醒出门找他。

那时家属区的户外暖气管道不是埋在地下，而是架在三米高空。站在暖气管道上，能俯瞰各家的小院，闻到各家的饭菜香味。小满游荡累了，就耷拉着腿坐在暖气管道上，猜想着红烧带鱼可能是前楼张大勺家的，炖酸菜可能是后院马电工家的。他手撑着下巴，饥肠辘辘，看着西坠的夕阳像是咸蛋黄，东升的月亮像是鸡蛋糕。

等到家里的灯亮了，房门打开，酒醒的爸爸拎着手电筒走出门，照例朝暖气管道望一望，看见了好似在晚霞云端的孙悟空儿子。

爸爸喊，你给我下来，回家！

孙悟空回应，你保证不打我，我就下来！

爸爸说，今天不打。

孙悟空懒得争取明天也不打，他实在太饿了，只想马上填饱肚子，于是降下云端，顺着架子爬下暖气管道。

暖气管道像是微型高架桥，串联起家属区几十栋楼房和子弟一小。别的孩子上学放学都走马路，只有小满走在暖气管道上，他用额头顶着书包带，手插裤兜吹口哨，走在半空如履平地。“看哪，那个没妈的孩子野得上了天！”街坊老太太们时常仰头感慨。

第一家属区都是老砖楼，这种楼是赫鲁晓夫楼的低配版，据说图纸是和苏联援建的156个项目一起落户中国的，在许多工业城市都能看到它的身影。夏雷家住在42栋的二楼，暖气管道从他家窗前经过。每到周三、周五下午没课，小满就从管道上走过去，喊夏雷出来玩。

“我是克塞，前来买菜。”小满对着窗户喊。

“土豆五毛，青菜一块！”夏雷打开窗户回应。

“一块不卖，再添两块！”

“两块不卖，连踢带踹！”

听见两个孩子像江湖人士对切口，夏妈妈隔窗向外望，只见小满双手插兜站在半空。夏妈妈吓了一跳，连忙喊：“你快下来，进屋里等！”

“阿姨，我这儿等就行。”小满回答。

“那也下来，那么高，多危险！”

“没事儿，我上学都走上面的。”

“你要是不下来，以后就别找夏雷玩了！”夏妈妈佯怒。

小满只得爬下暖气管道，走楼梯上楼，进了夏雷家。

夏妈妈之前远远见过小满，只当他是普通的顽劣少年。这天把小满叫进了屋，站在灯光下，夏妈妈才发现这孩子衣裤上全是油渍，一张小脸却长得八九分精致，可以预见长大后肯定会是个美男子。

“小满吃饭了没有？要不要和夏雷一起吃？”夏妈妈问。

小满低头不吭声，他不好意思说没吃。

夏妈妈看出了他的窘迫，就改口说：“你陪夏雷一起吃吧，好不好？”

“好！”小满高兴地点点头。等夏妈妈去厨房关火的工夫，他赶紧支起了折叠桌，操起抹布，奋力擦拭桌面。

夏妈妈是职工医院的护士，夏爸爸是运输处的卡车司机。司机和护士都属于工人编制，由此他们一家被分到了第一家属区。平日里，夏妈妈除了操持家务，就是监督夏雷学习，很少和街坊闲聊家长里短。她发誓要培养儿子读清华读北大，要当钱学森。在第一家属区工人村里，这样的鸿鹄之志常被燕雀邻居笑话，由此夏妈妈也有一个外号，叫作“精神万元户”。

西铁城太小太封闭，家长和子弟校老师抬头不见低头见。夏妈妈总能在路南菜市场遇见牛老师。人还隔着十几米，她的表情就换成满面春风，迎过去打招呼：“牛老师您也买菜啊，真是辛苦您了。我家夏雷最近表现怎么样，有没有给您添麻烦？”

“麻烦倒没有，你家夏雷聪明也用功，学习上没得说。”牛老师评价说，“这孩子就是有点孤僻不合群，除了和小满不错外，他跟其他同学关系都一般，选三好学生的时候，全班一半同学都不举手选他。”

“这样啊……”夏妈妈点点头，“小满学习怎么样？这孩子长得眉清目秀，可是淘得上了天。”

“小满这孩子虽然不讨人嫌，可学习是真差劲，大家都叫他‘没头脑’。”牛老师说，“据说他妈妈之前是厂文工团的，离婚之后不知道去了哪里，只有个成天喝大酒的爸爸，家长会都不参加。”

夏妈妈听了，心里有了底，回到家就给夏雷打气：“你只管好好学习！什么同学关系啊，集体学雷锋啊，你意思意思就行了！你跟这些工人子弟以后不会在一条路上，不要降低了自己的标准。”

“我想当三好学生，可是同学们都不举手选我。”

“小满也没选你？”

“小满举双手，可牛老师说他是胡闹。”

“这个没关系。”夏妈妈很笃定，“你只管好好学习，其余的我来处理。”

临近期末的一个傍晚，“精神万元户”夏妈妈拎着麦乳精和黄桃罐头去牛老师家小坐了一会儿。等到期末评优，夏雷如愿以偿拿到了三好学生奖状，他喜滋滋地哼着歌，把奖状平整整地裱在墙上。

夏雷也并非天生的不高兴，只是妈妈的严苛管教让他难有尽兴的时候。说来夏妈妈有两种近乎偏执的热忱，一是卫生消毒，一是管教夏雷。前一种热忱算是职业病，她常用高压锅熏蒸被单和枕巾，说是高温高压消毒，弄得家里蒸汽氤氲，犹如仙境。后一种热忱来自精神寄托，她给儿子买了一大堆辅导书和书法字帖，每天看着夏雷写写算算，很少放他出门玩耍。

妈妈同意夏雷带回家的同学，只有“没头脑”小满。第一次走进夏雷房间时，小满就万分惊讶，只见辅导书堆成一摞摞，墙上贴满英语音标，衣架上还挂着几张书法碑帖。

“这可真是书山学海，看着都累得慌。”

“我每天得做五页课外题，读五遍墙上的公式和音标，”夏雷扳着手指说，“外加临摹三页书法，睡觉前还得喝牛奶，吃钙片。”

夏雷临摹《颜真卿多宝塔碑》时，小满就坐在一旁打瞌睡。夏妈妈怕小满等得无聊，也给他备了一支毛笔。看见笔杆上的“小白云”三个字，小满疑惑不解。夏雷解释说：“白色羊毛做的笔，就叫白云。”

“那黑色羊毛就叫黑云？”

“没有黑云，有叫‘狼毫’的，是用黄鼠狼的毛做的。”夏雷想卖弄一下学问，就停下笔考小满，“对了，你知道为什么叫狼毫吗？”

小满想了想，说：“是不是薅黄鼠狼毛的时候，黄鼠狼太疼了，所以它就一直嚎？”

夏雷和妈妈笑得前合后仰，他们喜欢小满的天真无邪。

小满不喜欢练书法，他更愿意帮夏妈妈绕毛线，夏妈妈就和他边绕线边聊天，问问家庭近况。小满不太记得妈妈的模样了，离婚之后，妈妈一直没回来过。小满的每天午饭就是前一晚的剩饭，浇上开水冒一下，再加上一个咸鸭蛋。

“可能是我鸭蛋吃得太多了，考试总考不好。”小满发愁地说，“要是我妈妈不走就好了，我肯定能吃得好，学得好。”

“那就常来我家吃吧，粗茶淡饭总好过鸭蛋泡饭。”夏妈妈端起小满的双手，边打量边感叹，这孩子手指颀长白皙，只可惜投胎在这样的家庭，十有八九长大还得当工人。

妈妈规定出门玩的时间不能超过两小时，他俩就分秒必争，出了门一通快跑。

他们跑到废弃工地，往气焊罐剩余的电石上撒尿，再扔进去一根火柴，电石“轰”的一下子蹿起乙炔火苗；他们溜进后山的试验靶场，等着拖曳红光的子弹脱靶，捡起来时弹壳还是热的；他们溜进粮店，在大米池里摔跤，用米耙子对打，回家后，裤腿里还往外掉米粒。他们混进青工舞会，跟着一群扭屁股的牛仔裤男女胡蹦“成吉思汗”和“恰恰恰”；他俩每周去一次职工浴池，在热水池子里练习狗刨；他俩经常给跳皮筋的小姑娘当立柱，最后男孩女孩一起边跳边唱：“小河流水哗啦啦，我和姐姐去偷瓜，姐姐偷俩我偷仨，姐姐逃跑我被抓，姐姐在家吃西瓜，我在警察局里写检查，姐姐在家嗑瓜子，我在外面挨枪子。”

小满和夏雷玩遍了西铁城，他们脸上常挂灰渍，指甲缝里全是黑泥，裤子经常磨得开线，红领巾变成了红穗条。方圆十里的厂区就是他们的忘情乐园，他们能从砖石草木中找到无数童趣，对于童年的他们来讲，西铁城，就是整个世界。

四年级那年的暑假溽热难挨，周末午后，爸爸让小满去领雪糕。

当年很多厂矿单位都自制雪糕当作福利发放。职工领取雪糕的容器是暖瓶，原理跟打开水一样，一根根放进去，拎回家后再倒出来。西铁城厂生产的雪糕体型纤细，宽度不超过暖瓶的口径，人称“小白条”。

领取雪糕的地点在“后勤大集体”的冷饮门市。西铁城厂“后勤大集体”是为了解决家属就业而成立的厂内生活服务公司，下设冷饮门市、职工食堂、职工商店、职工浴池、牛奶厂和针织厂。这些后勤单位仅对厂内职工服务，不收钱只收票，各种饭票、澡票、奶票、煤票、雪糕票。

小满怀揣着印有“叁拾只”大红章的雪糕票，拎着两个空暖瓶，在热得冒烟的马路上走了二十分钟才走到冷饮门市。门市里只有一个女营业员，神态比挂霜的“小白条”还冷。她接过小满递上的雪糕票，随手镩在钉子板上，然后从冰柜里捧出一大堆“小白条”。

小满一边数数一边往暖瓶里装，整整塞进去二十五根，还有最后五根无论如何也装不进去了。

“阿姨，我过一会儿来取这五根。”小满问。

“不行！都拿走，都拿走！买定离手！”营业员不耐烦地说。

小满摇摇头，他不懂啥叫买定离手。

“票已经收上来了，怎么拿走是你自己的事，懂了吗？”

“那我也不能不要啊！帮帮忙，阿姨！”小满求情道。他不知道这一天余下的雪糕，都会被营业员自己带回家。

“你自己想办法吧，我帮不了你！”营业员态度坚决，“不行就别要了，谁家也不差这五根雪糕。”

一般孩子也就放弃了，可小满偏不，他平时没啥零食，自然也舍不得这五根雪糕。

“不帮忙拉倒！”小满一把抓起最后的五根雪糕，蹲在门市外开始狼吞虎咽。天气热得像下了火，等他吃到第二根雪糕时，其余的三根开始淌水。小满吃完第四根时，第五根快要在木棍上挂不住了。他赶紧一仰头，把第五根直接塞进嘴里，好像杂技里的生吞宝剑。五分钟，五根雪糕全送进了肚子！

还没来得及抹嘴，小满就觉得头痛。他一边在门口转圈，一边拍打后脑。刚才实在吃得太快了！雪糕好像变成了钝刀，搅得他后脑勺一阵一阵生疼。

“你是谁家的傻孩子，咋就这么一根筋？”营业员在一旁掩口讥笑。

“还不都是你逼的？”小满顶嘴时口含雪糕，唇齿不清。

“嘿！小崽子你骂谁？”营业员以为小满在骂人，奋力摘下套袖，一把卡住他的脖子，“你再给我逼一个？看我不撕烂了你的狗嘴！”

“谁骂你了？你耳朵聋啊？”小满吐出半口雪糕，跳着挣脱营业员的大手，“你一个女的，嘴咋这么埋汰？啊呸！呸呸呸！”

等到夏天过去，冷饮门市撤店歇业。小满以为再也不会遇见这个戾气十足的营业员了。没想到秋天的一个周末，爸爸领着这个冷脸如雪糕的营业员来到家里。

小满和她面面相觑，两个人都想起了夏天的那一幕撕扯。

爸爸是头脑简单的大老粗，说话也没啥铺垫，直接让小满叫她妈妈。小满顿时觉得后脑勺又痛了，他强扭着脖子不肯吱声。眼看爸爸举起了电工皮带威胁，他终于憋出一声大喊："爸爸，要不换个人吧，她可不是好人啊！"

这一句惹得爸爸火冒三丈，挥起电工皮带真的抽过来了，一下子打到了小满的脑袋上。

"爸爸！换个人给我当后妈吧，这个女的是吃人的白骨精啊！"小满捂住脑袋赶紧往门外跑。

等到天色渐暗，游荡了一大圈的小满照旧爬上暖气管道，坐着等爸爸消气后寻他。

可爸爸一直没出屋。小满等啊等，房间里的灯熄灭了，爸爸还是没出来。"白骨精真厉害，把爸爸的魂儿都勾走了，"小满心想，"这次爸爸真的要叛变了，电工皮带都往脑袋上打！"

天上的乌云慢慢掩上月亮，小满继续等，等着云开月见。

可是没有云开，乌云很快挡住了月亮也挡住了繁星，天边开始响起了雷声。等到闪电从四面八方抽打天空，第一滴雨落在小满脸上，爸爸还是没出来找他。

爸爸不要我了，小满绝望地想。他从暖气管道上爬下来，冒着大雨，只身孤影走向五里外的奶奶家。一路上他又冷又饿，他觉得自己没哭，可为什么流过脸颊的雨水是热的呢？

从此小满和奶奶住在了一起，之后再也没见过爸爸。奶奶说爸爸和营业员结婚后去了南方，在那边又生了小孩。慢慢地，爸爸给奶奶的汇款越来越少，最后终于没了音讯。为了拉扯小满，退休金微薄的奶奶在西铁城的十字路口开始卖起了拌菜。

升入五年级后，夏雷在铁城少儿书法比赛中拿到了一等奖。为了庆祝获奖，夏爸爸准备露一手炒几个好菜。正巧小满在家里做客，夏妈妈就留他一起吃饭。

这次小满倒是痛快地答应了，他和以前一样手脚利落地支起折叠桌，然后问夏妈妈要不要帮忙切菜。

“怎么，你会切菜了？”夏妈妈问。

“对啊，我奶奶卖拌菜，我每天都帮她切。”小满回答。

“都有什么拌菜？有柜台吗？”夏雷放下书，饶有兴趣地问。

“没柜台，推车卖。有海带丝、干豆腐丝、萝卜条、辣白菜。”小满扳着手指数，“下次来，我带上自己切的海带丝吧。”

“菜都是你切的？”夏妈妈问。

“奶奶身体不好，切菜的活儿就慢慢交给我了。”小满伸出大拇指，露出上面的老茧。

“可怜，这才五年级啊……”夏妈妈抚摸小满的手指直叹气。

夏雷料想到妈妈的下一句话会是什么，他刚想捂上耳朵，妈妈就开始了排山倒海：“夏雷！你看看小满容易吗？你看一页书的时间，小满就得切好一堆菜！你成天饭来张口衣来伸手，一提学习就叫苦叫累，你跟小满换一下试试？”

“妈，妈，妈！”夏雷用手比画暂停，“停停停！”

“身在福中不知福！”妈妈白了他一眼，转身去厨房做菜。

夏雷撇了撇嘴，关上门，低声问小满：“你奶奶絮叨吗？”

“还好，我奶奶耳朵背，不絮叨。”

“我爸爸也不絮叨，他每次出长途都给我买好东西。”夏雷钻到桌子下面，边说边翻出一个机械人偶递给小满。

“哇，特博！百变雄狮！”小满禁不住兴奋，“这可比变形恐龙蛋好玩多了！”

“王东东的那个恐龙蛋早被他爸爸给扔啦。”夏雷说。

“啊？为什么？”

“东东月考没考好，他爸揍他，把变形恐龙蛋扔到路边垃圾箱里了。”

“那他不会自己再捡回来？”

“他第二天才想起来，可惜已经被垃圾车收走了。”

“那正好！”小满一下子站起来，放下手中的特博，“我知道垃圾车在哪儿卸垃圾，就在东山山脚的垃圾山上，我这就去找，找到就算我的了。”

“那个垃圾山可大了，又酸又臭。”夏雷皱起了眉头。

“要不怎么办呢？奶奶没钱买，我就只能捡个臭的。”

“我的借给你，一样的，你玩够了再还给我。”

“那可不一样，你的是你的，我的是我的。我这就去找！”

“你急啥？吃完饭再去也行啊。”

“我怕捡破烂的老头比我早到。”小满拉开门就往外走。

吃过晚饭，夏雷跟爸爸要了自行车钥匙，骑车赶去垃圾山。当年的自行车车架高大，半大孩子都是用一种叫作“掏裆”的姿势骑车。这种姿势抻脖弓腰半蹲，远远看上去，好像小猴崽子端着大枪在街头逡巡。

往垃圾山的路上要经过一道山梁缓坡。夏雷“掏裆”从坡顶往下骑了三圈，刚有了飘飘临风的感觉，忽然看见坡底往上走来一个老头。不巧夏雷还没学会拐弯，也来不及刹车，就连人带车直奔老头冲去。老头吓了一跳，忙不迭往旁边一闪，算是勉强躲了过去。可怜夏雷失去了平衡，一个大趔趄摔在老头脚下。

“谁家的兔崽子？瞎他妈骑！”老头骂骂咧咧地从夏雷身边走过，顺脚踹了一下转动的车轮。

夏雷四仰八叉地倒在地上，一条腿被自行车压住，他一抬头，认出了老头正是许大马棒子，工厂有名的万人嫌，当过造反派，爱串寡妇门，打扑克藏牌，敢去保卫科砸玻璃。

“许大马棒子！你敢踹我自行车？”夏雷爬起来揉揉膝盖，骂他外号。

“小兔崽子敢骂我？”许大马棒子折回来，张开手想要抓住夏雷。

“许大马棒子老白毛，撅着屁股让人挠，挠完起大泡，上医院抹牙膏，牙膏没抹好，回家瞎鸡毛跑……”夏雷边跑边骂，越跑越远。

气急败坏的许大马棒子折了一根柳树枝，插进自行车链盒里，恶狠狠地把车链子撬掉：“让你骑！我他妈让你推着回去！”

等许大马棒子走远后，夏雷回来扶起自行车，只见车链子彻底脱出了飞轮。他还不会给飞轮挂上链条，只好推着车往回走，一边推一边哭，远远看见小满从不远的垃圾山赶过来。

“咋啦，谁欺负你啦？”小满手握着变形恐龙蛋，问夏雷。

“许大马棒子把我车链子给卸了。”夏雷抹一把眼泪。

“他往哪儿走了？”小满气不打一处来。

“上山坡了，往铁道上走了。”夏雷指了指半山腰。

两个人撇下自行车，悄悄尾随许大马棒子爬上了山。只见许大马棒子走到半山腰，在铁路隧道入口处和一个穿得花里胡哨的中年妇女会合，手拉手往隧道深处走去。

小满眼尖，认出那妇女是全厂闻名的“破鞋”蝴蝶迷。据说在她上班的副食店里，曾有几个屠夫挥着剔骨刀争风吃醋，差点出了人命。

“他俩是要干啥？”夏雷问。

“估计是要搞破鞋吧。”小满猜想。

“破鞋……怎么搞呢？”

“我也不知道，可能是脱光光亲嘴。”小满从铁道路基上捡了一把碎石递给夏雷，“等会儿咱俩使大劲扔，扔完就跑，明白？”

“为啥要等一会儿啊？”

“我猜他们现在正脱裤子……”

隧道里面黑乎乎的，没过两三分钟，就传出来蝴蝶迷不知道是哭还是笑的声音。

“快扔！扔！”小满一发令，两个人抡圆了手臂，把十几块碎石狠狠掷进隧道里。

他们先是听见一连串“当当当”石头坠地的清脆回响，随后又是“扑通扑通”几声闷响，像是砸到人体后背的声音。

“啊！”蝴蝶迷在隧道里发出尖叫。

“妈的！哪个瘪犊子在外面……”许大马棒子暴怒。

夏雷和小满转身一路狂奔下山。他俩边跑边笑，肚子都岔了气。山坡下的楼群炊烟四起，远远地听到各家妈妈喊孩子回家吃饭。等到六点半，电视里的田连元评书开播了。

后来他俩听家属区里的大人聊天，说许大马棒子被人趁天黑打了闷棍，脑袋和腰上都有伤，谁下的狠手不知道，估计是副食店的某个情敌。

夏雷和小满之后再没见过许大马棒子，直到后来工厂破落，厂职工舞厅改成了黑灯风流舞厅，小满长成了二十岁的壮小伙子，他抡起一个电炮，把许大马棒子仰面朝天打倒在舞池里，那是十年后的事情了。

第三章
子弟初中

等到六年级毕业，四个子弟小学联考升初中。

发榜那天，子弟中学围墙上贴出了六张大红纸，上面密密麻麻写满了一百八十个子弟考生的排名。夏雷的名字在大红纸的第二行，是子弟一小的第一名，联考大榜的第九名。夏妈妈一早冒着细雨骑车来看榜，看完心里和雨丝一样凉。说到底，子弟一小还是工人村的底色，学苗和师资照其他三个学校差了不止一条街。

小满懒得去看榜，他只想趁着午前多卖些拌菜。这几年他长大了，奶奶也开始老了，逐渐把算账也交给了他。他比同龄人更早知道柴米油盐的价格，切菜也越来越熟练，直刀切黄瓜，拉刀切海带，滚刀切萝卜。奶奶跟他说，咱先要自己穿戴干净，别人才会觉得你的拌菜卫生。于是小满每几天就修剪指甲，隔三岔五自己洗衣服，再也不像从前那样满身油渍。他还攒下零钱，给自己添了一双四十码的双星球鞋，鞋底有二十八个橡胶疙瘩。

慢慢地，西铁城人民开始注意到这个在十字路口卖拌菜的男孩。大家看见的是他的眉清目秀和球鞋雪白，看不见的是他手上磨出的老茧。谁也不知道这个撑篙自立的少年，会把自己命运的小船划向哪里。

发榜的第二天午后，小雨还没停，小满正打算收摊。一个穿白色连衣裙的女孩撑着花伞走过来，她看了看玻璃罩子，说："买五块钱的拌桔梗。"

小满觉得她面熟，试探着问："严晓丹？"

女孩抬头看了看小满，惊讶喊："哎呀！是你啊，'没头脑'！"

小满早就受够了这个绰号，没想到马上要升中学了，还有人揭他老底。小满不高兴地放下竹夹子，没好气地说："你想买，我还不想卖呢！"

"叫你'没头脑'就生气啦？"严晓丹问。

"哼！大家都叫我外号，还不是因为你？"小满瞪大眼睛反问。

严晓丹捂住嘴，忍不住吃吃地笑。

她和小满一晃六年没见面了。小学之前，他们上的是同一所职工幼儿园。有一天晓丹把自带的小人饼干分给小满吃。小满张嘴，晓丹喂了他第一块。小满再张嘴，晓丹又喂给他第二块。小满张嘴还要，晓丹就把第三块偷偷换成了五分钱硬币。没想到小满看也不看，嚼也没嚼，直接咽进了肚子里。这下可把幼儿园阿姨吓坏了，赶紧让食堂烫了一盘韭菜，哄着小满半吞半咽囫囵吃进去。等到第二天，硬币算是拉出来了，阿姨端着搪瓷便盆松了一口气，回头把晓丹赶到门外罚站。晓丹不服气，辩解说："不能全怪我，小满他看也不看就咽下去了，他就是没头脑。"打那儿以后，"没头脑"就成了小满甩不掉的绰号。

"你害得我一直被人叫'没头脑'，连个道歉都没有？"小满诉苦道。

“好吧，我错了，我道歉！”晓丹说，“我道歉了你还不卖？那我……也不买了。”说着，她假意转身要走。

“停！别走！千万别走！”小满赶忙用竹夹子敲盆沿，“我没那么小肚鸡肠好不好！那个，你只买桔梗吗？我再给你添点蕨菜吧，不多收你钱。”

晓丹补给小满一个浅浅的微笑，接过满满一塑料袋的拌菜，把钱付给小满，问他：“昨天你去看大榜了吗？考了多少名？”

“我得卖菜，没时间去看，听说是一百二十名。你呢？”

“比你少了一百名。”晓丹说。

暑假过后，子弟中学迎来了新生报到日。

学生们先在操场列队分班，晓丹分在初一一班，夏雷分在二班，小满分在四班。

分完班级，大家走进教室听老师宣布任命学生干部，然后全班一起打扫教室卫生，最后才是领取新课本。

小满领完了课本，坐在操场的双杠上等夏雷。之前每逢返校，夏雷都会带给他一卷旧挂历来包书皮。那时各家各户都杜绝浪费和磨损，电视要蒙纱巾，写字要戴套袖，新书要用挂历纸包书皮。小满奶奶家简陋得连挂历都没有，全靠夏雷带给他。

过了好久，夏雷才垂头丧气地走出教学楼，他把湿手在裤腰上抹干，打开书包将旧挂历递给小满，然后往双杠上一靠，生闷气不说话。

“你们班可真磨蹭，”小满问，“怎么，你又不高兴了？”

“班主任不公平，没让我当学习委员。”夏雷说起话来气呼呼，“老师指定的那个同学，名次还不如我呢。”

“为什么？”

“还不是因为她是孟厂长的女儿！”夏雷无奈地说，“今天看到了好几个干部子弟，他们都好神气。”

“是啊，大家都看不起我们子弟一小的。都说我们工人村的孩子最土气，打扫教室最卖力。”

“怎么和我们班主任一样？”夏雷一脸苦笑，“班主任让我当劳动委员，刚才我把所有拖布都绞完了，最后一个离开教室。”

四个小学的毕业生汇聚到一个初中，马上就能对照出各自家庭出身的差异。像夏雷和小满这些工人村里长大的学生，他们和父辈一样强壮热情勇敢，擅长奔跑翻墙，爱穿跨栏背心，常留板寸球头。他们中的绝大多数都考不上大学，只能接力成为下一代工人。

当看见孟歌在教室里炫耀她的外国集邮册，在歌咏比赛上用黑管独奏《小步舞曲》，夏雷内心的骄傲开始崩塌。他觉得自己像是闯入摩登城市的雨林酋长，头上的花冠，颈项上的兽牙，从前在子弟一小里的荣耀，顿时黯然失色。他也慢慢领会到，老师选择孟歌当学习委员是对的，这些干部子女所见的世面更大，知识面更开阔，足以让全班同学信赖折服。

小学时是工人村鸡窝里的鹤，中学时是干部鹤群中的鸡，这一点让夏雷感到了隐约的痛苦。在随后的中学时代，他一直找不到属于自己的自由天空。他只能像鹤一样昂起头，再用鸡一样羸弱的翅膀不停扑扇，加倍努力向上飞。这样紧张的姿态慢慢融入他的性格，直到大学毕业参加工作，都没有放松和改变。

九十年代初，西铁城中学的操场还是沙灰地面，开春的大风把学生们吹得像秦俑一样灰头土脸。每到体育课列队报数完毕，老师把足球和排球往操场上一扔，自己就去操场另一侧训练体育生。剩下没人管的男生们开始胡踢乱踢，既没有战术配合，也没有长传短传。等到下课前，体育老师回到操场这端一吹哨，同学们像刚出土的文物，一身灰泥地列队报数解散，就算是一堂体育课结束。

常有女生在体育课上请假，她们声音细小而含混，满脸红红泛着害羞。男体育老师听完一笑，一概准许。据说请假理由很简单，只要说家里来个什么亲戚大姨。这可真是个奇怪的借口，夏雷想不明白就向女生打探原委，女生们都生气地说这是个秘密，男生不需要知道，知道的都是坏蛋。

一堂体育课上，夏雷偷偷溜回教室看《作文通讯》，忘了返回操场集合报数，结果被体育老师记上了旷课，上报给教导处蔡主任训诫。

教导主任大老蔡没啥文化，当过造反派，始终不忘整人的嗜好。每天放学前，他都把当天违纪的学生叫来提审过堂。对于不服的学生，大老蔡自创了名叫“敲编钟”的体罚：用鼓槌把肋骨挨个戳一遍，从上到下，不过瘾就再戳一遍，从下到上。挨罚的学生们疼得大呼小叫，余音回荡走廊，听上去像是人声的宫商角徵羽。

夏雷被喊到了教导处，大老蔡像东厂太监一样捧着瓷杯，吹着茶沫子，头也不抬地问：“你叫什么名字？旷课有啥理由啊？”

见大老蔡喝茶不抬眼，夏雷就知道他指不定憋着什么坏水。情急之下，他忽然想起了女生们的请假事由，就试着胡诌：“蔡主任，我没旷课，我……我家大姨来了。”

“来了亲戚就不上课？”大老蔡从茶杯口抬起头，一脸疑惑地看着夏雷，“这……算什么理由？事假，病假，都得请假！”

好不容易找到一个借口，还不好用！

夏雷不明白为啥女生一说就没问题，自己就过不了关。他和大老蔡面面相觑，都怀疑对方是不是吃错了药。

“就算你家祖宗来了，你也得请假！”大老蔡终于放下茶杯，用鼓槌一指墙角，责令夏雷，“你，过去，靠墙边罚站！”

夏雷无言以对，只得默默走到墙角，他瞟了一眼墙上的石英钟，已经四点钟了，大老蔡五点钟就得下班。

“想什么呢！”大老蔡倒是猜透了他的小心思，冷笑了一声补充说，“你不能光站着，还得用脑袋写字，对着空气写一百个粪字！写！”

夏雷怀疑是自己听错了，天底下还有这么损的惩罚？他站着没动，傻傻瞪着大老蔡。

“你耳朵聋啊？大粪的粪字！米共粪！快写！一百遍！”大老蔡咆哮着发威。

夏雷被吓得不敢作声，只得闭上眼睛，像电风扇一样摇头晃脑，对着空气写字。

处理完夏雷，大老蔡抿了一口茶，对着门口喊：“下一个！进来！”

只听见门开的声音，一个男生走进来霹雳大吼一声：“报——到！”

夏雷被这吼声吓了一跳，睁开眼睛一看，进来的人居然是小满。

刚进屋的小满也看见了夏雷，难兄难弟互相对视了一下，彼此眼神里都是诧异，人生何处不相逢。

“你喊这么大声干什么？”大老蔡被惊得差点喝呛了水，“到底是谁批评谁？你是不是不服？你……”

“蔡主任，别说了，我服！”小满打断大老蔡的话头。

"那你说吧，今天的生物实验课，你起什么哄？"大老蔡看了看表，抓紧盘问。

"我没起哄啊！老师让干啥，我就干啥。"

"老师让你们切蚯蚓，是不是？"

"是，老师说蚯蚓切断了也不会死，我切了，那条蚯蚓不争气……死了。"

"你去死吧！"大老蔡猛拍桌子，"老师让横着切，没让你竖着切！就是你成心抬杠，扰乱课堂！"

"蔡主任，我家是卖拌菜的，竖着切习惯了。"小满还想诡辩。

"拉倒吧！"大老蔡用鼓槌一指，"去！给我站到那个墙角去，拿脑袋写一百个粪字！"

"啥？哪个粪字？太复杂了吧，我不会写啊。"小满开始耍赖。

"别扯没有用的，你今天要是不写，就让你家长明天来学校！"大老蔡威胁说。

小满一听，"扑哧"一声忍不住笑了："蔡主任，我家就一个奶奶，耳朵还背，你要是跟她把话说明白，我就彻底服你！"

到了下学期，体育课上请假的女生越来越多。等到夏天，女生们都在短袖衫里加了小背心，而同班的傻男生们还是懵懵懂懂。有次同桌女生往胸前戴团徽使不上劲，小满想也不想就上手帮忙，结果被女生喊成了耍流氓。

初一学年结束后，暑假里的热风从南山吹到北山，又从北山吹到河边果园，吹熟了枝头的桃子和李子，也吹熟了新少年。南北少林顽童们唇上的汗毛开始变黑，嗓音变得低沉。

小满没事就照镜子端详自己，越来越嫌弃自己的平头。周围男生的平头都出自职工浴池的张老太太之手。张老太太是老派理发，穿白大褂用手推子，墙上挂着胡刷和鐾刀布，镜前摆着发蜡和爽身粉。常有疯累了的顽童在剪头时睡着，张老太太就揪着他腮帮子喊：“嘿，淘小子醒醒，要睡回家睡去！”

眼看暑假将尽，小满找夏雷商量换个新潮发型。夏雷倒是觉得球头挺好，洗脸时捎带抹一把就算洗头了。不过，他还是答应陪小满去温州发廊，理个林志颖式的四六大偏分。

温州发廊是刚开张的新潮理发店，位于西铁城大市场最里面，来此理发的多是时髦青工。老板小温州是来自南方的瘸子，据说腿脚不好的人都手法灵活，这可能是代偿的原理。他理发只用剪刀不用推子，更不用剃刀和爽身粉。

小满和夏雷穿过市场来到温州发廊，只见店门上贴着花卷头型的日本少年队海报，下边写着“剪发吹发十元”。

“这么贵？”夏雷吓了一跳。

“十块钱就能变成大明星，多划算！”小温州把小满带到洗头池，“我这里洗头都用威娜宝，造型都用松下电吹风，包你港台派头！”

洗完头的小满坐上了旋转圈椅，夏雷则在一旁翻着《知音》。这时门开了，走进来一个秃顶男人，正是隔壁“格蕾丝精品屋”的老板“格格巫”。

格蕾丝精品屋也是西铁城大市场新开的门市，据说服装都是从沈阳五爱市场直接进货，款式相当新潮。只可惜老板的长相很不精品，大半个秃顶，枕后才有一圈头发，由此被大家不客气地叫成了“格格巫”。

格格巫进了屋，也不看小满和夏雷，直接就问小温州：“她要拿走那件裙子，进货价就是八十块哦，值不值？”

“你喜欢就值啦……”小温州抖开罩布准备开工，“有机会就抓紧哦，那妹子，还可以的喔。”

“啥妹子啊？不就一老娘们儿吗？”格格巫边说边捻手指，心下盘算着，犹豫不决。

“抓紧行动吧，机会难得！”小温州怂恿说，“估计她的店也开不长，那些磁带都没有人买。”

小满和夏雷这才听明白，格格巫和小温州聊的是市场里的音像店女老板。那家店确实生意寡淡，女老板整天坐在柜台后嗑瓜子，无聊地张望市场里人来人往。

“有道理，”格格巫晃了晃脖子，似乎下定了决心，“舍不得孩子套不到狼，舍不得裙子……套不到母狼！”说完便拉开房门往外迈步。

小满坐在圈椅上听得云山雾罩，只感觉小温州拿剪刀的手开始发抖。他斜眼看了一眼夏雷，夏雷也从杂志后面探出头。他俩谁也搞不懂对话里有什么隐秘玄机。

等剪完头，小温州接上引以为豪的进口电吹风，给小满做最后的定型，这时发廊门又打开，格格巫一脸坏笑走进来：“完事了，爽！”

“偶可不信。”小温州只嗤笑了一声，头也没回。

“我可有物证！”格格巫得意扬扬地从衣兜里掏出一块红布，“不信？你回头看看。”

小温州回头看，小满从镜子里往后看，夏雷也从《知音》后面抻出脖子看，三个人都张大了嘴巴，只见格格巫手里摊的是一条红色的女式内裤！

这一刻房间里悄无声息，只有苍蝇嗡嗡飞过的声音。这红色的三角形仿佛散发出神秘的女体气息，扩散在小小的发廊空间里，撩拨着涌动的雄性荷尔蒙。

“八十块钱，十分钟就没了……”格格巫说着收起红色裤头，塞进裤袋里。“那娘们儿眼睛真刁，就是要那件黄裙子，最贵！”

“光屁股穿走裙子？”小温州不解，“这不可能吧？”

“没错，我说留下裤衩当个纪念吧，她没抢过我，一着急就直接套上裙子，回去看店了。”

“哦！你好坏哦！”小温州腾出手来，对格格巫竖起了大拇指，“就是……十分钟短了点！”

这两个成人互相指着对方开心地大笑，根本没顾忌到屋里的小满和夏雷。

小满看了看夏雷，夏雷也看了看小满，两人终于猜到了，格蕾丝精品屋刚才一定发生了男女之事！

虽然没看见也没听见什么，两个少年还是感受到了无法描述的兴奋，一种混合了害臊和神往的情绪让他们有点头晕。离开发廊时，小满的脑电波还没恢复平静，差点忘了把钱付给小温州。

“我们去音像店看看？”

“看看就看看！”

小满和夏雷走到了音像店，只见女老板身穿一件崭新的香蕉黄连衣裙，款式果然很时髦。她的脸颊抹得煞白，嘴唇又红又薄，像是电影里的国民党女特务。

两个少年不敢抬头，只是躬身浏览柜台里的磁带，把磁带封面看了一遍又一遍，拄着膝盖的手臂都微微发抖。

“你们两个看了这么久，究竟买不买？”女老板不耐烦地盯着他们潮红的面颊。

“最下面的那盘张雨生。”小满直起身，从裤兜里掏出最后的五块钱。

“是这一盘吗？”女老板在柜台里面蹲下去，用手指着磁带，“这盘可是新歌，要八块钱的。”

“可我兜里只有五块。”小满说。

“那不行，我进价都要六块。”女老板不同意。

小满刚准备说不买了，忽然瞥见了一滴血落在柜台玻璃上。他歪头一看，一条红线正从夏雷鼻孔里淌出来。

这个没出息的家伙，居然流出了鼻血！

“这孩子怎么还上火了呢？”女老板起身找出几张卫生纸，递给夏雷。

夏雷接过手纸，卷着插进鼻孔里，好像长了一颗迷你象牙，狼狈极了。

“算了算了，可别上火了，五块钱卖你们了！”女老板把磁带递给小满。

小满只好交了钱，收好磁带，拽上夏雷一路走出大市场，边走边数落：“你今天可真掉链子！怎么还激动得流了鼻血？”

“实在太紧张了！刚才她一蹲下去，我就看见了。”夏雷把纸卷从鼻子里拔掉，呼出一大口气说。

“看见什么？”

“她裙子里……”

那个夏末，小满和夏雷进入了青春期。斜阳透过窗棂照在东墙上，光晕和蝉声在时间里淡去。少年们开始惦念那些白裙子的女生、红裙子的女生、蓝裙子的女生，她们又具体又抽象，她们的笑容像夕阳一样不可触摸，又像月亮一样天天升起。

那年夏末，小满和夏雷翻来覆去听烂了那盘张雨生的最新专辑，他们时常骑上自行车，无所事事地穿过西铁城的大街小巷，一边骑一边唱：“一天到晚游泳的鱼啊，鱼不停游。一天到晚想你的人哪，爱不停休……”

小满的蓬松四六大偏分，好像一群小公鸡之中忽然冒出一个鲜红的羽冠。这让他站在新学期操场上神气十足。课间操的跳跃运动，小满一跳半米高，微风吹过操场，他的头发好像海草一样随波漂荡。

等到了伸展运动，小满的手臂摆向一侧，脑袋却不动，他等着迎接前方严晓丹摆过来的目光。晓丹果然冲他微笑了一下，等姿势换成对侧，小满还给晓丹一个微笑。两个人左看一下右笑一下，小满心里注满了甜蜜。正在这时，他肋骨忽然被人戳了一下，回头一看，原来是手里拿着鼓槌的大老蔡。

“发不过寸！发不过寸！”大老蔡比划了下鼓槌，“放学就去剪！要不明天敲你编钟！”

“蔡主任，我真没钱再剪头了啊，我的钱暑假都花光了，要不你给我三块钱，我送你一盆拌菜好不好？”小满又开始耍赖。

“放屁！谁要你的拌菜？”大老蔡哭笑不得。

小满权当大老蔡的话是放屁，第二天还是顶着蓬松的四六分头来上课。结果被大老蔡拦住不让进教室。

“我这头型可是花了大价钱，让我多挺几天呗？十天就行！”小满讨价说。

“十天不行，五天吧，下周一升旗前，我必须看到你的球头！”大老蔡还价说。

花了十块钱，只美了这一周，同学们都替小满觉得惋惜。事情传来传去，变成小满是初二年级最有钱的学生，每天头型就值两块钱。谣言越传越神，最后变成了小满的零钱花不完。很快就有了妖精想吃唐僧肉，初三年级的烂学生魏得罗找到小满要借钱。

魏得罗是个胖子，姓魏，但名字不叫得罗。魏得罗在俄语中是水桶的意思，同样的俄语词还有布拉吉和格瓦斯，这些只有上了年纪的黑龙江人才知道。魏得罗的爸爸是厂变电所的魏老四，很早就漂去南方混世界，家里剩下这么个混球儿子，没啥教养，一身社会习气。

水桶魏得罗放学截住小满，说要借一百块钱。小满摊手说真没有，魏得罗就动手搜身，结果只从口袋里搜到了两片干黄瓜片。

“你要是要拌菜，我明天给你带半斤。”小满笑嘻嘻。

“去你妈的拌菜，明天给我带上钱来！”水桶魏得罗晃了晃拳头。

“行啊，就明天，不见不散。”小满也没犹豫，答应道。

第二天午休时间，魏得罗晃晃悠悠来到初二四班的走廊，把小满叫了出来：“掏钱掏钱！赶快赶快！”

“你想好了？真要？”

“别废话，麻溜儿掏出来！”

“×你妈，给你！”小满猛地从后裤腰拔出一把小斧头，照着魏得罗的肩膀挥过去。

魏得罗一愣闪过，掉头就跑。他最害怕斧头。有一年他爸魏老四曾被人用斧子砍过，鲜血流到暖气片上，热气烘烤后的血腥味道弥散了一个冬天。这一次没想到斧下之人变成了自己，魏得罗跑得慌不择路。小满在后面紧追不舍，最后把魏得罗逼到了二楼走廊尽头，那里正好有一扇窗户。

魏得罗爬上了窗台，回头再看一眼小满，不用一秒钟，他就读懂了小满眼神里的怒火：不跳就得挨斧子！他只好哀叹一声，探出右脚往空中一跨，想跳到楼外自行车棚上。可惜脚落顶梁的一瞬间，他没站稳，侧跨了半步。棚顶本来就是陈年的铁皮，经不住他的沉重践踏，“呼啦”一声，铁皮陷落了一半。

小满伏在窗口，看见魏得罗被翻卷的铁皮夹住，上不着天下不着地，卡在半空中。

“活该！看我不砸死你！”小满举起斧子要抛过去。

“别！小满别砸！”半空中的魏得罗忽然喊了一声，“别砸！我可是你表叔！”

小满愣了一下，停住了手。

“我真是你表叔！”魏得罗在半空里直跺脚，“你想想，我是你的姑表叔！”

小满放下斧子，仔细想了想，魏得罗还真是他的姑表叔。西铁城建厂五十年来，接班的军工二代、三代在半封闭厂内联姻通婚，开枝散叶，多多少少都带着一些远亲关系。

“你抢钱时，咋不说是我亲戚？”小满怒问。

“我也是刚想起来，”魏得罗战战兢兢说，“不好意思……大水冲了龙王庙。”

“滚蛋！”小满收起斧子，朝着车棚半空中的魏得罗啐了一口唾沫，“我家才没有你这样的亲戚，呸！”

第四章

书报亭和出走风波

初三下学期的一天，小满神秘兮兮地到二班教室找夏雷：“一个好消息，奶奶的拌菜摊子不干了，我们要开个书报亭。”

“怎么不干了？”

“书报亭比拌菜摊子省事儿。”小满说，“杂志都是寄卖，不用担心过期。”

“太好了！以后看书不用花钱了！”

“嗯，卖杂志也租书，金庸、古龙、亦舒、席娟什么的。过几天你陪我去厂图书馆淘一淘，那儿论斤处理旧书。”

到了周日下午，他俩从厂图书馆背回来四大包旧书，往小满房间的地上一铺，花花绿绿一地。

“这世界上最沉的是金属，第二沉的是石头，第三沉的，就是这书了！”夏雷擦汗说。

“可不！”小满累得直接躺在书堆上，“我现在算是漂浮在知识的海洋中了！”

夏雷也躺下来，抽出一本书，喃喃念道：“嗯，法国人的《环游地球八十天》，”再抽一本，“嗯，日本人的《明斯克号出击》，”又抽了一本，“哇，中国的《新婚指南》！”

“我先看！这可是我挑的！”小满马上像海豚一样跃起，从夏雷手里抢走了《新婚指南》。他端着书左翻右翻，前翻后翻，都没找到那一页插图。

“臭手！我来！”夏雷抢回书，照着目录翻到“新婚之夜”那一章，仔细一看，竟然缺了一页！

“谁这么没公德？”小满气得捶胸，“就这么一点‘刘备’，还给撕了！”

“早知这样，还不如换成那本《茶余饭后》呢！”夏雷也没了精神，又倒在了知识海洋中。

铁皮书报亭开张前，奶奶用锥子和鞋底线把过刊装订成合订本，又给旧书套上牛皮纸书皮。小满将一溜的出租书刊放在亭子里的货架上，又把《读者文摘》《今古传奇》和《奥秘》这些现刊摆放在窗棂上，再把《电视周报》和《体坛周报》这些报纸铺在亭子窗口。

像《兵器知识》《舰船知识》和《音像世界》这样的小众杂志在西铁城也有拥趸。小满每个月都要订上两三份《音像世界》，其中一份是晓丹委托代订的。小满建议说：“这个杂志好贵，我借给你看就好了，不需要你买。”

晓丹说：“不用不用，我要买的，我就想要中页的大海报。”

这天，小满坐在书报亭里闲翻《电视周报》，翻到《读者来信》栏目，有读者提问“编辑你好！请介绍一下香港影星周海媚的近况”，落款是“铁城农用化工厂子弟中学戴向东”。小满又仔细看了一下，没错，名字正是戴向东，子弟中学的语文组组长！

想必是编辑一疏忽就刊出了戴老师的实名。平日里斯文严肃的戴老师这下可糗大了！小满端着报纸禁不住哈哈大笑，这时有人敲窗户玻璃，小满拉开小窗一看，正是晓丹。

“你笑啥呢？”晓丹问，“我的《音像世界》到了没有？”

“你看看吧，”小满把报纸递给晓丹，“戴老师闹出大笑话啦，今晚得跪搓衣板。”

晓丹看完后，也是笑得前仰后合：“戴老师好浪漫啊！人老心不老。”

“你觉得周海媚好看吗？”小满问。

“真的很好看啊，我觉得戴老师有眼光！”晓丹说。

“既然你都说好看，那就是真的好看。”小满拍马屁说，“对了，你这么高的审美，说说你喜欢长什么样的男生？”

“你把《音像世界》给我吧，”晓丹大大方方地说，“这期就有我的偶像，我指给你看。”

小满从窗棂上取下杂志递给晓丹，两个人一起伏案翻看。这一期的《音像世界》里有日本杰尼斯家族的简介，封二上全是青春组合，什么“少年队”“光Genji”“男斗呼”“涩柿子队”和后来大火的“SMAP”。

“这么多帅哥！你到底喜欢哪一个？”小满问。

“看花眼了，我都喜欢，多多益善。”晓丹说。

“你也不怕累死。”小满撇撇嘴。

“你长得挺像植草克秀。”晓丹抬头看看小满。

“别别别，可别拿我和日本人比。”小满连忙摇手。

“我喜欢木村拓哉，还有植草克秀。”晓丹说着卷起杂志，甩甩头发就走了。

舍得花上五块二角钱来买《音像世界》的另一个学生，是高三年级的庄强。庄强是子弟中学首屈一指的妄人，更是名扬西铁城厂的潮人。小满一直客气地叫他庄哥，而别人则叫他“庄×犯”。

庄哥之所以订阅《音像世界》，倒不是要看“金曲排行榜”和“摩登谈话”这样的专栏，他也不关注那一年齐秦推出了《无情的雨，无情的你》，涅槃乐队推出了《纽约不插电》。他只看彩页里明星的穿着和发型，看郑钧的长发、齐秦的皮裤、关淑怡的渔夫帽、王菲的渔网袜。

晓丹走后，庄哥也来书报亭取《音像世界》，他翻了翻彩页，皱起了眉头。

“咋啦？装订散页了？”小满从小窗探出头问。

庄哥摇摇头，指着中页的刘德华彩照问：“小满你说，Andy 为什么穿鞋总不穿袜子呢？”

“Andy 是谁？这页不是刘德华么？”小满问。

“没想到你也这么山炮。”庄哥扭头看了看小满，“你不知道 Andy 就是刘德华吗？”

庄哥是闻名全厂的时尚潮人。当年中学生上下一身是四十块钱一套的蓝白校服，闷不透气赛过塑料大棚，质地薄到可以透出内裤。而庄哥有个姐姐嫁去日本，时常给他捎回时髦服装，让他成为全校蓝白色汪洋中的一条彩船。

夏天，庄哥穿着鳄鱼恤拎皮包上学，被大老蔡抓住一顿臭骂，装什么倒爷？回家给我换衣服去！秋天，庄哥穿着风衣来上学，大老蔡又把他拦住大骂，特务才穿风衣，你给我滚回家换回校服！冬天，庄哥围了一条艳红色围巾，大老蔡倒是没说啥，直接把围巾揪下来没收，第二天，这条围巾就出现在大老蔡老婆的脖子上。

每当有了新鞋新衣服，庄哥便会一大早穿戴整齐，在学校操场上招摇六个课间。这样还觉得不尽兴的话，他就晚饭后再去家属区马路招摇三个来回，逢人就问，你看TVB和亚视吗？你看《大时代》吗？里面刘松仁穿的就是我这一款。可惜的是，西铁城的柏油马路并不是巴黎米兰的T台，路人观众只知道刘慧芳不知道刘松仁，庄哥总被过路的柴油车喷上一脸黑烟。

招摇了一天，庄哥睡觉前先把裤子沿裤线叠好，再用衣架把衬衣撑起来，这个举止在当时的西铁城相当于半个精神病。把穿衣看得比吃饭还重要，“苞米面的肚子，的确良的裤子”，这是西铁城工人阶级所不能理解的事。

庄哥是西铁城的首席潮人，更是子弟中学的头号妄人。在念高二的时候，他一口气同时处了两个女朋友，对，不是先后，而是同时。这个举动像是子弟中学上空的一道高压闪电，把全校师生的脑路都击穿了。

为此，大老蔡把庄哥拎到教导处修理，用鼓槌使劲戳他肋骨：“小小年纪就玩一王两二，你要不要脸？长大了还不得变成迟志强？”

“哎哟，哎呦！”庄哥护住肋骨，涎皮赖脸地狡辩，“她们又不是我们学校的，蔡主任你管不着。要是你嫉妒，我就匀给你一个！”

大老蔡气得直哆嗦，轮起鼓槌，誓要敲碎庄哥的狗头。庄哥拉开教导处的房门撒腿就跑。

大老蔡从教学楼一直追到操场，再从操场一直追到小树林，最终把庄哥追得跑掉了一只皮鞋。大老蔡用鼓槌高高举起缴获的皮鞋，一甩扔进了旱厕的粪池里。眼见这一幕，远处正在单腿扶树的庄哥心疼地大喊：“我那可是大利来的皮鞋，你得赔我！”

大老蔡说得对，一王两二死得快。后来有一天，两个女友约上庄哥去小树林，说是要来个三方会谈。庄哥一路上盘算着如何取舍，是留甲舍乙，还是舍甲留乙？等他进了小树林，只见甲乙两个女友有说有笑，谁都没有争风吃醋的意思。庄哥正在凝神疑惑，两个女友像是母虎下山一样扑上来，张开四只利爪，联手把他挠成了大花脸。

花了脸的庄哥在家休学养伤，他闲极无聊，把《音像世界》的合订本翻来倒去看了六遍。赶上小满上门送新杂志，庄哥主动提出要教他弹吉他。

“学吉他难吗？我的手指不太分瓣啊。”小满问。

“一点也不难！会挠人就会弹吉他。”庄哥边说边摸自己的脸。

“你女朋友下手可真够狠啊！”小满看了看庄哥的脸，脸上还留有划痕和淤青。

“你是不知道她们的手劲，”庄哥直摇头，“她俩都是市体校的，一个练标枪一个练铁饼。”

庄哥在家蹲了半个夏天，养到脸好痂落时已经快入秋了。又恢复了神气的他再领风气之先，全厂第一个穿上了时髦的红西服。于是很多年轻人紧跟他的风向，西铁城街上出现了越来越多的各式红西服。到后来庄哥反而不穿了，他说时髦并不是滥大街，大家穿的红色都不对，红色分很多种，玫红、洋红、枣红，今年流行的只是酒红色。

说这话的时候，庄哥正在中学的锅炉房里打开水，他身着一套丹宁牛仔服，裤筒上全是窟窿和线头，最高的一个窟窿靠近大腿根。

烧锅炉的校工胡师傅问他：“你这裤子，是从要饭花子身上扒下来的？”

“这叫原裤养牛，就是这个风格。”庄哥解释说。

胡师傅听了哈哈大笑："可拉倒吧，什么养牛风格？都差点露牛子了。"

一九九五年，小满的书报亭新安装了一部计费电话。庄哥刚搞到一台传呼机就来书报亭向小满炫耀："火凤凰，一千五，咱中学我是第一个，侯校长都没有。"

小满啧啧称贵，问他："有人呼你吗？"

"我又交了几个女朋友，她们都找我玩。"

"还是体校的吗？"小满揶揄问道。

"这回是市内纺织厂的女工，都温柔。"庄哥还是不改吹牛的毛病。

对于庄哥而言，传呼机与其说是通讯工具，倒不如说是装×饰品。他常在课堂上偷偷掏出传呼机，琢磨各种功能。一堂课上，英语老师讲到"AM是上午，PM是下午"时，台下的庄哥一拍大腿茅塞顿开，这才搞懂为啥自己设的起床铃声在晚饭时才响。

搞懂了定时功能，庄哥的传呼总在午休时响起。腰间"哔哔哔"一响，他撩起衣服，假装查看电话号码。周围同学闻声问："谁在呼你？"庄哥吹牛说："哦，城里的一个女朋友，挺黏人的，不理她，咱们继续。"

实际上庄哥的社会关系没那么复杂，好久都没人打他传呼，他怀疑是不是机器坏了，就跑到书报亭给自己打了一个，听到传呼机"哔哔哔"声响起，他才放心。小满从亭子里探出脑袋问："庄哥，你咋自己传自己？"

庄哥敷衍说："我就是试试机器，这个机器么……有点三包不全。"

很多事毁就毁在吹牛上。这天中午，庄哥手端着传呼机匆匆骑车到小满的书报亭。

“这回真有人找你？”小满拉开窗户玻璃问。

“嗯，城里的女朋友。”庄哥抄起电话，照着呼号打过去，“你好，哪位传我……啊？我不姓刘！你呼的我，还问我姓啥？你到底找谁……你呼错了吧？”

小满在亭子里哈哈大笑，好不容易等来一个传呼，还是呼错的。

“还以为是我女朋友呢，号码看上去差不多。”庄哥冲小满摆摆手，骑上自行车走了。

没过一会儿，电话铃响起，小满接起来，听到那边问：“你这儿是书报亭的公共电话吗？”

“是啊，什么事？”小满问。

“刚才回传呼的那个人，他还在吗？”

“他才走，你啥事？”

“你能把他叫回来吗？我找他有急事！”

“他骑车走远了，你啥事？不急的话，我下午跟他说？”

“怎么？你认识他？”电话那边的口气变得很惊讶。

“认识啊，啥事你快说，我能转达。”

“太好了！”电话那边的口气从惊讶变成了兴奋，“你这个电话亭，是在西铁城十字路口，对不对？”

“是在路口……对了，你怎么知道的？”

“西铁城十字路口，你是摊主，对吗？”电话那边继续问。

“你到底要干啥？”小满不耐烦了，“求你说话别绕圈！”

“我们是公安局的，现在需要你配合我们一下，我们正……”电话那边说。

“拉倒吧！”小满遇到过类似的恶作剧，他挂断电话说，“你要是公安局的，那我就是公安局的祖宗！”

没过几秒钟，电话又打了过来，小满接起来一听，还是刚才的声音。对方语气倒是挺严肃：“我负责任地跟你讲，不是开玩笑，我们是公安局的专案组，我们……”

“我得吃午饭了，没时间跟你扯闲片儿。”小满“咔嚓”一下又把电话给撂了。

这天下午，庄哥正在课堂上睡觉，大老蔡和侯校长带着一个便衣警察走进教室，一把将他按住，铐上手铐，押到了教导处办公室审问。

“你自己先说吧，都犯过什么事？”便衣警察把庄哥铐到了暖气管上。

“警察叔叔您贵姓？”庄哥站也不是蹲也不是，只能就着手铐低身哈腰。

“姓冷！”便衣警察亮了亮刑警队的工作证。

“冷叔叔，你抓错人了吧？我可是如假包换的正经良民。”庄哥觉得自己没问题。

“你是良民？”冷警察冷笑了一声，“看你穿得兜头露腚的，头发还抹发胶，说说你怎么是良民？你哪儿良了？”

“冷同志，庄强同学虽然奇装异服，不太上进，”侯校长在一旁帮忙开脱，“但这个孩子没大毛病，杀人放火的胆子，他是肯定没有的！”

“啊？什么……杀人？”一听到“杀人”两个字，庄哥顿时语无伦次，“我、我可连鸡都没杀过啊，那肯定不是我啊！”

“那是谁杀的，你还有同犯吗？”冷警察问。

“同犯？”庄哥更蒙了，“那个……怎么回事？杀了谁了？谁被杀了？”

“你们校长在场，我得给面子，就不给你上电棍了。”冷警察看了一眼侯校长，转头给庄哥一个耳光，“可你别给脸不要脸，赶快坦白！”

“警察叔叔，我平时也就是爱装×，多处了两个女朋友，就这一点儿毛病。”庄哥被吓哭了，一缕大鼻涕垂到地面上，“现在都分手了，还挨顿打，天地良心，我可真没杀过人啊！”

“谁打你了？”冷警察问。

“我女朋友呗，她们是市体校练铁饼、标枪的。”庄哥说着，在自己脸上指指点点，“叔叔你看，这儿，这儿，还有这儿，都是伤，才好。”

冷警察皱起眉，摇了摇头。眼前这个尿货连女朋友都打不过，想必不是杀人越货的料。他踱了几圈步后，给庄哥松了手铐，继续盘问：“那为什么被害人的传呼机在你手里？”

“妈呀，是这个事啊！”庄哥这才反应过来，他赶紧回忆道，“我那天路过西市场，有人卖二手传呼机，才三百块钱，我想要是有了传呼机，挂在腰上得多拽啊，就讲价二百买了……”

侯校长和大老蔡听到这句话，都长长地舒了一口气，这个说法还真符合庄哥的操行。

“这案子是命案，不是小事。”冷警察转身跟侯校长说，“即便不是这小子作案，我也要带回去录口供，搞不好还要化验血型。今天是肯定不能放他回家了，你们跟家长解释一下。”

“叔叔！我的血随便你抽，抽干也没问题，我真的没杀过人，我就是买个二手机啊。”

“那你仔细回想一下吧，卖你传呼机的人长什么样？如果说不清楚，你还是目前唯一的嫌疑人。”

往后整整一个月，庄哥天天被冷警察拎去各个桑拿KTV里转悠，四处寻找卖给他传呼机的人。再后来，犯罪嫌疑人在另一座城市落网，公安局这边才算放过庄哥。等他回到学校时，同学们都已交完了高考志愿表。

就这样，连高考报名都没人通知，庄哥浑浑噩噩地结束了高中生涯。多年以后，庄哥才知道北京有服装学院，上海有纺织大学，苏杭还有丝绸工学院。这些学校都有他最感兴趣的服装专业。只可惜，当年的西铁城子弟中学没能力培养艺术生，即便像他这样的异类特质，也只能跟随大流，最终走向厂技校的钳工班。

西铁城子弟中学是普通厂矿中学，大部分毕业生的出路是进厂职工技校。建校三十年间，子弟中学只有一人考上北大，那年正好哈雷彗星造访地球上空。对于西铁城人来讲，下一次哈雷彗星出现和下一个北大学生，不知哪一个会早到，更可能会是前者。

每年高考结束，城里的实验高中都贴出连墙巨榜，起首就是清华三人、北大五人、复旦若干、交大若干……西铁城子弟中学不甘冷清，也贴出喜报，一张红纸上面八九行大字：“恭贺我校高三某某考入机电学院，某某考入化工学院，某某考入师范学院，某某考入体育学院……”城里城外两张喜报遥相呼应。大家都说，城里的榜是榜首、榜眼、榜龙头，西铁城的榜是榜尾、榜臀、榜后鞧。

这么尖刻的比方让西铁城人民面上无光，我们这样的大厂怎么能有短板？于是全厂职代会一致通过决议：重奖子弟考学，重点大学三千，普通本科一千五。这些钱在当时可不是小数目，奈何摘取者寥寥，每年考过本科线的不超过两个巴掌。一开厂务会，厂长副厂长就挤对侯校长："每年奖金预算留出三万，老侯你总给我们省下一半，要不给你评个岗位节约标兵吧！"

西铁城中学之所以连年高考不振，除了师资力量的不足，也有学苗的原因。拔尖的初中毕业生都报考去了城里的实验高中，他们一走，子弟中学的高中部就像是削平了尖的金字塔。

夏雷是初三年级的尖子生，十拿九稳能考上城里的实验高中。刚进初三，妈妈就把夏雷当政治犯一样严管，生怕他早恋分心。

这年圣诞前后，夏雷收到了十几张贺年卡。他把卡片一一整理好，压在抽屉最下面。他前脚刚走，妈妈后脚就拉开抽屉，把落款是女生的贺年卡都细看了一遍。其中的一张卡片特别精致，上面写着："让我怎样感谢你，当我走向你的时候，我原想捧起一簇浪花，你却给了我整个海洋。"落款是字母"SLL"。

等到这天晚饭后，还没等收拾碗筷，妈妈就把这张贺年卡亮出来，"啪"的一声拍在桌面上："这是谁给的贺年卡？都写的什么呀，软绵绵黏糊糊的！"

"你瞎猜什么啊？"夏雷解释说，"这就是汪国真的一首诗！"

"我不知道这是诗吗？"妈妈更生气了，"我问你，什么乱七八糟的海洋浪花，谁跟谁海，谁跟谁浪？这都什么意思？"

"能有啥意思？你可别想歪了啊，都是同学。"

"女生心思多，你没那意思，万一她有呢？我明天得找你们班主任问问。"

"你可别去找老师！求你！别让我丢人！"

"那你赶快坦白吧，这张贺年卡到底是谁给的？你说了，我就不去！"

"我同桌孙璐璐。"

孙璐璐，SLL，这下算是对上了，妈妈瞪了夏雷一眼，转身翻出夏雷的相片簿，翻出班级集体照一指，"就是这个土拨鼠牙的丫头？"

"你别说得那么难听好不好？"夏雷气得快说不出话来。

妈妈心里哼了一声，什么孙璐璐湿漉漉，这么丑，她也配？

没几天，夏雷的同桌就换成了憨傻男生小白。小白在课堂上不怎么跟夏雷说话，只是痴痴看着黑板，无论老师是不是在讲课。

夏雷跟新同桌商量："好哥们儿，能不能帮忙换个座，把孙璐璐换回来？"

"那不可能，班主任让我坐过来，就是来当绝缘体的！"小白两手一摊。

"当什么绝缘体？"夏雷问。

"你是真傻还是假傻？当然是把你和孙璐璐隔开。"小白说，"老师说了，你妈妈怕你和孙璐璐真的来电。"

夏雷一听全明白了，气得直拿脑袋撞墙。回家后，他一声不吭地把自己锁在房间里，要学习印度甘地来个绝食抗议。只可惜妈妈可没有大不列颠国的得体虚伪，她边砸门边喊："绝食算什么能耐？要比狠是吧？你要是考不上实验中学，我就跳楼死给你看！等我死了，你就和你爸俩人过吧！"

中考前，"精神万元户"夏妈妈提前买好了住校用的凉席蚊帐，只待夏雷考上城里的实验高中。谁也没想到，考到最后一天，一声晴空霹雳，夏雷因为作弊被清出考场。

凭自己的实力，夏雷肯定能考上实验高中，他之所以作弊是为了帮助旁边考位的严晓丹。晓丹平时的成绩算不上突出，正常发挥的话，并没有考上实验高中的把握。

他俩的作弊工具是一把塑料格尺。格尺长二十厘米，也就是四十个半厘米。在每个半厘米的区间内，有四个毫米刻度，第一刻度对应 A，第四刻度就是 D。例如第五题的答案是 B，夏雷就在第五个区间内的第二个毫米刻度下画个小点。这相当于把格尺当成了答题卡，比传纸条更隐蔽稳妥。

从密码学角度来讲，这是一种最简易的刻度密码。但是不巧，他们撞上的监考老师是实验高中的物理古老师。

古老师是民间科学家，爱业余钻研符号学，性格古怪得不近人情。老古举起夏雷递给晓丹的格尺，对着阳光仔细揣摩了三分钟，终于弄明白了这些小点的指代意义：夏雷用一把二十厘米的塑料格尺，就能把四十道选择题的答案传给严晓丹！

发现了作弊的秘密，老古一激动把香烟都点反了。烧糊的过滤咀胶棉又苦又呛，老古吸进肺里居然没知觉，他觉得自己简直就是摩尔斯和福尔摩斯的二合一。任凭夏雷鞠躬，晓丹哭求，老古都无动于衷，大笔一挥把两人的该科成绩双双作废。

夏雷悻悻地走出考场，怎么也找不到晓丹，只得自己呆坐在操场一隅。日影慢慢西斜，他枯坐了两个小时，丑事马上就要传千里，指责和耻笑的台风正在生成，他不知道该怎么面对这场风暴。

想到家里预备好的蚊帐和暖壶，想到妈妈的热望成泡影，他恨不得变成哪吒，自刎一刀，削肉还母。脑海里千头万绪，一筹莫展，最后他决定出走，离开烦恼，离开学校，离开西铁城。

小满交了考卷就赶回书报亭，并不知道考场上发生了什么。夏雷来书报亭找他的时候，他正忙着租书给下班的青工，没注意到夏雷黯淡的神色。

“考得怎么样？明天可就自由了！”小满问他。

“有点倒霉……能不能借我三百块钱？我刚才把同学的随身听弄丢了，要赔给人家。”

“赔这么多？”小满翻了翻钱匣子，凑了二百三十元，“今天就这些了，明天再看看。”

“我可能一时半会儿还不上你。”夏雷把钱收好放进书包里。

“客气啥，你快走吧！”小满忙得头也不抬，挥挥手说，“别让我奶奶看见，她该不乐意了。”

子弟中学曾有一个传闻，说每年期末考试结束后，全国各地都有孩子离家出走，铁路警察会重点盘查独行的负气少年，把他们扣住截留。

等赶到铁城火车站，夏雷忽然想到了这个传闻，他犹豫了半天，才鼓起勇气凑近售票口说：“买去哈尔滨的硬座。”

所幸窗口里的售票员头也没抬，就把钱接过去，不到半分钟便把车票和找零扔了出来。

夏雷收好车票，在站前广场的书摊上看了一会儿杂志，又买了一根煮玉米和几个茶叶蛋。等到检票进站时，他贴在一个中年男子身后，假装是父子出行。临到上车时，他趁着民工背大包挡住乘务员的一瞬，三步换成一步，蹿上了火车。

绿皮火车轰隆隆开动，沿途的风景逐渐展开，松辽大地一片青纱帐，无边的玉米田延伸至天际。傍晚的风灌入车厢，正对着夏雷的是一个伏几睡觉的女孩。夏雷怕她受风，就把车窗落了下来。

火车一路北上，夏雷按下随身听，耳机里传出郑智化的那首歌：“火伊去，火伊去，火伊去，火伊去，火伊去……”歌声反反复复，和火车行进的“哐当”声一起，不停敲打他无助的内心。等到这首歌淡去，耳机里又传来下一首歌：“你的生日让我想起，一个很久以前的朋友，那是一个寒冷的冬天，他流浪在街头……”夏雷忽然想起，下周就是自己十六岁的生日。啊！十六岁，踏上未知前路的十六岁！

听了半晌歌曲，夏雷渐渐泛上困意，他闭上眼睛睡了一觉，醒来时听见乘务员正在吆喝查票。

“来来来，醒一醒！”乘务员摇晃对面熟睡的女孩。女孩没醒。

乘务员再摇，女孩还是不醒。

“这孩子是不是中暑晕过去了？”其他乘客提醒。

乘务员伸手掐了掐女孩的人中，还是没有任何反应。她赶紧掏出对讲机跟车长汇报。过了一会儿，列车广播响起：“紧急寻人！六号车厢有乘客中暑，列车上如有医护人员，请前往六号车厢协助！”

很快来了一个拎皮包的男士，他先摸摸女孩的脉搏，又翻开眼皮看了看，惊叫一声不好：“这不是中暑，是吃了安眠药！”

“这么小就想不开？快翻翻兜，看有没有遗书？”乘客们大为惊讶，七手八脚翻遍了女孩的衣服，只找到二十几块钱，并没有半片纸。

列车长一看这情形，赶紧拿起对讲机在车厢连接处一顿呼喊，最后回来跟大家求助说：“等到了沈阳站，会有铁路局出车送这孩子去洗胃，到时哪位能搭把手，帮忙背她下车？”

夏雷想也没想就举起手：“我来帮忙！”

火车到达沈阳北站已经是晚上九点。

乘务员和夏雷合抱起女孩走下车厢，站台上只有一个穿铁路制服的肥胖妇女接应。肥胖妇女足有二百五十斤，笨手笨脚，挪步都费劲。夏雷怕她耽误时间，转身跟乘务员说：“我就不上车了，我帮忙送人到医院吧。”说完他一发力扛起女孩，爬上了天桥。

不出所料，等夏雷抱着女孩走下天桥，胖阿姨还在天桥上三步一喘。夏雷来不及等她，抱紧女孩赶紧跑向车站通勤口，那里停着一辆没熄火的面包车，司机一分钟也没耽误，一踩油门，风驰电掣地赶到城市东北角的铁路医院。

急诊大夫迅速给女孩输上药液，测了心电图，随后推进洗胃室。夏雷在走廊里等候，他望着窗外霓虹点点，没想到自己会以这种方式踏入这座陌生城市。他是见义勇为者，也是流浪者，他不知道下一刻自己又会是什么。他数了数兜里的钱，已经花掉了七八十元，还没走出辽宁。

这一天太累了，夏雷坐在走廊椅子上很快进入了梦乡。一觉醒来时已是深夜，值班医生说女孩已经醒了。夏雷走进观察室，连问了她好几个问题，女孩一句话也不回答，只是眼角噙着泪水。

“我要走了，你自己保重。”夏雷伸手替她擦掉眼泪。

女孩点了点头，眼角又流出泪水。

“你别傻了，早点回家，这是路费。”夏雷从书包里拿出一百块钱，放在女孩枕边，“一定一定要回家！”

走出医院，夏雷站在陌生的街上不辨东南西北，午夜的城市车辆稀少。这是他第一次单独离家，现在他随处可去，也无处可去，只能沿着马路漫无目的地走。最后走进一个小区儿童游乐场，躺在了塑料滑梯里。他累极了，却怎么也睡不着，心底隐隐约约响起一首儿歌：“家乡的茶园开满花，妈妈的心肝在天涯……”想着想着，他的眼角开始湿润，本来为女孩准备的劝导，倒是先说服了自己。

等熬到天亮，夏雷在路边摊买了十个包子。他边走边吃了五个，余下的带回了铁路医院。他在病房里走了一圈也没找到女孩。一问值班护士才知道，女孩一早就不辞而别，只在病床上留了张纸条，写着："谢谢你们，阿姨再见。"

夏雷拎着包子站在走廊里叹了口气。他和她，两个素昧平生的少年，在陌生的城市萍水相逢，他们各自都有天大的烦恼，夏雷找到了克服的办法，女孩还没有。

夏雷坐车返回铁城火车站时，正好是下午四点。下车的一瞬间，他觉得心里一切都踏实了，甚至还嗅到了熟悉的化工厂的味道。经历这一天一夜的折腾辗转，他终于想明白了，唯一的解决方法就是忍耐。忍耐压力，忍耐指责，忍耐嘲笑，接下来的高中三年，他唯有默默忍耐。

夏雷跟着人流往外走，刚走到站前广场，他的胳膊突然被人拽住，回头一看，正是书报摊的老板。

"你是不是昨天下午买煮苞米的那个？"老板问。

"干吗？我不是给你钱了吗？"

"我没说你欠我钱！"老板揪住夏雷的胳膊不放，"昨晚你爸妈拿着照片寻你！你这完蛋孩子，多让父母操心啊！"

"我这不是回来了吗？你松手啊！"

"不行！我怕你再跑了，你妈单位电话是多少？给你妈叫来！"

"别打电话！"夏雷用力挣脱老板的手，撒开腿边跑边喊，"你就放心吧，我肯定回家！"

第五章
高一的花火

九月的第一天，总是天晴，总是开学。

子弟中学新铺的塑胶操场上，全体高一新生在练习军训队列。这一次分班，小满、夏雷、晓丹、小白、王东东和孟歌都分在了高一二班。全班同学都穿上了迷彩服，意气风发，只有夏雷恹恹不乐。

小满歪戴着迷彩帽，一边喝盐汽水一边安慰夏雷："去实验高中当凤尾，哪比得上在西铁城当龙头？龙头多爽，大家都捧着你！再说，也不是咱高中就考不上好大学，侯校长不是说了吗，每年都有人考上北京理工！"

"你别听侯校长瞎胡咧咧。"夏雷拍了拍裤腿上的尘土，"那是火炸药工程专业好不好？根本招不上人，降分录取还没人愿意去呢。"

高一二班的班主任是佟老师，她接过新生名单的十分钟内，就规划好了哪些同学该冲击重点大学，哪些去奔普通本科和大专，哪些可以走定向委培和体育特招，剩下实在没有希望的，就只能老老实实混上三年，等着去技校当工人。

佟老师的开学致辞讲得非常坦率："九年制义务教育只到初中毕业，从高中开始，我们的目标不是公平，而是效率！"

于是，全班按照效率这个原则排座。听话的学生都坐在前排，夏雷的同座还是绝缘体小白。

夏雷奇怪地问他："你怎么成了我甩不掉的牛皮糖？黏着我从初中一直到高中。"

"你以为我愿意吗，"小白觉得自己才是受害者，"我巴不得换个女生同桌呢！肯定又是你妈妈给佟老师送礼了！"

估计小白说得没错，妈妈一定不会闲着，想到这儿，夏雷也就不吭声了。

"老天啊！阴阳失调啊！"看夏雷默认了，小白就捶打桌面作痛心疾首状："我的大好青春都给你陪葬了！"

小满被安排在教室最后一排，但他并不计较，能考上高中就算庆幸，遑论坐在哪里。西铁城子弟只要上了高中就能保底去技校，去了技校就是铁饭碗的全民制工人。而那些考不上高中的子弟，要么去当兵，要么去"大集体"生产雪糕和盐汽水。

严晓丹的爸爸严总是厂总工程师，由此她被安排坐在第一排，被老师们严密呵护关照，向阳花木易为春。

严总是苏州人，老五届大学生，一毕业就被分配到了西铁城厂。虽说生在水乡长在吴地，他却不厌嫌三线工厂的山水粗粝。正是组织信任他才派他来保密工厂上班，所谓"好人好马才能上三线"。而他那些不被信任的大学同学，都被甩在苏州的街道福利厂，领着残疾人糊纸盒。

严总刚入厂时在生产车间当技术员，赶上了那一次著名的生产大爆炸。气浪掀起反应釜的大铁盖子，正好把他扣在下面，随后空中降下一堆砖头铁块，砸在盖子上面堆了半米厚。等救援队把他从盖子下面挖出来，他居然毫发未伤，坐起来喝光了两暖壶的白开水。大难不死必有后福，这一震，震出了官运亨通，严总很快从技术员晋升为车间主任，再升到分厂厂长，最后荣升为全厂总工。

严总到三十几岁才有了独生女严晓丹。晓丹没继承爸爸的学习基因，倒是继承了妈妈的美貌基因，一颦一笑都有江南的柔媚。全班男生的视线经常汇聚在她的背影上。小满坐在班级最后一排，目光被五排同学阻挡，他就干脆站起来眺望晓丹，搞得任课老师很感动，以为他是努力听课不自弃。

有次，语文戴老师提问站着听课的小满：“青梅煮酒这个典故，是指哪两个历史人物？”

小满想了半天，说：“是吕布和貂蝉吧？”

全班哄堂大笑。

“不对！青梅煮酒可不是喝酒泡马子！”戴老师说。

“我记错了，”小满改口说，“吕布和貂蝉应该是青梅竹马！”

“扯淡！谁告诉你吕布和貂蝉从小就一起玩？”戴老师皱着眉直摇头，“你这书念的，还真不如不念。”

“那戴老师你说周海媚和张无忌算不算青梅竹马？”小满顶嘴反问。

全班又是哄堂大笑，大家都想起了戴老师在《电视周报》上的糗事。戴老师立马满脸涨红，大喝一声：“竖子！不可教也！”甩手打出一颗爱国者粉笔头。

“师父师父，我错了！”小满用笔记挡住了师父的暗器偷袭。

“滚出去！”戴老师气急败坏，“有多远滚多远！”

在全班的哄笑声中，小满举起笔记本护住侧脸，一溜小跑出教室。他在厕所撒泡热尿，又从后门偷偷溜回座位。从此以后，大家都知道小满的心思不在黑板，而是在晓丹的背影上，科任老师们就干脆集体封杀小满，不准他再站起来听课。

比小满患相思病更严重的，是王东东。王东东心里惦记的不是晓丹，而是隔壁一班的孙璐璐。他恨不得教室墙壁都变得透明，这样他就能时刻看见心上人。

数学课上讲三角函数，顾阿拉老师的上海口音软糯，王东东一句也听不进去，他心里只想着孙璐璐。白日梦里的他和孙璐璐相拥花间，情浓之时正要接吻，忽然鼻梁一阵剧痛。“啊呀！”王东东痛叫一声，瞬间还魂回到课堂，发现全班都在对着他大笑。原来是顾老师看出了他身心分离，甩手发射了爱国者粉笔头，一记弧线居然命中鼻梁。

“东宝，你想谁呢？”顾老师拄着教鞭问。

“他在想戈玲呢！”全班一齐起哄。

王东东还在发蒙，嗫嚅着不知该说些什么。这时，唯恐天下不乱的小满从最后一排跑到他面前，把一根双汇火腿肠放在课桌上：“王东东，别想了！我给你介绍一个新朋友。”

全班又是哄堂大笑。顾老师也忍不住笑出眼泪，摘下眼镜边擦边斥责：“小满你个十三点，不准下地乱走。”

孙璐璐绰号“赛璐珞”，人长得粗眉大眼龅牙，身体发育超前，理化性质易燃易爆。也不知道王东东喜欢她哪一点。等到了大课间，小满和王东东蹲在花坛底下偷偷抽烟，小满问他：“赛璐珞那个火暴脾气，你能受得了吗？”

“有钱难买我愿意！”王东东说着挽起了衣袖露出上臂，“我可是真心喜欢她，她要是不信，我就给自己烫个烟花。”

“千万别犯虎！征兵都不收烫烟花的。”小满劝阻道。

“对了，你得帮我个忙，递封信给她！”

“送情书还不亲自出马？”

“我自己送的话，怕她压根不收。语文老师不是说过鱼雁传书吗？你就当一把鱼雁呗。”

“好吧！”小满答应了，“那我得先看看，学习学习。”

“没关系，随便看！”王东东倒是大方，把叠好的情书从里怀掏出来，“反正我也是抄的。”

小满倒是真不客气，展开情书看了第一段就惊讶道：“咦！这不是老狼的歌词吗？”

“对！《流浪歌手的情人》，也是我的心声！”

小满继续往下看，忽然一把将情书撕了：“重抄！重抄！”

“咋啦？”王东东一愣。

“你倒是上点心啊！”小满把碎纸拼起来，“喏，我只能给你一间小小的阁楼，一扇朝北的……床？你的心声就是床？”

“哎呀！抄错了！”王东东一拍脑袋，“不是‘床’，是‘窗’，还好还好，发现得早！”

第二天中午放学，小满揣着王东东改好的情书，提前候在车棚里。

孙璐璐手指勾着车钥匙走过来，见小满坐在自己车架上，就问：“大帅哥你等谁呢？”

“当然是等你！这是……”小满刚站起身掏出信，一只篮球便横飞过来，正好闷在他的头上。他一下子火气上升，转头冲着球场喊："谁啊谁啊？会不会传球啊？"

趁小满跟人理论的工夫，孙璐璐抢过信封拆开，一看里面的信纸被折成心形，她心里狂跳，脸上一秒钟就泛红。人生的第一封情书，居然来自大帅哥小满！她赶紧把信揣进了书包，骑上了车。

小满这边跟捡篮球的同学理论完毕，一回头已不见了孙璐璐。

"怎么跑得这么快？话还没说完呢。"小满揉了揉后脑勺，自言自语走出了车棚。

这厢，孙璐璐腾云驾雾一样骑着车，兴奋得出了一身汗。等回了家，她也不着急吃饭，关上自己的房门，展信轻读："我只能一再地，让你相信我，那曾经爱过你的人，那就是我。"

啊！好浪漫的小满！这一刻，孙璐璐脑海里有千万朵多巴胺礼花绽放，大脑小脑脑干都盛满幸福。这就是恋爱的感觉吗？她温柔地想着，把目光移向情书的结尾处，忽然瞥见落款写着"王东东"。

"啊！"孙璐璐惨叫了一声，一下子从床上跳起来，使劲捶胸顿足，一瞬间心花都凋零了。她咬牙切齿大喊："王东东！你个丑八怪，挨千刀的！你也敢给老娘写情书？你也配！"

下午课前，孙璐璐气汹汹地走进了二班的教室，当着全班同学的面，把歌词情书一把摔在王东东的脸上："还给你！别做梦了！臭不要脸！"说完，她大步往外走，冷不防和刚进教室的小满撞了个满怀。

小满正夹着篮球，看见撞进自己怀里的是孙璐璐，还以为自己走错了班级，忙问："璐璐？你干啥来我们班了？"

孙璐璐一脸愤懑地瞪着小满，一句话也不说，运足毕生丹田之气，猛地扬起肘弯，顶向小满的浮肋。

"哎哟……"小满冷不防被偷袭，捂住肚子直喊，"你干吗？

赛璐珞你干吗？”

“臭流氓！”孙璐璐头也不回，边走边骂，“小满你个臭流氓，挂羊头卖狗肉！”

升入高中之后，夏雷变得更加沉默寡言。父母失望之余，倒没更多责备他。

时间来到五一劳动节，这天晚饭，爸爸高兴得破例喝了几杯白酒。妈妈解释说爸爸刚被提拔成车队队长，这是一个肥缺岗位，不仅有权力，还有隐形的利益，修车保养和配件采购都是队长一个人说了算。

“当队长需要文凭吗？”夏雷问爸爸。

“如果驾照也算文凭，那就是需要。”爸爸打了个酒嗝说。

“是不是爸爸你送礼走后门了？”夏雷又问。

“走后门倒没有。”爸爸说，“想当队长的人有一个排，他们给厂领导送礼，人家领导还不收呢。”

“你爸的提拔，是严总主动提出来的。”妈妈给夏雷的碗里夹了一块肉，点破了谜底。

“人家严总当领导，做人做事都到位。”爸爸接过话头说。

“这也算是正常的回报！”妈妈白了一眼爸爸，“要不是为了帮那个严晓丹，夏雷现在也不至于蹲在破子弟高中。”

“原来是这么回事啊，你们大人的世界太复杂了！”夏雷说。

“快别多想了，好好吃饭。”妈妈用筷子敲敲夏雷的碗沿，“吃完饭赶快去看书，以前的事就算过去了，咱可不能再耽误高考了。”

同样的五一假期，夏雷蹲在家里继续学习，小满守着书报亭做生意，晓丹则陪父母去苏州探亲畅玩了三天。

那年《小小得月楼》正在重映，观前街太监弄里全是排队吃饭的游客。也是那一年，狮子山下的苏州乐园正式开园，广告语“去迪士尼太远，不如去苏州乐园”，引来了很多春游的小学生。

晓丹既喜欢苏州乐园的喧嚣热闹，也喜欢苏州老城的市井繁华，她在观前街新华书店一口气买了三个小地球仪。爸爸问她怎么买这么多，晓丹说，要回去送给小满和夏雷。爸爸问，送给夏雷就算了，怎么还要送给差生小满？晓丹说，小满总帮我值日打扫卫生。爸爸摇摇头，说以后别让他来帮你，你们压根不是一路人。

在苏州的几天，严总和老家同学们频频聚会，从前根不红苗不正的同学们都纷纷咸鱼翻身，有的成了合资公司的集团副总，有的承包了厂子摇身一变成为私人老板。苏州不再是老城区的旅游业底子，两个工业园区像是张开的双翼，热烈拥抱“三来一补”的新工业模式。

严总从一个饭局奔向另一个饭局，席间的他印证了一个趋势：市场经济下的工业必然向着交通发达、原材料供应和能源供应便捷的地方集结，这也是沿海工业园区兴起的原因。而像西铁城这样的深山工厂，布局既非临空型、临海型，又非煤铁复合型，迟早有一天会退出市场经济的舞台。

节后第一天放学后，晓丹让小满和夏雷等她一下。

“没头脑和不高兴，”晓丹从书包里拿出两个纸盒子，“这是送给你们的苏州礼物，一人一个。”

小满和夏雷拆开纸盒，只见是两个小小的铝壳地球仪，木底座上都刻着“高一二班麦哲伦赠”。

“麦哲伦？”小满问，“是不是发现美洲的那个人？”

“才不是，那个人是哥伦布，”夏雷纠正说，“麦哲伦是第一个环球航行的人。”

“对，等我长大了也要环球航行。”晓丹说。

“那你带上我们两个吧，做你的大副和二副。”夏雷说。

“夏雷地理学得好，当大副；我有力气，当二副。”小满也说。

“二副也不简单，得会开船，得会看航海图。”夏雷说。

“航海图有什么难的？不就是搞清东西南北吗？”小满指了指方位，“我都知道，上北下南左西右东，铁城在我们东面，赤峰在我们西面，苏州在我们南面。”

“对，苏州要向南一千五百公里。”晓丹说。

“一千五百公里得坐多久的火车？”夏雷问，“怎么也得一天一宿吧。”

“我们一家坐飞机去的，两个小时就到。”晓丹回答。

“哇塞！坐飞机啊！”夏雷和小满一起羡慕地喊，“我们哥俩只坐过幼儿园的翻斗铁皮飞机。”

一九九七年香港回归，举国上下普天同庆，西铁城厂也要筹办一场礼花表演。

这天饭后，晓丹一家聊天聊到了即将到来的礼花表演，晓丹问爸爸：“咱们厂既然能生产火药，为啥不顺便生产些礼花呢？”

“因为成分和成本都不一样啊！”严总很高兴被问到了专业问题，“我们所说的火药是个笼统概念，其实火药分为两种，古老的黑火药和现代的无烟火药。黑火药就是历史书上讲的四大发明之一，成分是硝石、硫黄和木炭。而我们厂生产的现代火药，也叫无烟火药，是近代欧洲的发明，基础成分是硝酸和棉花纤维。”

“我明白了，礼花用的是黑火药。”

“对！礼花弹是混合了金属盐类的黑火药，这些金属盐燃烧时能产生不同的颜色，你们化学书上叫焰色反应。”

“这个我知道，钠燃烧是黄色，钡燃烧是绿色。”晓丹想起了化学书上的彩页。

“黑火药在历史上也曾用于装填火枪子弹，但是缺点很明显，作功力气小，还容易爆膛和哑火，每次燃烧都产生残渣，所以就被淘汰了。”严总讲得深入浅出，“你看电视上演的《滑铁卢战役》，英法士兵面对面列队开枪，开枪时冒烟咕咚，打完一枪还要用铁条通一通枪膛，那就是黑火药的火枪时代。

“而后来欧洲发明了无烟火药，代替黑火药来装填各种子弹炮弹，我们也就进入了现代枪械时代。无烟火药的性能稳定，没烟没渣没残留，在各方面都好，就是工艺复杂造价昂贵，所以只具备军事用途。”

“嗯，我想起来了，老师说过一发炮弹相当于一枚金戒指，炮弹一响，黄金万两，打仗就是烧钱。”晓丹点点头，又想起了一个问题，“那么，火药和炸药又有什么区别呢？”

“火药和炸药算是近亲，两者的燃爆速度不一样。”严总找来一张白纸，在上面画了一个炮弹，“开炮时的那一声响，点燃的是弹尾的火药，火药的燃爆速度相对慢，因此能产生持续的推力，把炮弹从炮膛里推出去飞行，所以火药也叫发射药。等到炮弹落地，爆炸时那一声巨响，点燃的是弹头的炸药，炸药比火药的燃爆剧烈，能产生瞬间冲击波，起到巨大杀伤和破坏的作用。”

“我同学说等放礼花那天，咱厂会把靶场的那几门大炮拉出来放礼花，是吗？”晓丹又问。

“净瞎说，大炮怎么能放礼花？”严总找出一本《兵器知识》

杂志翻给女儿看，“咱厂的那几门迫击炮，发射炮弹的轨迹是抛物线，拿来放礼花就太不安全了。放礼花必须用专门的垂直滑膛发射筒，礼花垂直上天才最安全。”

“要是换成高射炮，不就可以垂直了吗？”

“嗯，理论上高射炮能垂直射出礼花，但是杀鸡焉用宰牛刀，射程最小的高炮也能把礼花打到三四千米，三四千米太高了，我们在地上看起来，就会觉得礼花又高又小，并不好看。”

“三四千米？好威风！”

“三四千米只是最小射程，高射炮的最大射程能接近两万米。”

“两万米！太酷了！爸爸，我以后也想学兵器专业。”

“那可不行！”严总马上收起笑容，给女儿的念头泼了瓢冷水，“当年要不是反应釜的大盖子护住我一命，爸爸差一点被炸死，搞军工又危险又辛苦闭塞，整天烟熏酸呛，千万不要学。”

“可是同学们说起自己是军工二代、三代，都挺自豪的。”

“那是从前的老皇历，现在傻子才爱干军工呢。”严总说，“等有机会，我们家要搬回苏州，你争取考个经管财会类的专业，我们回苏州也能用得上。”

等到礼花庆典的那一晚，晓丹提早和父母请假，说要出门和同学一起看礼花。

妈妈起初不同意，说我们家阳台上就能看清楚，出去看什么看？严总倒是通情达理，说小孩子喜欢热闹，平时学习也辛苦，今晚就放她出去吧！

吃过晚饭，晓丹从阳台往下望，只见小满、夏雷、小白和王东东四人正在楼下等她。晓丹悄悄打了个手势，让他们别着急。趁着爸妈去厨房洗碗的空当，她从橱柜里抽出一瓶人头马 XO 放进书包里，一溜烟下了楼。

到了楼下，晓丹和大家汇合，一起欢天喜地地朝中学走去。

周末的教学楼上了大锁，不过这难不倒大家，男生们都是翻墙高手。小白和王东东先爬进二楼窗户，再探身出来抓住晓丹的双臂，小满和夏雷在下面托举晓丹的双脚。四个男生上拉下举，硬生生把晓丹升进了二楼的窗户。

五个少年进了教学楼，打开顶楼天台的大门，眼见一轮明月升起，夜空分外清朗。王东东掏出望远镜瞄了瞄远处的厂俱乐部，那边黑压压聚集了好多人，都在等着看发射礼花弹。

“好奇怪，那些围观的人好像不是工厂的。”王东东说。

“肯定都是周围的村民。”小满分析说，“他们没见过礼花，还以为是越近越好看。”

“看礼花的最佳位置就是咱们中学天台，我早就用几何方法算过了。”夏雷也说。

大家说笑着席地坐下，铺好桌布，摆上核桃、虾条和鱼皮豆，晓丹最后解开书包，拿出了那瓶琥珀色的人头马 XO。

“哇！人头马！”男生们一起兴奋大叫。这瓶酒是别人送给严总的礼物。之前小满和夏雷去晓丹家做客时，曾在橱柜里见过这瓶人头马，当时他俩都充满了好奇和神往。

“看上去真高档！”夏雷捧起酒瓶研究酒标，“可惜，上面的单词我就认识一个马丁。”

小满接过酒瓶，看了看问：“这怪物到底算人还算马？得有几条染色体啊？”

王东东用手指量了量人头马身，定下结论：“肯定还是算马！”

大家问为什么。

“你们看，这人头马的胳膊太短，没办法给自己擦屁股！”王东东开始胡说八道，“不擦屁股的，怎么能算人？”

“去去去！”大家一顿哄笑之后，发现谁也没带杯子。

“我爸爸说这酒要兑上苏打水才好喝。”晓丹说。

“兑水就可惜了，男生干脆对口喝吧。”小满说完对着瓶口喝了一大口，回味了半天，表情五味杂陈。

夏雷问他怎么样。

“味道好极了。”小满一抹嘴，冲夏雷眨眨眼。

夏雷接过酒瓶喝了一口，心里明白了，嘴上却说：“真是琼浆玉液啊。”

小白喝了一口，也说：“等我有钱了，天天喝人头马！”

酒瓶最后传到了王东东手里，他咕咚猛喝了一大口，马上又吐出半口：“你们三个……大骗子！这酒……怎么和料酒一个味儿？”

大家哈哈大笑，前仰后合。

“为了公平喝酒，我们一起玩个酒令怎么样？”眼看天色还早，晓丹建议道。

大家都说好，小白还特意撸起了袖子。晓丹问他要干吗，小白说：“行酒令不就是划拳吗？五魁首，六六六！”

“不成不成，我们要玩文明的酒令，这样吧，每个人背一首诗，诗句里面要有‘花’字，十秒内答不上来的，就自罚喝一口酒，”晓丹说清楚了规则，冲夏雷一点头，“这一轮，先从大才子开始吧。”

“来了来了！”夏雷脱口而出，“人间四月芳菲尽，山寺桃花始盛开。”

轮到了王东东，他晃晃脑袋说：“故人西辞黄鹤楼，烟花三月下扬州。”

然后是小白：“这个简单，小学就学过，春去花还在，人来鸟不惊。”

小满也想到了小学课本，于是说：“桃花潭水深千尺，不及汪伦送我情。”

最后轮回晓丹，她说：“都上高中了，我说日出江花红胜火，春来江水绿如蓝。”

第一轮走空，大家忽然发现一个问题，要论背唐诗，谁也拼不过夏雷。于是晓丹又建议改成唱歌，唱一句有“花”字的歌词，再报出歌星名字。

“这也难不倒我！”夏雷开口就唱，“花的心藏在蕊中，空把花期都错过，你的心忘了季节，从不轻易让人懂。周华健。”

轮到晓丹，她想了想，唱道：“这纷纷飞花已坠落，往日深情早已成空。谭咏麟。”

接下来是小满，他一边用余光偷看晓丹，一边唱道：“我想偷偷望呀望一望她，假装欣赏欣赏一瓶花。陆小凤，啊不……是徐小凤。”

轮到小白，他为难地想了半天，终于想出一句：“好一朵美丽的茉莉花，好一朵美丽的茉莉花。咦，这首歌好多人都唱过。”

最后轮到王东东，他抱怨说：“我刚想唱茉莉花，就被小白给抢了。”

小白说：“放屁，明明我在你前面，怎么叫作抢？”

王东东推脱不成，词穷了半天，也没憋出一个字。

“六，五，四，三……”大家开始倒数查秒。

“等等！”王东东忽然一声大喊，“我们的祖国是花园，花园里花朵真鲜艳！歌星是……小学牛老师！”

大家都笑弯了腰，晓丹笑得最开心，一不小心碰倒了酒瓶子，酒水洒了一地，害得夏雷和小满尖叫着跳起来抹屁股。

他们正在欢声戏谑，忽然“轰隆”一声炮响，一发礼花弹从厂俱乐部楼顶腾空而起，拖曳着尾焰升到夜空，随后一声炸响，瞬间化成万紫千红。紧接着第二发礼花又升上天空，张开硕大无朋的银盘，花火条条穗穗垂下，好像吹落人间的星雨。

那一晚的火树银花映红了西铁城厂的大半天空。晓丹坐在夏雷和小满中间，不停地鼓掌叫好，欢快得像个孩子。每一次花火升空，五个少年都欢呼雀跃，一大朵一大朵盛放的花火，一次又一次照亮他们的青春脸庞。

花火和少年，是西铁城那年夏天的最美风物诗。

第六章
我们唱歌，我们跳舞

高二上学期刚一开学，佟老师就召开了家长会，提前做高考热身动员。

“在我们这样的普通高中里，能自我管理和自我激励的孩子毕竟是少数，大部分孩子还做不到，这就需要家庭教育来配合学校教育！”佟老师实事求是地讲，“家庭教育可不是简单地看成绩单，打骂孩子一顿了事。家庭教育是一个过程，时间陪伴就是最大的投入。你们做家长的，能不能先从自身做起，放下麻将，关掉电视，陪着孩子一起复习看书？”

说到这句话时，佟老师无奈地看到工人家长们和他们的子女一样，也不做记录，只是坐在椅子上昏昏欲睡。

“如果哪位家长下定决心，想陪孩子拼搏这两年，就散会后来找我单独谈。”佟老师最后的收尾也很直接，“如果你只想让孩子混个高中毕业，那就不用找我了，这样我们双方都节省精力。”

会后，佟老师统计了家长和学生意愿，很快就推出了“一堂两制”模式：按照成绩划分座位，第一排的冲击重点大学，第二排的力争普通本科，第三排专科和委培定向。而只想拿毕业证去读技校的学生，都被沉淀在后四排。

经此重新布阵之后，课堂的前三排变成了脑力集中营，而后四排则变成了少年疗养院。

“俗话说，吃得苦中苦，方为人上人，我可是要发力锻造你们成才的。”动员完前三排，佟老师话锋一转，开始敲打后四排，“后排的同学们，你们的毕业证还没到手，大家好自为之，不听课也要保持课堂秩序，听明白了没有？”

夏雷被从第二排升到了第一排，离黑板又近了一米。各科老师的目光像探照灯一样巡检他们，提审驱策不停。夏雷和晓丹每天一头扎进试卷题海里，写到钢笔没水，眼睛冒星。

小白被踢去了后四排的少年疗养院，这里离知识前线遥远，生活气息浓厚，好比北京的南城，西安的道北，伦敦的东区，纽约的布鲁克林。老师的探照灯懒得照过去，同学们也懒得抬头看黑板。

小满还是稳坐最后一排，左邻右舍都是不想高考的差生。女生们在课堂上读亦舒、张小娴，或是研究星座运程，或是工笔闲画花草和花仙子；男生们则俯头睡觉，嘴角垂涎，梦中和樱木花道抢夺篮板球，下课一跃而起奔向球场。更有早恋男女生私下换座位坐到一起，在课桌下轻轻执手，眼前人是心上人，课堂就是杨柳岸。

侯校长常常趴在窗户上侦查课堂，有时冲进教室，把早恋男女生的座位分开。他个头不高，趴窗时头颅正好和窗沿平齐，猛然一看，像是窗台上摆了个茶色眼镜的头颅。靠窗的同学恶作剧，在窗下竖起三根铅笔，当作三炷焚香供奉侯校长的立体遗像。

比起侯校长的立体遗像，更让人起鸡皮疙瘩的，是教导主任大老蔡的偷窥。他从教室后门板的缝隙里窥看课堂，几次和小满三目相对。小满也不客气，一口吐出口香糖堵死罅隙。大老蔡还不死心，再用钢笔尖戳掉口香糖。小满还有办法，他给坐在阳光下的小白发个信号，小白翻过铅笔盒的金属底面，把明晃晃的阳光反射到后门，晃得大老蔡满眼金光。

课堂上日复一日的数理化课枯燥无味，英语课呕哑啁哳，能让全班七排都感兴趣的，只有语文课。有一天上午，第四节是语文课，课文是《一碗阳春面》。戴老师念完课文，同学们的肚子都忍不住咕咕直叫。

“戴老师，这个阳春面究竟是什么面？”小满问了一个大家都关心的问题。

“这个……可能是日本的特产面条，”戴老师含糊地回答，“备注和参考书里也没有讲。”

“编书的人太不讲究！”小满咽了口唾沫说，“都快把我们肚里的蛔虫勾出来了，也不给个注释说清楚。”

“要不我们讨论一下吧，大家有谁听说过阳春面？”戴老师放下粉笔问。

王东东一提到吃就来了精神，他第一个举手发言：“我觉得阳春这两个字，说明是在春天吃的面，所以会不会是香椿面？”

戴老师摇摇头：“你没注意听课，文章里母子三人是在大年夜吃的，应该不是时令面。”

小白也举手：“那会不会是打卤面？”

戴老师还是摇头：“你也没注意听课，原文里母子三人吃得热腾腾，这应该是汤面。”

晓丹最后举手说：“我听妈妈说过，苏州也吃阳春面的。”

“太好了，那你说说看。”

“我妈说阳春面也叫光面，其实就是清汤面，没有卤子也没有拌酱。”

“啊？”全班集体惊叫了一声，一没卤子二没酱？害得大家白流口水了。

小满一拍桌子站了起来，说：“戴老师，我觉得这篇文章水平不咋地！都赶不上《我的叔叔于勒》。”

“的确，栗良平的名气远远赶不上莫泊桑。”戴老师也承认。

“倒不是名气大小，”小满说，“《我的叔叔于勒》里面至少还有海鲜呢。”

全班哄堂大笑，戴老师奋力敲了敲黑板：“跑题了！同学们！我们不是研究美食，我们是要学习遣词造句和逆境奋斗精神！还有……得了，下课吧，我也饿了！”

每到“一二·九”运动纪念日，子弟中学都要举办校园歌咏大赛，大赛以班级为参赛单位，分为领诵和合唱两个环节。

十二月第一周的班会上，佟老师和全班同学一起商议歌咏题材，她先把领诵的任务交给了夏雷和晓丹，随后说：“至于大合唱部分，我们就唱《大中国》好不好？”

“撞车啦！”王东东举手喊，“我听说昨天隔壁一班已经定下来唱这首歌了！”

“那，谁还有其他好歌推荐？”佟老师征询。

同学们你一言我一句，纷纷推荐，众说不一。

“佟老师，我推荐一首厉害的歌！”最后一排的小满举手发言，“唱这首歌，肯定能盖过草包一班。”

“小满好好讲话，不准说脏字。”佟老师批评道。

“好的，这首歌，就是郑智化的《大国民》！”

话音未落，教室的嘈杂声变成了噼啪沸腾声，像是油锅里撒了一把盐，全班同学都热烈赞同：“这歌确实猛！有劲！”

“我倒是没听过这首歌，”佟老师满心疑惑，“这样吧，既然你们都喜欢郑智化，不如选个《水手》或者《星星点灯》吧？”

“没意思啊没意思！这俩歌都唱了好几年了，快唱吐了。”全班集体哀叹。

“年年唱也好啊，越唱越靠谱。”佟老师说，“来！我起个头，大家先唱一遍，‘苦涩的沙吹拂脸庞的感觉’……”

班会结束后，同学们都不太满意佟老师指定的《水手》。好几个人找到夏雷和晓丹，说合唱环节肯定没啥优势了，还是等着你们的领诵环节出彩吧。小满也找到夏雷，问他什么时候和晓丹排练领诵，可不可以旁观。

“旁观多没劲，我把机会让给你，你和晓丹来领诵，敢不敢？”夏雷偷偷问小满。

“敢倒是敢，就是佟老师肯定不会同意的。”小满心里没啥底气。

“会有办法的，容我想想。”

夏雷终于想到了办法，第二天课间，他把小满拉出教室叮嘱：“我和晓丹排练时，你在一旁拿着稿子跟着背，等到上场那天，我跟佟老师说嗓子哑了，临时找你顶上去和晓丹搭档，这不就顺理成章了么！”

“好吧，我试一试。”小满挠挠头，“这辈子总得登一次大雅之堂，我不能落后晓丹太远。”

“稿子要背流利，千万不要搞砸了！”夏雷不放心。

“上心的事，就肯定不会搞砸！”小满拍拍胸脯说。

很快，小满照着稿子誊抄了一份，每天起床也背，睡前也背，梦话里面都是稿子。夏雷还特意来小满家辅导表情和手势，等夏雷走了，小满继续对着镜子练习。日子一天天过去，他觉得自己的气场一天天增强，镜子中的自己越来越自信。“你，一定可以的。”小满指着镜子中的自己打气。

“一二·九”那天一早，佟老师刚到办公室，还没来得及解下围巾，夏雷就嘶哑着嗓子来道歉，说自己嗓子倒了，吃了草珊瑚含片也不好用。

佟老师果然一筹莫展：“这可怎么办呢？换人背稿子也来不及啊？”

夏雷边咳嗽边建议：“每次排练时，小满都陪着我和晓丹，他看都看会了，稿子差不多也能背下来。”

到了这步田地，也只能由小满上阵打替补。于是，佟老师把小满叫到办公室练稿子。半个上午，小满就完美脱稿，佟老师这才舒出一口气，她最后疑问：“小满你背稿子这么不费力，咋就不想好好背书呢？”

等到下午的大赛，红色幕布拉开，穿背带裙的晓丹吊起马尾辫，穿上西装的小满挺拔如白桦，金童玉女一亮相，便胜却人间无数，全场评委都啧啧赞叹。

晓丹微微侧脸给小满一个鼓励的眼神，小满潇洒地一甩分头，张开手臂放声朗诵：“啊！黄色的土地，给了我们黄色的皮肤，黄色的皮肤，是五千年的坚强……”两个人配合得自然流畅，仿佛珠落玉盘，水银泻地，引得全场观众掌声雷动。

最终，高二二班力克一班，赢得了评委一致的满分。

这次歌咏比赛后，全校师生都记住了小满的微笑脸庞，他很快被八卦女生团评为校园名草。好多女生在路上扭过头来偷看他。即便在大冷天，小满穿上了臃肿的军大衣，大家依然觉得他和军大衣都很帅。

“都一样的军大衣，怎么就说小满穿得帅？”王东东嘴上不服气。

“因为小满就是衣服架子啊！”女生们回答，“穿在他身上就是帅，就是帅！”

那段时间是小满的黄道吉日，好事连连。没过几天，佟老师把小满和晓丹的朗诵推荐给了厂电视台。

厂电视台在机关办公楼里，离子弟中学还有一段距离，小满骑上自行车载着晓丹赶了过去。晓丹坐在后座，她不好意思去搂小满的腰，只是抓住小满的皮带。小满一路恶作剧，专门找坑坑洼洼的路面骑，颠得晓丹大呼小叫，直叫讨厌。

两个人打打闹闹到了厂电视台，这是他们第一次面对摄像机。摄像师打开补光灯，让两个人站在幕布前。

“叔叔，能不能把灯光关了，我有点睁不开眼睛。”小满问。

“开灯才能把脸照清楚啊！这和照相开闪光灯是一个道理。”摄像师说。

“叔叔你是不知道，小满上化学课被氯气熏过眼睛，有后遗症。”晓丹笑嘻嘻地又揭他的老底。

“瞎说！造谣！我早就好了！”小满冲晓丹龇牙，做了个鬼脸。

“帅哥快别闹了，咱们准备录像了，三，二，一，走……”摄像师发号施令。

小满和晓丹连忙站好位置，张开双臂摆出造型，朗诵道：“啊！

黄色的土地，给了我们黄色的皮肤……”

那天夜里，家属区上千家电视里都有小满的身影，西铁城人民对着荧屏指指点点，说这不是十字路口卖拌菜的小孩吗？长得这么出息了啊！等到第二天上学见面，同学们都说电视上的小满比本人更好看，脸窄有文艺气，佟老师也夸奖小满：“小脸还挺上镜，以后得多上台历练历练。”

这次在厂电视台上的亮相，是小满出了娘胎后的最高光时刻。当然，这一切得归功夏雷的鼎力相助。后来，小满偷偷问夏雷是怎么把嗓子搞哑的。

“头天晚上我摸黑嗑了一个小时的瓜子，早晨又去河边喊了半个小时，最后喝了一杯化不开的白糖水。”夏雷搂着小满的肩膀说，“等你和晓丹成了，可千万别忘了我这个哑了嗓子的红娘。”

元旦之后，进入了总复习阶段。

晓丹坐在教室的第一排，小满坐在最后一排，万水千山也隔不断他俩的互相惦念。下课时小满经常跑到第二排傻坐，看着晓丹的背影也不说话。晓丹像是能感受到背后的目光灼热，趁着大家不注意，扭过头来对小满莞尔。

天气转冷，一天晚自习之前，西铁城开始飘落雪花。小满把晓丹的保温杯灌上热水，压了一张纸条在杯子下面。晓丹打开纸条一看，上面写着：“第二节私奔去踏雪”。她收起纸条，回头冲小满比画了个 OK。

晚自习七点开始，刚到七点二十，忽然全楼停电，各个班级爆发出海啸般的欢呼，大家在黑暗中不停擂打桌椅板凳。

“大家先不要激动！等等看，也许还会来电！”班主任佟老师努力维持秩序。

小满趁着黑暗混乱摸索到第一排，挎上晓丹的书包，拉起她的手，说了声“快走”，两个人一口气跑出了教室。

很快就恢复了来电，教室瞬间大亮，佟老师一看后四排已经人走座空，前三排唯独走掉了严晓丹。

小满拉着晓丹跑上了教学楼天台，天台上漫空大雪飘飘扬扬。晓丹发抖说冷，小满就砸开暖气管道保温层，露出滚热的内管再垫上自己的书包，让晓丹坐上去暖和屁股。晓丹撒娇说脚也冷。小满说，脚也有办法。他蹲下身把晓丹的鞋脱下，将她的双脚搂在自己怀里。

“不好不好，你别冻到了。”晓丹忙说。

“不会不会，我是冬天里的一把火。”小满挺起胸膛，抵住晓丹的双脚。

雪花在少年的头上轻舞盘旋，两个人一边看雪一边闲聊。小满问：“今天早课上，你们女生都笑什么？”

“你没觉得英语老师有什么不对劲吗？”晓丹抿嘴笑。

“没啊，我看了半天也没看出来。”

“不告诉你，男生不宜。”

“求求你，快告诉我，我想了一堂课都没想明白。”

“嗯……是英语老师把体型裤穿反了，”晓丹忍不住哈哈笑，“她把屁股穿到前面了。”

“怪不得只有你们女生笑，我们男生哪会注意啊，对了，体型裤也分正反吗？”

“当然分啦，女生一看就能看出来。”

“可能是老师起得太早，摸黑穿裤子没点灯。”

“语数外这些主科老师都辛苦。”晓丹说，“对了，说一个秘密，你不要跟别人讲。”

“嗯？”

“侯校长让几个主科老师给我们干部子弟开小灶，周日我们都去校长室补课。补课老师的家人以后都会得到实惠的，有的会提干，有的会评先进，有的会分到大房子。”

“让我猜猜你们几个都有谁，孟厂长家的，牛书记家的，对了，应该还有侯校长自己的外甥。”小满问，“应该轮不到夏雷吧？”

“轮不到，他爸爸只是车队队长，他只能靠自己奋斗了。”

“夏雷自己奋斗也没问题，他每晚看书都到后半夜，高考他要背水一战。”

“小满，你就没想过……要好好读书？”晓丹问，“要不你也使使劲，将来考个大专什么的也行。”

“在人间已是癫，何苦要上青天。”小满接住一片雪花，没由来地唱了一句，“晓丹你看看，这雪花像什么？”

“雪绒花，雪绒花，像梦境，像童话。”晓丹也张开手掌，接住一朵。

“亲爱的，你会唱《雪人》吗，我们一起唱？”小满展开双臂抱住晓丹。

“好啊好啊，一起唱，一起唱！”

“雪，一片一片一片一片，拼出你我的缘分。我的爱因你而生，你的手摸出我的心疼……”

第二天一早，佟老师把小满叫到办公室。

“小满你可不能耽误严晓丹考大学啊！”佟老师一脸严肃地开门见山，“你只等毕业上技校就好了，可人家是要报考北京理工的。”

“佟老师，你把我和严晓丹隔开五排座位，比牛郎织女的银河还宽，我得多大功率才能干扰到她啊？”小满夸张地张开手掌，数了五个手指头。

“别犟嘴！你们两个眉来眼去的，以为我是瞎子阿炳？”

“那佟老师你说，男女同学之间就没有纯真的友谊吗？”

“就你伶牙俐齿是不是？”佟老师摊开手心的字条，诘问道，“你给我解释解释，什么样的友谊要私奔踏雪？什么样的友谊？”

小满这才想起来，晓丹昨晚忘了丢掉纸条，白纸黑字的证据摆在面前，他梗着脖子不说话，准备死猪不怕开水烫。

对付此类的早恋，佟老师一般都是找来双方学生家长一番斥责恫吓。可小满家里只有一个耳背的奶奶。佟老师想了想，两情相悦这种事一个巴掌也拍不响，就给严总打了个电话，通报了晓丹的早恋。

接到电话，严总决定亲自出马会一会这个小满。他从厂办公楼背着手一路走到子弟中学，推开校长室，把侯校长吓了一大跳。

“严总您怎么来了，这可真是蓬荜生辉……”侯校长赶紧接水沏茶。

“别废话，你赶紧把小满那个兔崽子喊来。”严总一挥手让侯校长住嘴。

不一会儿，小满跟着校长进了办公室。

“严叔叔好。”小满行了个礼，问候严总。

严总上下打量了一番小满，终于搞懂了晓丹为什么会喜欢一个普通人家的男孩。眼前的小满身着普通蓝白校服，却掩盖不住天生的帅气，五官组合的微笑让人看着很舒服。严总的气马上消了一半，咳了一声，问：“小满啊，听说你和我家晓丹的关系不错？”

“我们是好朋友，小时候就在同一个幼儿园。”小满回答说，“您记得吗？有一年在幼儿园，晓丹把硬币喂给了一个小朋友。”

“那是……因为当时晓丹还小！”严总有些不快，“你怎么知道这件事的？”

“我就是那个被喂了硬币的小孩，”小满说，“不过，有惊无险。”

“原来是你小子啊，这么巧……”严总欠了欠身体，“小满我问你，你凭什么喜欢晓丹？”

“我也不知道，反正每次看见晓丹，我都觉得有一道 Beam 照耀着她。”

“必什么？”严总和侯校长一起侧耳前倾。

“B-E-A-M，就是英语中光线的意思。”小满一本正经地解释。

“英文里有这个单词吗？”严总看了看侯校长。

“不好意思，严总，我……我是学俄语的，”侯校长赔笑说，“我这就去找英语老师问一下。”

侯校长关门离开，屋里只留下严总和小满两人面面相觑。

严总手拄着下巴一筹莫展，眼前这个孩子的说话逻辑压根就不在被伏击的路线上！倘若这孩子说的是真实幻觉，那只能说，情人眼里出西施是可能的，恋人眼里出光芒也是可能的。那道光，也许正是成人所不能感知的，青春原力的光！

伏击不成，强攻也难，严总心里开始盘算，早恋这玩意儿就像滚烫的灯泡，冷水一浇只能让灯泡爆炸。想到这儿，他把强攻改成智取，对着小满露出八颗牙齿：“小满你是个好孩子，从幼儿园开始就特别听晓丹的话，连硬币都吃下去了，你和晓丹应该是有缘分的，对吗？”

小满听了反而一头雾水：“当然是的，严叔叔你也这么认为，那太好了！”

“我们都是有担当的男人，对待女生要爱护一生，而不是热爱一时，你说对不对？”严总开始循循善诱。

“当然，杜德伟唱得对，钟爱一生。”小满又开始越扯越远。

“先不管杜什么伟，”严总赶紧拉回主题，“明年高三这一年，对于晓丹很重要，如果她高考不理想而将来埋怨你，那时你怎么跟她解释？”

这一点小满倒是从没想过，他沉默不语。

“所以呢，爱情也好，友谊也好，都是爱护一生而不是喜欢一时。你想想，我说得在不在理？”

“严叔叔，我明白了，”小满终于点头，“这一年，我不会干扰晓丹的。”

“对！作为男人就要有担当，”严总继续赶鸭子上架，“晓丹没看错你，你有自制力，你不会眼光短浅的！”

“可我……还是想跟晓丹平常说说话。”小满心有不舍。

“没问题的啊，我承诺，高考后的暑假，你可以每天来我家找晓丹聊天。”严总抛出一个空中大饼，“但是现阶段，不行！高考前，真的不行！”

“时间有点长，离高考还有一年多呢。”

“两情若是久长时，又岂在朝朝暮暮？”严总趁热打铁，一把握住小满的手，“来来来！我们两个男子汉顶天立地起个誓，我承诺，让你们高考后正式相处，我说的话，我做得到！”

“好吧，我也承诺，我也做得到，先不打扰晓丹。”小满伸手和严总对了对拳头，算是立下了誓。

严总微笑着起身，搂着小满一起走出校长室，走到楼梯口，最后又巩固了下战果:“这可是我们作为男人之间的约定，君子一言，驷马难追。”

“严叔叔你放心吧，我说话算话。”小满发誓。

“好孩子，忍一忍，好饭不怕晚，”严总拍拍小满的肩膀，“等高考完，你来我家吃饭，晓丹妈妈做的苏州菜很好吃。”

严总走下楼梯，正遇见侯校长小跑上楼。

“我问过英语老师了，是有 Beam 这个单词，是光线的意思。”侯校长气喘吁吁地汇报。

“老侯啊老侯！”严总哭笑不得，“你是不是脑壳坏掉啦？你适合搞政工吗？”

严总亲自出马搞定了小满。小满再也不主动去找晓丹了。倒是晓丹不高兴了，期末考试后，她把小满约到天台上，问他是不是转了心思。

“我才没呢，是你爸爸找我谈话了。”小满觉得自己冤枉，“我跟你爸爸发过誓了，不能打扰你考大学。”

“反正你不能忘了我。”晓丹噘着嘴说，“要是寒假你想我了，怎么办？”

“我想你的时候……就弹弹吉他吧，等我练好第一首歌，打电话唱给你听。”

“好吧，寒假你就在书报亭里好好练琴，想我了就打电话。对了，你想好练什么歌了吗？”

“《真的爱你》，献给你！”

“小满你又没头脑了？《真的爱你》唱的是母爱，我又不是你妈妈，”晓丹捂住嘴笑，“你还是唱林子祥的《敢爱敢做》吧，这个曲子我最喜欢了。”

“好吧好吧，那我就苦练《敢爱敢做》！”

“对啦，你还可以报名工厂的新春晚会，你在台上唱，我在台下听。”

“嗯，好！我早就等着上台的机会呢！”

每年的西铁城厂新春晚会翻来覆去都是几个老节目：开场秧歌就不必说了；歌曲《草原上升起不落的太阳》也是年年不落；舞蹈《小龙人》简直成了幼儿园每届孩子的接力棒；诗朗诵《我自豪我是西铁城人》是观众集体上厕所时间；《空碗变水》小魔术早没了悬念，还没等变出水，大家就提前鼓掌。还好那一年，新人小满给舞台带来了一股时髦新风，他挎着吉他登台上场，一首《敢爱敢做》赢得了节目一等奖。

这年，庄哥也跟着小满报名了新春晚会。如果说小满的节目是一股清风，那庄哥的节目就是一阵妖风，他一曲热舞跳完，全体观众疯癫呼号，舞台上平添了好几斤苹果核和香蕉皮，等下了场，庄哥差点没被厂保卫处抓起来蹲拘留。

庄哥高中毕业后去了职工技校。一心向往花花世界的他，趁着生产实习装病请假，去北京寻梦漂了一大圈。他先去北影厂门口混群众演员，演了好多场战地死尸也没遇到传说中的星探。后来他又去了一家现代舞学校，白天学舞练习，晚上去各个夜总会伴舞，一天跳上三四场。

到了年底，眼瞅着钱包要见底，北漂了小半年的庄哥买票回了西铁城。听说小满报名了工厂新春晚会，他不觉技痒难耐，也去工会报了名，节目名字不同凡响——《美国太空霹雳电光劲舞比利珍》。

不带妆排练时，庄哥跟着伴奏磁带大概比画了两下，没有太露峥嵘。

“你这个舞蹈好像跟霹雳舞差不多。”审核节目的工会群工部刘部长点评道，“就是紧身裤太骚情了，裤裆里的蛋都能看出形了，你得换条裤子！”

“要不你换丁师傅来跳，他不显蛋。”庄哥犟嘴抬杠。

“少废话，跟谁讲条件呢？不换裤子你就别想上台！”

“放心吧，我正式上场的演出服有下摆，能挡住。”

“行，记得挡住！过！”刘部长一挥手，审查通过。

等到晚会当晚，庄哥和小满早早背着吉他拎着旅行袋进了后台，在化妆室里一通忙乎。

庄哥先是套上了一件金光闪闪的子弹服，这是他从北京带回来的演出服，和迈克尔·杰克逊的《历史》专辑封面一样：四条金纸带像是机枪的黄铜弹链，三条交叉包绕前胸后背，剩下一条捆在腰间当作腰封。

“大庄，你这衣服还真像磁带封面啊！”正在后台巡场的工会干事大徐惊叹。

“怎么样？像不像迈克尔·杰克逊？”庄哥又穿上了白袜子和黑色紧身吊腿裤。

“挺像！你真舍得下血本。”大徐干事竖起大拇指由衷赞叹。

小满又从旅行袋里掏出一个假发套给庄哥戴上。这是一束烫好的马尾辫，刘海位置还定型了几缕弯曲的垂发。

“这假发也太像了，哪儿搞的？”大徐干事再次发出赞叹。

“温州发廊，五十块钱。”庄哥回答说，“对了，徐哥，等会儿我上台来个造型，一动不动一分钟，你跟音乐灯光师傅打个招呼，让他们别着急。磁带肯定没毛病，灯光要挺住，等我就行！”

“齐活儿！”大徐干事答应道，“迈克尔·庄，今晚你这是要装×翻天啊！”

晚会节目依次进行，幼儿舞蹈《小龙人》之后是小满的吉他弹唱《敢爱敢做》。“这首歌献给西铁城的所有好朋友，”小满站在台上举起吉他大喊，“特别献给我最亲爱的 YXD！”

掌声响起之后，台下观众都在猜测谁是 YXD，座位上的晓丹止不住兴奋的泪水，轻轻地抽泣。

当小满唱到一半时，一个小龙人踉踉跄跄地爬上舞台献花。献完花后，小龙人也不离开，他站在小满身旁，一边摇晃着假尾巴一边鼓掌打拍子。全场观众哄笑之后，也跟着小龙人一起鼓掌打拍子，掌声热烈而连绵。

“个个说我太狂，笑我不羁，敢于交出真情，哪算可鄙，”唱到这一句，小满和台下晓丹的目光交错，他将吉他高举过头，“就让宇宙塌下，世界变了荒地，日月碎作陨石，我俩也吻着到每个世纪！”

在如潮的掌声中，小满抱起小龙人一起谢幕。报幕员鼓掌上台送走了他俩，转身面向观众，声音提高了八度：“今天晚会的最后一个节目！美国太空霹雳电光劲舞——比利珍！表演者，职工技校，庄强！”

全场灯光迅速暗了下来。坐在第一排的厂长、书记一起问刘部长，这是什么舞，咋把灯都关了？刘部长说，跟霹雳舞差不多，要闪电效果。

随着漆黑之中“轰隆”一响，一束探灯照在舞台中央，庄哥大刺刺地杵在探灯的光柱里，他身上捆着四排假弹链，脸上的蛤蟆镜和烫刘海都假模假式，脸抹得比迈克尔·杰克逊还白。

全场顿时响起了一片笑骂声和口哨声。

庄哥在台上站着不动，五秒钟，十秒钟，二十秒钟过去了，台下的起哄声越来越响，座席上披红挂彩的老劳模们互相嘀咕，这小子咋干站着没音乐呢，是不是卡带了？又过了十秒钟，庄哥还是一动不动。工会刘部长扭头问大徐干事，这是咋回事？大徐干事说，没事，这是他的装×时间。

又过了十秒，庄哥还是一动不动。“你他妈的到底跳不跳？”几个好闹事的青工跑到前场起哄，往他身上扔香蕉皮和苹果核。苹果核打到庄哥身上，他也不为所动，继续保持着冰冻造型。直到拗够了一分钟，音乐“轰隆”又响了一下，庄哥这才机械地扭了一下头，然后缓缓摘下蛤蟆镜，冲全场上千人露出邪魅的一笑。

“你他妈诈尸啊！”台下起哄声里，有人大喊。

庄哥压根不在意嘘声，他把蛤蟆镜向旁边潇洒一扔，一脚踢开脚下的苹果核和香蕉皮，开始划出第一个太空滑步。大家这才停下起哄，屏息仔细看台上的他跳尸还魂。

庄哥有现代舞学校的功底，连最难的后滑步都精准到位，真还有点迈克尔·杰克逊的意思。跳到一半，他把子弹链外衣脱掉，换上黑色礼帽，开始夸张地提胯。这下可把台下的老劳模们看傻了，这是什么美国舞？这不是公狗爬胯吗？

台上的庄哥提了几下胯，又转身倒走了三个大滑步，再转身，换成了一边摇胯一边垂手摸裆！

“啊——臭不要脸！”台下好几百个女工全捂住眼睛，笑着尖叫。

"大流氓去死吧！"男青工也跟着呼喊。

大家也说不出是高兴还是愤怒，总之就是无比兴奋。全场上千人起哄的声浪高过海啸，差点掀翻了俱乐部的屋顶。本该传统祥和的新春晚会，被庄哥生生搅成了野人的士高。

眼看场面要失控，刘部长赶紧跑上台，照着正在扭屁股的庄哥使劲踹了一脚。庄哥被踹得假发飞起，人从舞台上掉下来，摔了个结结实实的狗啃泥。

坐在台下第一排的厂委书记一脸苦笑，问身边的保卫处长："能不能把这小子抓起来？有伤风化！"

保卫处长说："没问题，不伤风化也能抓。"

厂长插话说："还是算了吧，时代变了，现在的小年轻就这个德行，还是给个处分吧，明年别再让他上台丢人了！"

被踹下舞台的庄哥，散场回家就被他爸爸一顿叮咣暴打，庄老爷子边抡拳头边骂："还以为你去北京是学电脑去了，你就给我学了个流氓舞回来？"

"才不是流氓舞，我跳的是九三年的超级碗①出场秀，"庄哥还想争辩，"你们这群土老帽，少见多怪！这是时尚好不好？"

"滚犊子时尚！"光火的庄老爷子扇了庄哥两个大耳光，"这要是赶上八三年严打，流氓犯直接拉出去枪毙，你他妈的，去地底下找阎王爷顶胯吧！"

被家里人扣下了身份证，庄哥没办法再去北京漂荡，只好等到技校毕业再说。等到了入厂上班的第一天，奇丑无比的工服和劳保

---

① 超级碗（Super Bowl）是美国职业橄榄球总会年度冠军争夺赛的绰号，在其中场休息时间常有全球当红歌星登台表演，称为"超级碗中场秀"，是美国流行文化的年度顶级盛事之一。

鞋摆在面前，向来不要脸的他居然哭了："难道我一辈子，就得穿这么难看的衣服？就得整天在山沟里搅和硝酸吗？"

"对！我们车间可不需要什么迈克尔和杰克逊。"车间主任说，"我们需要的是张思德和吴运铎！你不愿意干就趁早滚蛋！"

百爪挠心的庄哥熬到下班回家，看见小满正在家门口等他学吉他。庄哥有气无力地摆摆手说："今天不教了，小满，我觉得我的好日子到头了，我真是不愿意蹲在山沟里当工人。"

"庄哥你和其他人不一样，你这么能闹能折腾，迟早也是待不下。"小满说。

"可是我又能干什么呢？"

"你懂得穿衣服搭配，至少可以摆摊卖衣服，像小温州开发廊一样，自己干！"

庄哥整整想了一个星期，就真的辞职了。

亲朋好友都说他得了失心疯，刚端上铁饭碗就扔了。父母叔伯姑姨全跟他翻脸，恨不得一人给他一砖头。

辞职之后的庄哥去城里倒腾衣服，白天在市场里摆摊批发，晚上去夜市练摊零售。干了两年，他挣下本钱，在铁城步行街上开了一家加盟品牌店，名字就叫作"比利牛仔"。

第七章

下一站，十八岁

高三开学不久，小满奶奶生病故去。

好在有工会干部和邻里街坊帮小满处理后事，等他臂戴黑纱回到班级上课，人已经暴瘦了七八斤。一堂课上，小满被佟老师叫去办公室，说侯校长和厂劳资处马干事要找他。

马干事比量了一下小满的个头，说："好在你也快成人了，要不就真得送去孤儿学校喽，咱们是工厂办社会，工厂不会不管你，今天说两件事：第一，吃饭，我跟单身宿舍的食堂打过招呼了，你去吃饭不用花钱。第二，补助，机关楼一楼是财务处，你每个月初去财务处领一百元的困难补助，可是有一点，毕竟你还小，自己的花费要记账，交给佟老师过目！"

小满给马干事鞠个躬，道声谢谢。

马干事说："不要谢我，你应该谢谢佟老师和侯校长帮你打的报告。"

小满转身给佟老师和侯校长鞠了个躬。佟老师扶住他叮嘱："你手上有了钱不要乱花，不要和社会上乱七八糟的人交往，要学会节约，要把记账交给我看。”

马干事起身要走，他拍了拍小满的胳膊说：“加油，孩子！”又回过头跟侯校长说，“侯校长您费心了，这可是全厂年纪最小的五保户呢。”

小满从此每天去单身宿舍食堂吃晚饭。他带上两个铝饭盒，一份饭菜当时吃完，另一份当作第二天的午饭。中学每天午休时，班级里带饭的同学们聚在一起互相品尝。小满的饭菜最不受大家待见。夏雷问他：“食堂里的猪肉怎么这么老，皮怎么这么厚？”小满倒是满不在乎，说：“这有什么大惊小怪的？我前天在食堂吃菜，还吃出过母猪的咪咪头呢。”

厂单身宿舍楼住的都是刚分配来的大学生，食堂也是全年不休。慢慢地，大家都认识了挂单吃饭的小满，小满吃完饭也不着急回家，直接在饭桌上铺开卷子写作业。遇到不会的题，他就请教在食堂吃饭的哥哥姐姐们，化学分子式不会就问理化室上班的小曹，物理电路图看不懂就问电厂技术员小方，英语单词不认识就去问情报室的小钱。

单身宿舍里最秀美的，当属医专刚毕业的儿科小王大夫。她平时说话声音细细的，和林黛玉一样的清高和酸脾气。小王大夫和财务处的大陈会计搞过一段时间对象，后来不知怎的就闹崩了。原本她手织了一条白围巾要送给大陈会计，可惜到最后收针的时候，两个人彻底分手了。小王大夫索性把白围巾带到食堂，套在正拿勺子扒饭的小满脖子上，说：“这条围巾送给你了！”

小满正在扒拉最后一口饭，突然被套上了围巾，他一脸懵懂，含着饭站起来。

“不错不错，配着挺帅！”看着自己的编织作品配上小满的脸庞，小王大夫心里甚是满意。

小满咽下最后一口饭，问："王姐，这个毛线很贵的吧，我该给你多少钱合适？"

小王大夫说："这个是给你的，不要钱，你记得姐姐的好就行了，不要像陈会计那么没良心！"

第二天小满戴着白围巾上课，同学们都来围观摩挲，晓丹一边偷偷掐他，一边酸溜溜地问："你小王姐姐织的这个围巾香不香啊？"

小满龇牙咧嘴地回答："不香，疼！"

小满戴着白围巾去夏雷家吃饭，夏妈妈端着白围巾翻来覆去研究了半天，说："小王大夫织得不错，好像还是菠萝花套着元宝针呢。"

小满说："我觉得围巾还没有围脖暖和呢。"

夏妈妈说："傻孩子，围巾洋气，围脖土气。"

小满戴着白围巾去财务处领取补助款，大陈会计捻了捻围巾直叹气。

小满说："陈哥，这个其实应该是给你戴的，要不我物归原主还给你吧。"

大陈会计继续叹气说："算了，算了，昨日之日不可追，小满你还是继续戴着吧。"

每天骑车上学的路上，小满总被并不认识的大人喊下车来嘘寒问暖。有次在路上遇见严总，他躲避不及被严总叫住："这大冷天的，你露个大脖子不冷吗？"没等小满回答，严总就伸出手把他的衬衫扣好。

小满也常在路上见到丁师傅，丁师傅不打针的时候骑车慢悠悠，车筐里也不放擀面杖，他停车问小满：“小子，食堂饭能吃饱吗？”

小满说：“还行，能吃饱。”

丁师傅说：“那就没大毛病，记住多吃馒头少吃饭，吃面有劲！”

节假日里，邻居们老师们轮流叫小满来家里吃饭。小满吃完一碗再添一碗，吃多了不好意思直打嗝。“多吃多吃！庄稼拔节，营养最不能缺。”大人们都这么鼓励他。

小满去夏雷家吃饭最多，夏爸爸知道小满最爱吃雪绵豆沙，就手把手教他如何打蛋糊，夏爸爸开玩笑说：“这个菜你跟我学，等你以后成家了，再做给小小满吃。”

大家都知道小满的书包里常备一双筷子，他时刻准备着接受邀请，吃完东家吃西家。晓丹曾跟小满开玩笑，说他是西铁城之子。

“我不就是上过厂电视台么，那也不算太优秀吧？”小满问。

“倒不是优秀的意思，那样的话，就叫西铁城骄子了。”晓丹揶揄说。

小满这才听懂：“我明白你的意思了，什么西铁城之子，你倒不如说我是吃西铁城百家饭呢。”

按照佟老师的要求，小满准备好了一个账本，他把每个月的开销仔细记在上面，不时交给佟老师过目。

“没想到你还挺节省，一百块都花不完，怎么，要攒钱买彩电？”佟老师翻了翻账本，开玩笑说。

小满笑了笑没说话，他的确是在攒钱。

还有大半年就要高考了，之后晓丹肯定会外出读书。小满准备送她一个拿得出手的升学礼物。为此他没少往城里的商业城跑，东看西转，最后转到了音像柜台。

柜台里的索尼随身听标价2998元，小满惊讶得直咂舌。营业员介绍说，这台新上市的机器用的是口香糖电池，液晶线控。小满说，简直就是抽血机，把我抽干卖血也没有三千块啊。营业员又指了另外一款，说这是基本款，1598元，音质也不差。小满拿在手里试听了半天，说这个还差不多，等我下次来买吧。营业员翻了翻白眼，“下次来”这样的鬼话听得多了，一扭头再不理小满。

小满说的是真心话，他真的是准备下一次来买，只不过“下一次”是半年后的高考结束。晓丹一辈子就这一回高考，他无论如何也要买下这台随身听。从城里回到家，小满夜不能寐，躺在床上盘算，奶奶留下来的存折还有一千多元，自己吃饭不花钱，衣服穿旧的，总还有办法能过下去。

为了更早攒到钱，小满在寒假里找了一份零工，去液化气代充点当送气工。

那年西铁城出现了私营的液化气代充点。私人老板雇人把饭店和居民的液化气罐运到国营气站充气，中间挣取批发和搬运的差价。九十年代的居民家里很少安装电话，小满骑着三轮车在小区里揽活，边骑边举着大喇叭喊：“换液化气罐喽！”听到阳台上有人招呼，他就爬上楼换下液化气罐，每天挣到的辛苦钱不过十几二十块。

刚开始，小满喊了一天嗓子就哑了，他才知道那些走街串巷弹棉花收破烂的都是多年练出来的铁嗓门。夏雷开动脑筋给小满出了个主意，让他弄个音箱，反反复复只放一首歌，把西铁城人民培养出条件反射。

小满听了夏雷的建议，去旧货市场淘了一台沙哑的老音箱。等再骑上三轮车走街串巷，他把音箱音量开到最大，放出张学友的热烈大唱：“她熄掉晚灯，幽幽掩两肩，交织了火花，拘禁在沉淀。”

大功率音箱让《饿狼传说》放出魔力声波，强迫西铁城居民们记住了狼嚎歌声代表着换液化气罐，就像是《兰花草》代表洒水车，《十五的月亮》代表垃圾车。

家属区里的小孩子们耳朵尖，一听到楼下《饿狼传说》的歌声路过，就条件反射地一边抖腿一边问父母："狼又来了，狼又来了！咱家换不换液化气？"

也有路人跟在三轮车后面边走边晃头，小满回头问，你跟着我干啥？路人说，没啥没啥，就是想把这首狼嚎歌听完。

最初小满只负责去饭店和家属区收罐子，他把罐子送到代充点的仓库暂存。下一步从仓库运送到气站的充气过程，是赵老板和他的外甥冯小波直接负责，从不让外人插手。

赵老板是铁城的第一代个体老板，开着一辆红色桑塔纳。他在铁城市区还有两家代充气点，据说坐镇市区总门市的是赵老板的姘头，东北话也叫铁子。桑塔纳和铁子是第一代暴发户老板的标配。大家都管赵老板的铁子叫老板娘。小满问，不是老板老婆才叫老板娘吗？大家说，只要给老板生过孩子的，都叫老板娘。

有次小满进城去送票据，认出老板的铁子就是当年在西铁城市场里开磁带店的女老板。看见了她，小满一下子涨红了脸。这个所谓的老板娘脸上依旧搽满了白粉，她已经认不出眼前身高一米八的小伙子，就是当年买张雨生磁带的少年。

小满的计件工资是一周一结，由所谓的老板娘核算发放。有次她开给小满的工资里有张五十块钱的假钞，小满找她掰扯理论，她死活不承认，一口咬定："我这钱可是从银行取出来的，你自已再想想清楚！"小满吃了哑巴亏，生气说不出，就当着她的面把假钞撕个粉碎，扬了一地。

后来，老板娘跟赵老板说起这件事："那个新来的小满是个傻子，把钱都撕了，跟我来气就算了，还跟钱来气？"

"他还是学生，一根筋。"赵老板听了笑笑。

"考考你，要是假钱在你手上，你怎么花出去？"老板娘一屁股坐进赵老板怀里问他。

"那还不简单，去夜市花呗。"赵老板一边掀起裙子往里摸，一边说，"夜市卖煮苞米的老太太老眼昏花，根本看不清真钱假钱。"

代充点门市里有一间隐蔽的库房，平时只有赵老板和他外甥冯小波有钥匙出入，其余人都不能进去。小满慢慢发现，赵老板的生财秘密就在这个房间里。

按气站的规定，充气足量的标准是 61.5 斤，这是包括气体重量和罐体重量的总和。虽然没人敢伪造罐体，却有人敢在罐体上做手脚。一般的做法是先买进一批标准罐子，然后把罐子的把手和底座都打磨变薄，或者用化学试剂腐蚀变薄，最后再重新刷上防腐漆冒充标准罐子。经过这样瘦身处理，正常的罐子就可以减轻三到五斤。

平日里赵老板和冯小波用这些瘦身罐子去充气站充满，拉回库房后，再把气体转输到小满他们收上来的正常罐体里，这种违法的操作在行业内叫作"过气"。

"过气"的办法很简单，先把瘦身罐子倒置放在高处，再把正常罐子放在低处，两个罐子中间连上耐高压的橡胶管子。这样每充满一个正常罐子，瘦身罐子都会余下三五斤的剩余气体。有时为了加快"过气"的速度，赵老板的外甥冯小波还要往瘦身罐子上喷淋沸水。

更疯狂的是，赵老板还暗地收买了国营气站的过磅工人，等到这个工人值班的时候，赵老板的卡车就把全部瘦身罐子拉过去，被收买的工人拿出一个磨薄的秤砣来称重，名义上的61.5斤便又多了三五斤的气量。

赵老板挣取的利润，说是辛苦钱，实际上是在挖国营气站的墙角。充气过量加上耐压性下降，这相当于用打气筒吹泡泡糖。高压气罐最危险的两点，赵老板的店全都占了。经过这样一番手脚，私人代充点的利润能达到25%。“公家墙脚大家挖，不挖才是大傻瓜。”赵老板曾酒后失言说。

当小满逐渐搞懂这一秘密时，赵老板和老板娘决定给小满一点恩惠来封口。又一次开工资的时候，老板娘多点了一百元给小满。

“上次那张五十的假钞，可能是我没注意弄错了。”老板娘皮笑肉不笑地解释，“我脑子里的事太多，小满你别真生气啊。”

“上回就是你弄错了！我兜里就那么一张五十块，我是穷人，大票就一张，记得清楚。”小满说着从裤兜里拿出五张十元的钞票，递给老板娘，“这是找你的五十。”

“不用找了！”老板娘拉住小满的手，以示亲近，“这另外的五十算是赵老板额外给你的，他说你正在长身体，应该多吃些肉。”

小满疑惑地望着老板娘，把手抽了出来，他不太相信太阳会从西边出来。

“大家谁都不容易。”老板娘又抓回小满的手，用手指敲敲他的手心，“赵老板他也是富贵险里求，咱们互相多理解！”

寒假里，小满起早贪黑挣到了三百多，离攒钱买随身听的目标越来越近，可他还是闷闷不乐。

小满担心那些瘦身罐子哪一天会爆炸，搞不好连带炸掉整个气站！西铁城厂子弟从小就耳濡目染“安全生产”教育。他们的亲属就有在爆炸事故中殉职的。在爆炸面前，水泥都会变成齑粉，钢筋都会变成面条，更何况血肉之躯。

等开学回到学校，小满跟晓丹和夏雷说出了自己的担心。晓丹第一个义愤填膺：“我们不能做沉默的大多数！要不我们写信举报吧。”

倒是夏雷稳重，他想了想说：“先不着急，我们还是去问一问佟老师的意见。”

于是三人去办公室找到佟老师，把代充点的秘密讲了一遍。佟老师听完，叹了口气说：“现在社会正在转型期，漏洞太多，无商不奸，老师会通过组织向上反映这个隐患。”

“太好了！正义必胜！”夏雷和小满互相击掌。

“虽然你们做得对，但也不要把这件事说给别人，”佟老师最后嘱咐，“社会还很复杂，并不是每个人都像你们这么善良，你们先要学会保护自己。”

没过几天，赵老板的充气点门市就被突击检查了。

这次是联合执法，质监局和工商局开来一辆大卡车，把门市里暗藏的瘦身罐子全部起获拉走了。围观的附近居民都惊叹：赵老板这是被窝里玩炸弹，应该送他去吃十年牢饭！

赵老板急得像热锅上的蚂蚁，眼睛凸得像离开水的牛蛙，他偷偷去问有勾连的监管员：“我这只是小毛毛雨，你们怎么不去管一管西铁城厂的原料供应商？他们送一车油有半车是水，送一车钢有半车是锈！”

“西铁城是独立系统，不归我们管，你还是管好你自己吧！”

监管员不耐烦地说，“最讨厌你这种人，没出息还总咬上别人，蹲笆篱子都没人捞你！”

赵老板赶紧让老板娘跑步去银行，提了几万块钱包上牛皮纸往监管员的皮包里塞。监管员摆摆手不收：“别别别，这次我真帮不了你。”

赵老板还有最后一招，他翻脸说：“那以前呢？以前我亏待过你吗？”

监管员也翻脸不认账：“什么以前？以前怎么了？这次要大祸临头你还不知道吗？管好自己的嘴，撒开自己的腿！我说得还不明白吗？”

赵老板一听，“扑通”瘫坐在地上。他知道这次可不是简单罚款就能结案的，搞不好真的要蹲上几年笆篱子。第二天，赵老板和他的铁子姘头，还有红色桑塔纳轿车，一起从铁城消失了，逃之夭夭。

四月份，又是一年连翘黄花开，随后春雨连绵。

还有一周就要到五一劳动节，佟老师跟全班同学商量：“离高考还有两个月，考完大家就该各奔东西了，我们趁着五一前的最后一次班会，搞点活动怎么样？”

“佟老师万岁！”全班同学一起欢呼，“春光大好，我们去踏青吧。”

“踏青可不行，一整天的时间太浪费了。我的想法是全班聚餐，大家动手一起包饺子。”佟老师说。

“太好了！佟老师万岁，万万岁！”同学们狂拍桌子。

佟老师忍不住笑了笑，马上就开始了筹划：“那就全班分成六组，到时候每组要带上几把擀面杖和菜刀，还有，哪几位同学愿意去买菜？”

“当然是我！我可是买菜的行家！”小满像被打了兴奋剂，自告奋勇跳起来举手。

“我也去！”第一排的夏雷也举手。

“夏雷就算了，不要耽误了学业，”佟老师把夏雷举着的手按倒，“这样吧，小白和王东东你们两个，那天下午的自习课就不用睡觉了，都去帮小满买菜！”

“好嘞！”王东东和小白异口同声答应，只要不被关在教室里，去火车站扛大包他俩都乐意。

劳动节放假前一天，全班各组带齐了菜刀和擀面杖。下午，小满领着王东东和小白去路南市场买好了肉菜和面粉。等到放学后，同学们在教室灯管上挂满了彩纸拉花，又把书桌拼成六个小组，开始一起热火朝天地剁馅擀皮。

侯校长和大老蔡也赶来凑热闹，当过造反派的大老蔡撸起袖子一边擀面皮，一边不忘絮叨："有人的地方就有左中右，大家要向进步靠拢，今年一定要多几个考上大学的！"

“这都什么年代了，哪里有什么左中右？”正在剁馅的侯校长连忙更正，“现在是上中下！大家要奔向城市奔向海洋，不要指望西铁城工厂能养你们一辈子！”

同学们都觉得侯校长是危言耸听，嘻嘻哈哈地不以为意。

小满看见晓丹傻站着不会包饺子，就走过去问："你家过年不吃饺子吗？"

“我家过年吃暖锅和汤圆。”晓丹说。

“可怜的南方人，好受不如倒着，好吃不如饺子，我来教你吧！”小满抓起晓丹的手，教她填馅，“记住，不管什么馅，里面的水分都要攥干，这样的饺子才能入味！”

小满正在讲解，一旁的夏雷故意把他挤向晓丹，小满的鼻子离晓丹的发梢越来越近，一低头都能闻到柠檬香波味。

大老蔡擀完了几个面皮，闲着没事站到了小满身后，看到小满包得不错，他就赞赏地拍了拍小满的肩膀。小满以为还是夏雷在搞恶作剧，就提起屁股往后一拱，没想到拱到的是大老蔡，更没想到，桌沿上的一把菜刀被碰掉了，正好砸在大老蔡的皮鞋上。

“啊呀！”大老蔡大叫了一声，身子往后一仰，跌坐在地上。同学们七手八脚把他扶起来，一看他的鞋面被菜刀剁了一个大口子。大老蔡惊出了一头冷汗，心有余悸地说：“幸亏没到夏天穿凉鞋，要不就得去医院接脚指头了。”

很快全班包好了五百个烫面饺子。几个男生端着笼屉去锅炉房上蒸汽。教室里其余人则忙着切好蒜末，摊好碗筷，调好香油、陈醋。每当有同学端着蒸熟饺子的笼屉走进来，教室里就爆发出一阵掌声。

所有去取笼屉的男生都回来了，只有小满始终没出现。

赵老板跑路了，可是冯小波没跑，他猜到举报的人八成就是小满。这天傍晚，他领着一帮小痞子闯进子弟中学，在锅炉房里找到了小满。

小满正端着全班最后一屉饺子往外走，冯小波上来一脚就踹飞了笼屉。小满心疼撒了一地的饺子，一边往教学楼跑，一边不舍地回头看，很快就被小痞子追上围住。“你敢断我老舅财路，我就断你活路！”冯小波上来就是一耳光。很快，小满被这群人打趴在操场地上，抱住脑袋蜷成海马形状，几次想站起来都被踹倒。

好在教室里有同学隔窗看见了小满挨打，立即振臂大呼：“小满挨打了！大家快抄家伙！”

全班二十几个男生一听，立即放下碗筷，操起擀面杖和菜刀就往楼下奔。夏雷拎着一把菜刀跑在最前面，他刚跑下楼，就被迎面的体育老师拦住。老师夺下菜刀，换了一根标枪给他：“别动刀，用标枪，抡起来干！”

前几年曾有小痞子来中学调戏女生，结果被高中部几十个男生乱拳围殴，还没轮上一人一拳，倒霉的小痞子就咽了气。这类群架混战，法难责众，谁也说不清楚是哪一拳要了人命，或者说，几十人的每一拳都把小痞子往黄泉路上推了一步。侯校长跟来办案的公安说，你看怎么办？几十号男生全是嫌疑犯，要不我把校长室钥匙给你，你把中学直接改成号子算了。

这一次，又是几十个荷尔蒙爆棚的男生冲下楼，挥舞着菜刀擀面杖奔向操场。冯小波一伙心生大骇，立马作鸟兽散。冯小波慌不择路，摔了一跤，爬起来发现摔掉了半颗门牙，再跑几步，又被后面抛过来的一块硬煤打中脚踝，他只好捂着豁牙踉跄翻墙逃走，姿态好像脱线的木偶。

小痞子们不战而散，高三二班的少年阿修罗们很失望。夏雷一手拎着标枪，一手把小满从地上拉起来。小满脸上满是鲜血，他用手胡乱抹了抹脸，好像喝醉酒的关公。

“咦！你老夫子也上阵了？”看见夏雷手上的标枪，小满问。

“还没等抡起来，他们就跑了，便宜了这群狗日的。”夏雷愤愤不平地骂道。

“可别可别！”小满扑了扑身上的灰土，咧嘴笑着说，“你可别掺和这个烂事，赶快回教室，高考最要紧！”

劳动节后的最后一次模考，夏雷一举发力，名列榜首，分数比第二名还高出五十分。这个好消息让夏妈妈走路时腰板挺得更直，好像行走的精钢卡尺，大家都说“精神万元户”的提现时间快到了。

这一天，夏妈妈正在路南菜市场挑菜，没听见身后有人唤她，卖菜的小贩提醒她说：“顾阿拉老师在喊你呢！”

顾阿拉是子弟中学的数学老师，也是西铁城菜市场的名人。他买豇豆不论斤，而是论根；买葱时把老皮剥掉，只剩下一根光杆再过秤。从前他一出现，菜市场的小贩都扭头不看他，说他根本不是地球人。没想到大洪水那年，顾阿拉居然捐出了三千元人民币，此后再没人说他顾阿拉抠门，菜贩们也都主动帮他剥好葱皮。

“高考后勤很重要哦！”拎着菜筐的顾老师跟夏妈妈打招呼，“你家夏雷应该多吃菜，少吃面，吃面午后犯困。”

“这次模考夏雷数学相当好，能遇上您这样的好老师，可是我们一家的福气！”夏妈妈忙说。

“哪里哪里，当老师最高兴的，就是看见学生有出息！”顾阿拉边挑菜边说，“对了，你和孩子他爸考虑高考志愿了吗？我的建议是考上海。”

“这个么……我们是工人家庭，没啥经验，还得顾老师您多指点。”

“考上海吧，倒不是因为我是上海人，是因为上海有潜力。”顾老师捡起一个土豆仔细端详，“上海浦东开发后的能量，二三十年都释放不完，如果夏雷考去上海，能赶上这个好机会。”

“上海……是不是有点远？”

“不远不远，时代变了，孔雀必须往东南飞，”顾老师很肯定地说，“夏雷的性格有一点执拗，坐机关可能不会八面玲珑。他适合在学术上发展，上海的高校待遇都不错，国际交流也多。”

夏妈妈感激地频频点头。像顾老师这类子弟校教师，他们的主要身份是厂矿职工，其次才是学校老师，上岁数的老教师甚至教过一家两代人，他们给出的建议都毫无保留，完全是为了子弟的前途着想。

顾老师挑好了五根小葱和两个土豆，跟夏妈妈一起走出菜场，边走边说：“你当家长的做好后勤，我当老师的做好发射，回头我跟佟老师建议一下，最后一个月，就把夏雷放在教室最前排特座！”

菜场会谈之后，夏雷果然被调到特座，比第一排离讲台还近。佟老师说这是卫星的预定发射位，今年争取把夏雷放个大卫星，考上全国知名的大学。

坐上特座没几天，夏雷心里就叫苦，这个位置叫坐浴还差不多，每天都得仰面惠承各科老师的唾沫雨露。先是第一堂课数学顾老师来遍头喷，第二堂语文戴老师再来遍二喷。一到大课间，夏雷就跑去水房洗脸。有时任课老师拿不准解题思路，就躬身伏在讲台上征询夏雷的意见，那一刻，模考第二名的孟歌脸上就会掠过一丝不快，身为副厂长的女儿，她向来自信基因优秀，可是几次模考下来，仍然拼不过工人家庭出身的夏雷。

夏雷简直就是一台不知疲倦的学习机器。机器上的每个齿轮时刻紧密咬合，把各个知识点粉碎压合，传送到他的大脑沟回贮存。倒是小满闲着没事，把夏雷的值日生任务全干完了。孟歌不无嫉妒地问小满，你难道是夏雷的总管大太监吗？小满笑笑，回答说，容嬷嬷您有事也尽管吩咐！

高三年级的十几个大学苗子里，早恋的有两三对。随着高考临近，任课老师反而不去阻挠这些罗密欧和朱丽叶，只是装作没看见，不闻也不问。有时这些小情侣互相赌气闹着要分手，老师们还要亲自出面劝和："都快高考了，别分手了！好好地相处，一起上大学多难得啊！"全班同学这才恍然大悟，原来老师怕的不是早恋，也不是分手，而是分神。

小满也不敢耽误晓丹学习。他只是每晚下自习送她回家，走到楼下的单元门，两人舍不得分开就简单勾勾手。严总在阳台上看得清清楚楚，有时假装咳嗽几声，两个人立即像惊弓之鸟一样分开。等晓丹回到家，严总也不多问。家长和老师都心里清楚，如果说热恋是八级狂风，那失恋就是十二级台风。

夏雷倒没有相思缠绕的苦恼，他更像是一个为高考而生的苦行僧。每晚下自习回到家，他先吃上一碗荷包蛋龙须面，然后开始掌灯夜读。困眼昏花的时候，他瞟见卷纸上有一根头发丝怎么拂也拂不掉，定睛一看，原来是数学试题里的一道抛物线。

后半夜的第一家属区，只有夏雷的房间还在亮灯，台灯把他的背影照在淡蓝色墨竹图案的窗帘上，脑袋的形状硕大无朋。家属区里倒夜班的工人都知道，这盏台灯之下，有一个大学苗子正在最后拼命。

这天夜里十一点，夏雷正在自己的房间里伏案做题，隐约听见窗户玻璃"嗒嗒"作响。一开始他还以为是雨滴，拉开窗帘一看，只见窗外暖气管道上站着小满。响声是小满刚才用指甲叩窗，他怕惊醒夏雷的父母。

"叔叔阿姨都睡啦？"小满问。

"都睡了，"夏雷打开纱窗，"你爬上来进屋说？"

“不进屋了，今晚月亮不错，咱俩出去溜达溜达？”

“好。”夏雷关上台灯，从窗子爬出来跳到暖气管道上，和小满顺着铁架子滑到地面。

临近午夜的西铁城悄无声息，唯余月明星稀，两个人沿着马路散步，边走边聊。

“你怎么大半夜的不睡觉，白天在课堂上睡多了？”夏雷问小满。

“我晚上睡不着就经常瞎逛，”小满说，“白天闹哄哄的西铁城是大家的，晚上肃静的西铁城是我自己的。”

“自己住就是自由啊，想睡就睡，想走开门就走！”夏雷羡慕地感叹。

“我有时会爬上晓丹家旁边的检修梯，算是偷偷陪着她，虽然见不到她人，能听听她声音也好。”小满不好意思地说。

“小满你疯了？那个梯子早就上锁了！你黑灯瞎火去爬，不怕一脚踩空？”夏雷大惊。

“是我太疯狂了，梯子确实都上锈了。”小满也承认。

“说吧，你大半夜找我，不只是随便溜达吧？”夏雷觉得小满一定是遇到了什么问题。

“碰上了一件郁闷的事，想找你聊聊，”小满叹了一口气，“今晚在晓丹家旁边的梯子上，我听到她父母的聊天，说等高考完事，他们一家就要搬去苏州，晓丹爸爸的对口单位早就找好了，调令也快下了，就等着晓丹高考完。”

“那是因为江苏的录取分数线太高了，还是在我们省里高考更轻松。”夏雷分析说。

“到时候，我可能就得和晓丹分手了，之前严总说的话，根本就是在骗我。”小满掩盖不住心底的哀伤，“一想到你要去外地念大学，晓丹要搬家到苏州，只留下我一个人在西铁城，我心里就不好受。”

“也别想得那么悲观，现在铁饭碗也不值钱了，以后你可以去苏州找工作，我大学毕业会在上海上班，我们三个以后还能常见呢。”夏雷安慰说。

“散了就很难再聚，”小满用手指按了按湿润的眼角，“再聚时，还不知道是什么光景呢。”

立夏之后，雨水渐稠，西铁城的阴天比晴天还要多。

一天晚自习，值班戴老师走到教室最后一排，看见小满椅子上挂着吉他，就问：“你这是想干啥？要在教室开演唱会？”

小满正在抄写琴谱，他抬头冲戴老师一笑：“我刚换了琴弦，还没来得及把琴拿回家。”

戴老师拿起小满的琴谱翻了翻，叹气道：“说不定你是个搞艺术的苗子，只可惜我们是山沟里的学校，培养不出艺术生。”

等到下了晚自习，同学都走光了，晓丹和小满还留在教室里。晓丹心思玲珑，笑着问小满：“你真是去修吉他换弦了吗？”

“好吧，瞒不过你，我刚练熟了一首歌，就想唱给你听。”

“太好了，你唱完我们再走，今晚我能做个美梦。”

两个人牵手走到走廊深处，这里的回声最是悠扬。

“亲爱的，你闭上眼睛，仔细听。”小满拨动琴弦，轻轻唱起，“轻轻踏在月光里，好像走在你的心事里，那年黯然离别后，再也没有人与我同饮，飞花轻似雾，奈何风吹起，终究如烟纷飞东西……”

一曲终了，空荡荡的走廊里余韵缭绕。

“是谭咏麟的《夜未央》，对不对？”晓丹睁开眼睛问，“这首歌词有点伤感，小满你怎么了？”

小满装作没听见，他捡起琴盒装上吉他，牵着晓丹走出教学楼。楼外已经飘起细雨，小满脱下外衣把晓丹罩上，自己被淋得发梢滴水。

等走到晓丹家楼下的路灯旁，晓丹望着小满湿漉漉的侧脸，又问了一遍：“今晚你为什么要唱这首歌给我听？小满你要说实话。”

小满正思忖着该怎么回答，这时身后传来一声喊叫：“就是这个兔崽子，今晚开他瓢！”烟头上的点点红光从黑暗中来到路灯下，来者正是冯小波和几个痞子。

“居然还有吉他，小满，我真是舍不得打你。”冯小波踩灭烟头，边走边鼓掌，

“冯小波，你有种明天来找我！”小满把晓丹护在身后。

“怎么你怕了？有女朋友在场，你要不要装一下大瓣蒜？”冯小波问。

“亲爱的，快回家，听话！”小满猛一把推开晓丹。说完他解下吉他和书包，朝冯小波走过去，“冯小波，咱们两个单挑！”

“你想得倒美！”冯小波一挥手，几个小痞子冲上来对着小满一顿乱拳，小满渐渐招架不住，又被打倒在地上。

“你不敢单挑！你个胆小鬼，懦夫！”小满躺在地上大喊。

冯小波分开众人上前，一脚踩在小满头上：“上次算便宜了你，×你妈的，这次饶不了你……”正骂着，他头顶忽然被一块砖头砸中。冯小波回头一看，原来是晓丹举着砖头从背后偷袭得手。

晓丹扔下砖头就跑，跑不出五六步便被冯小波追上。

“小臭娘们儿！”冯小波揪住晓丹的头发往回拖，“是你自己

送上门来的，大爷我就不客气了。”

“冯小波！你放了她！我跟你了结！”躺在地上的小满一边大喊，一边把手伸进裤兜。

“哼，心疼了？那今天就让你女朋友疼个够！”冯小波说着掀起晓丹的裙子，手往里面乱摸。

“啊——”小满发出一声撕心裂肺的大喊，他从地上翻身起来，一下子跳到冯小波面前，猛然举起右手。

没等看清小满手上银晃晃的是什么，冯小波就觉得胸口一阵剧痛，原来是小满将一把弹簧刀插在了他的胸膛上。上次校园混战之后，小满就偷偷备了一把弹簧刀带在身上。

冯小波惨叫一声，低头看见小满将刀柄慢慢转动，他不禁惊惧万状，这可是放血的刀法！他再抬头去看小满的脸，雨中的小满面肌扭曲，恶狠狠咬牙说：“送你去死！”

冯小波当场倒在了地上，小痞子们不敢把刀从他身上拔下来，就把他连人带刀一起送到医院。幸好这一刀没伤到肺门大血管，诊断结果是单侧气胸肺萎陷。

事发那天是东北的初夏，离小满的十八岁生日还有一周。严总代表工厂跟驻地司法机关反复交涉，按照防卫过当结案。六月份，小满被送到了少年犯管教所，这是严总尽力争取到的最轻判决。

中篇

第一章
苏州好辰光

七月七号是高考的第一天，铁城下午骤降了一场暴雨，到傍晚天空才放晴。

在管教所院子里，小满刚赢了一局扑克，他把赢到的香烟含在嘴上，一边点火一边问大家：今天是不是高考？一群小弟们哄笑说，满哥你还想着高考？真是大尾巴狼想吃斋。

那年铁城的夏天特别热，稍微一动就汗流浃背。最热的一天中午，小满被喊去探视室。他走进房间一看，来访的果然是夏雷和晓丹。管教撇下小满去隔壁吃西瓜。看见探视室再没其他人，夏雷从裤兜里掏出一只真空包装的烧鸡。

“才子你真厉害，裤兜居然能放下一只烧鸡！”小满竖起大拇指赞叹。

“这可是我兜最大的裤子。”夏雷拍了拍裤兜，“今天特意穿上的。”

“小满赶紧吃，一会儿该来人啦！”晓丹催促道。

“当着你的面吃？太狼狈了吧，我得保持形象！”

“别装大尾巴狼了，现在赶快吃吧，这是命令！”晓丹继续催促。

“唉，怎么谁都说我是大尾巴狼呢……”

看小满吃得差不多了，晓丹才说：“小满，有件事对不起你，我家下个月就要搬去苏州了。”

“这事我知道，都是大人的决定，怪不得你。”小满笑了笑，用手背抹抹嘴。

“你怎么知道的？”晓丹问，“是不是听到了什么传言？”

“是我……梦见的！”小满举起最后的鸡腿，“亲爱的，我送不了你了，我得到了冬天才能放出去。”

这些年，严总一直寻找调回苏州的机会，经常以出差的名义回苏州疏通关系。终于，他被大学同学办成了特殊人才引进，去筹建中的苏州工业园区开发公司上班，职位是副处长，比起西铁城的级别低了一档。

那年夏末，严总坐在苏州新单位的办公室里研究开发区的园区规划图，他用手掌量了量比例尺，合上地图自言自语：“以前是铁城西郊，现在是苏州东郊，我怎么就没有进城的命呢？”

当时没人预见到十年后，苏州工业园区一飞冲天，成为长三角最为闪耀的三资工业明珠。若早知眼前的仕途如此光明笔直，严总会赔上一百个自掴，收回当初的无奈叹息。

夏雷一拿到大学录取通知书，就想着怎么坐火车去上海报道。西铁城地处偏僻，没有直达上海的列车，南下都需要从北京转车。最后他和爸爸在北京站盘桓了一天也没买到卧铺，就只好买了坐票。

上了车，夏雷才知道什么叫拥挤，厕所走过去都要十几分钟的时间，他得像变形金刚一样扭曲身姿，像泥鳅蚯蚓一样见缝就钻。火车开到深夜才到山东，夏爸爸跟列车员借了把笤帚，把座位下面的地面扫干净，铺了厚毛巾让夏雷躺下。

夏雷也没觉得难为情，毕竟还有人坐在厕所洗手池里打瞌睡，自己能躺下身子已经算是奢侈。于是他就一骨碌钻到座位下仰卧，合上眼睛，耳畔听到清晰的“哐当哐当”的列车行进声，这一刻他想起了三年前出走的那一夜，那夜的火车那夜的风，那夜滑梯上的不眠星光，这三年总算是挺过来了。

等他一觉醒来，火车已经开到南京，爸爸在座位上坐了一宿，手里紧紧护着装有学费的背包。洗漱后的夏雷靠着车窗看着江南的景色变换，又想起了西铁城的山山水水。“哐当哐当”列车南下的每一声，都意味着自己离家乡远了十米，从这一程开始，他开始与未来说你好，与过去说再见。

到了上海，夏雷到校办理完手续后住进了宿舍，同宿舍的八个人来自天南地北，很快就熟稔起来。夏雷跟宿舍的老八关系最好，老八是陕西宝鸡郊区的军工厂子弟，厂子生产雷达，据说“军转民”时还造过冰箱和果丹皮，两个人一见如故聊到了一起。

老八和夏雷的饭量问鼎全宿舍，夏雷一顿吃七两米饭，老八是八两。食堂的打饭阿姨都认识老八，因为他把一个六两分解成两个三两，能打出八两的米饭。

老八家所在的三线厂子衰败得早，他的生活费和夏雷一样不宽裕。两个人除去日常开销很难攒下零钱，更别提省钱买个电脑。等熟悉了校园生活之后，他俩就计划周末去做兼职家教。当时在上海做家教的价格是一小时二十元，相当于两天的饭钱。他俩人生地不熟，也不知该去哪里找家教信息，就只好在硬纸板上写了“全科家教”，跑去市里的菜市场上站街。

夏雷在菜市场入口转悠了半天也没好意思展开纸板。他脑里一直浮现出历史书上的一幅插图，“古希腊提洛岛奴隶市场一角”。最后在老八的打气下，他涨着红脸举着牌子坚持站了两个傍晚，终于从五六个问津的家长中寻到一个英语试讲机会。

这次试讲很不顺利。夏雷的英语成绩不错，只是平时的发音差了些。这也难怪，毕竟西铁城中学连语音教室都没有。他第一次给孩子辅导就发现上海的中学非常重视听和说，而他的塑料英语发音让学生非常不满。夏雷说一句英语，孩子就翻一下白眼，最后说他的发音不是English，是Chinglish。夏雷没办法，只好跟家长鞠了躬说自己能力有限。家长拿出了十块钱说那也辛苦，收下收下。夏雷没好意思伸手去接，一溜烟就跑下了楼。

首战告吹，夏雷把纸板上的“全科家教”改成了“数理化家教”，换了个菜市场重新站街。站到第三天，他又遇到了一个数学课试讲机会。这次试讲倒是意料之中的顺利，他从此开始了漫长的三年家教生涯。

夏雷对学生耐心细致，肯下功夫，很快就得到家长的好评。家长把他介绍给同事和朋友，夏雷的家教从一份变成了三份，也就再不用去站街揽活儿了。在最忙碌的周末，他一早从宿舍出发辗转三个区，去三个家庭上六个小时辅导课。当时上海的过江轮渡还有月票，公交车还用预售车票，售票员也叫卖票员，他花在路上的时间和讲课时间一样长。

等折腾完一白天，他晚上回到宿舍先用脸盆浇个凉，然后忍住困意练习英语听力。黑暗中，MP3的屏幕亮起，耳机里响起熟悉的慢速英语开场白：“Welcome to ……”

头一年的家教工作让夏雷转熟了半个上海。他走进了好多上海人的家庭，也听到了很多上海人的故事。他在学生家里吃过便饭，终于搞懂了两件事情的原委：一是中学老师顾阿拉买菜为啥那么精细，二是北方用的大饭碗怎么会在上海变成了菜碗。上海的冬天让夏雷知道了气温不等于体感温度，暖气世界之外有一种寒冷叫作冻疮，冬雨的湿冷比飘雪的西铁城还要难过。不过他还是很快喜欢上了上海这座城市，喜欢这里的秩序和文明。在难得的冬季晴日，他走在满是晾衣竿的老弄堂里，经常能惊喜地听到叮叮咚咚的钢琴练习声。

忙碌的夏雷很少参加校园活动，有次他收到了一份校园同乡联谊会的邀请。本来周末已经预约得满满当当，但他想了想，还是把家教延后了一天。

同乡联谊会是在学院的小食堂举办，会议一开始，主持人就提议每位新人做一下自我介绍："既然是老乡见老乡，咱们就说家乡话来介绍自己吧。"

台下的夏雷一听，心里叫苦，西铁城全厂只讲厂话，本地方言他听得懂却不会讲。

话筒一个一个传递，等传到夏雷手上，一手心汗的他拿起话筒先说了声抱歉："我来自铁城西郊的工厂，但我不太会讲本地话，因为我们工厂是后搬到铁城的，比较封闭。尽管这样，我也是在这片土地上出生成长，身份证号码的前几位和大家一样……"

说到这儿，他看到台下的同乡们大眼瞪小眼，眼神里都写着一句成语："滥竽充数"。

果然，同乡会的第二次活动没人叫上南郭先生夏雷，夏雷把这个遭遇讲给寝室老八听，老八在上铺笑得直打滚："娘家不亲，婆家不爱，谁让我们三线厂子是飞地呢。”

西铁城飘落第一场雪时，小满从管教所里放了出来。

这半年里，小满错过了送别晓丹，也错过了厂技校入学考试。回到西铁城的第二天，他就去机关楼找马干事帮忙。马干事也知道小满是举报坏人才落下这场磨难，可补充录取的理由是什么呢？马干事觉得有点儿为难。

这事非公非私，打电话沟通没啥力度，马干事就亲自去技校面见金校长。金校长仔细问了一下前因后果，然后说：“这孩子其实我是认识的，他从小在十字路口和他奶奶卖拌菜，后来歌咏比赛还上过工厂的电视台，虽然进了少管所，但本质上肯定不是坏孩子。”

“对啊，要不是他敢得罪赵老板，一旦液化气站爆炸还指不定要死多少人呢！如果他念不了技校，就没办法入厂当工人，好孩子没有好前途，这不公平，也不好看。”

“可我们的入学规矩也不好打破，为了他，我再安排个补充录取，肯定会被人说闲话的，我受不了。”金校长脸上露出为难的表情，“不管怎么样，他是蹲局子出来的，底子潮，我们明年能收他就不错了，今年搞补录不太可能。”

“这么的吧，我们先问问厂办老田，让他帮忙拿个主意。”马干事建议说。

“行，你问下厂办田主任，看看怎么办合适。”金校长也说。

厂办主任的工作既要讲原则，也要讲灵活。马干事和厂办田主任私交不错，请他拿主意算是找对了参谋。于是，马干事一屁股坐上了金校长的办公桌，操起电话打给厂办，丝毫没注意到自己把桌面玻璃板坐裂了一道弧线。

电话那边，田主任听马干事讲完来龙去脉，沉吟了半天，说：“小马，你让金校长接电话。”

金校长正心疼自己的玻璃垫板，他接过电话，听见田主任在那边说：“老金啊，这孩子是工厂子弟，我们都看着他长大的，现在算是大龄孤儿，也是好孩子，我们能帮还得帮啊。”

“田主任，我也是真想帮他，可入学考试这个规定也不好打破啊，虽然我这里是个破庙，但也是有戒律的嘛。”金校长解释道。

“我可没让你破戒，规定是死的，人脑是活的。”田主任说，“我问你，你作为校长，有没有安排旁听生的权力？”

“有。”金校长说。

“那你有没有让学生跳级念书的权力？”田主任继续问。

“也有。”金校长说。

“这不就结了么！”田主任说，“今年，你先让这个孩子旁听跟读，等明年再让他参加入学考试，录取了就有学籍，有了学籍再让孩子跳级，直接去念第二年的书，明白？”

金校长一听，如拨云见日：“明白了明白了，这个办法靠谱！我咋就没想到呢，还是你田主任高明！”

田主任补充说：“这么操作，一来合情二来合理，也不需要你来担什么责任。”

金校长隔着电话恭维：“我们教育口都是死脑筋，还是你们政工口有方法。田主任您四两拨千斤，仕途不可限量。”

田主任那边说：“拉倒吧，可别跟我提不可限量，我都快成大酒包了，成天陪检查团喝酒，都喝成胃下垂了，要不你来替我喝两场？”

西铁城下第二场雪的时候，小满去技校报到上课。他刚踏进化机班的教室，后脚还没跨过门槛，就听见全教室的热烈鼓掌。小满环顾了一圈熟悉无比的同学，王东东、小白、何老三、程小光，这些第一家属区的工人子弟，南北少林的发小，都在技校课堂再次聚首。

班会上，同学们起哄把小满选成了班长。金校长一拍桌子，制止了大家的胡闹："一个才出了管教所的旁听生，怎么能当班长？你们化机班难道想变成塔利班？"

大家又改口说小满篮球打得好，那就当体育委员吧。

金校长鼻子哼了一声说："你们可不要忘了，最重要的学习委员还没选出来呢！"

大家一顿哄笑："我们就是学习不好才沦落到技校的，你还让我们选学习委员？这不等于从八大胡同里选三八红旗手吗？"

最后大家推选老实的小白当学习委员，当了学习委员就不能轻易逃课了。大家说小白连硫酸和硝酸的分子式都分不清，以后下车间搞不好会出生产事故，所以应该让他坚持上课。

"你们咋不选小满呢？"小白不服，说，"小满初中就被氯气熏过眼睛，更应该好好学习。"

小满掷出一个粉笔头打中小白的鼻头，骂他："小白你不当就不当，怎么还刮上我了呢，这次好了，你要是不当，我下课就扒你裤子！"

小白立马怂了："好吧，我当。"

化工基础课上枯燥无味，全班四十人，连同学习委员小白，都坐着昏昏欲睡。

看见大家注意力涣散，任课滕老师就抛出一个问题："同学们，谁能回答一下什么是火药？什么是炸药？先搞清楚这个，你们才算是合格的西铁城工人。"

"这两个难道不是一回事吗？"没睡着的同学反问。

滕老师举起左手说："火药，是燃烧，"又举起右手，"炸药，是爆轰。"

"我明白了，火药好比蹿天猴，炸药好比闪光雷。"王东东插话说。

"嗯，这个比方也不能算错，但是太通俗了，"滕老师点评说，"火药的燃烧速度是每秒几毫米到几百米，炸药的爆轰速度是每秒几千米。"

迷迷糊糊的同学一下子都清醒了，每秒几千米？

滕老师看了看学生们，又问："这个效果，谁能给个通俗的比方？"

"滕老师，这个就别比方了，太吓人了！"反应过来的同学都说，"要是出了事故，怕是一眨眼我们就得炸成肉饼。"

"别着急当肉饼！还有更厉害的超级炸药，黑索今和奥克托今，"滕老师继续恫吓大家，"奥克托今的爆速每秒钟一万米！比神经传导都快，嗯，这种超级炸药的好处就是，你们炸死都没感觉。"

"那还好，没感觉就没痛苦。"同学们扪了扪心脏。

"可是！"滕老师话头一转，"我们厂子并不生产黑索今和奥克托今，我们生产的是火药，是硝基胍类，燃烧不快，炸人像是木刀子切肉，很慢，很痛苦！"

"滕老师，听你的课太疼了！"全班立即一片沸腾，大家一起求滕老师："你可别吓唬我们了，你再吓唬我们，我们就申请调岗，去别的军工厂上班。”

“别的厂？想得美！你们知道兄弟厂生产什么？TNT三硝基甲苯，能把人直接炸成肉末！”滕老师继续制造恐怖气氛，“对了，你们还可以申请去核工业部的厂子，他们那里的爆炸不痛苦，人体直接汽化。嗯，汽化！直接变成一朵云！”

全班同学都绝望了，大家呆呆地望着教室窗外的一片云。不知是谁轻轻说了句“风中有朵汽化的云”，学习委员小白一听没忍住恶心，“嗷”的一声把早饭呕了出来。

看大家被吓得灵魂出窍，滕老师赶紧把话题往回拉：“生产硝化火药呢，也有个好处，咱厂老工人在家里犯心绞痛的，上班去了硝化生产线，病就好了。”

“有这么神奇？”同学们问。

“当然，等你们下了生产线，没事的时候可以舔舔火药，味道是甜的。”滕老师一边得意扬扬地收拾教具，一边总结，“好了，大家记住，硝酸加上棉花就是硝化棉，硝化棉是初级火药，再加上硝化甘油和硝基胍，就是高级火药，大家记住今天这两个生字，月瓜为胍，月安为胺，这两个字都是中学化学课上没有的，下课！”

新年将近，技校收发室的小黑板上新添了小满的名字，是晓丹的来信。

小满美滋滋地把信拿回教室拆开，只见信里夹着一张拙政园的明信片。图片正面是一池鸳鸯半院山茶，曲水亭台的抱柱写着对联：“绿意红情，春风夜雨；高山流水，琴韵书声。”在纸片背面，晓丹写着：欢迎亲爱的小满来苏州，落款是“你最亲爱的麦哲伦”。

小满把明信片拿给王东东看，王东东边看边感叹：“苏州园林真是太骚情了，难怪晓丹他爸玩命也要调回苏州。”

“那肯定啊！咱们这里整天双基药、硝基胍的有啥意思？”小满也说，“我想等暑假去一趟苏州，看看江南。”

“没准等不到暑假，晓丹就有新男朋友了呢。”

“闭上你的乌鸦嘴！”小满举起本夹子给王东东头上一顿暴拍，“再瞎哔哔就给你扔到硝酸池，活人祭生产线！”

第二年的技校入学考试，按照金校长的指示，小满还要走个形式。

考试的最后一科是滕老师监考，他拿着一把折叠扇子走到小满身边，扇柄指着最后一道大题问，你真不会？小满说，真不会。滕老师说，那就写点歌词也行，不能开天窗。小满问，写啥好呢？滕老师说，《风中有朵雨做的云》。

还没等成绩公布，小满就拿到了技校录取通知书。他拿着通知书去找马干事请假，说暑假要出趟远门。马干事刚买了手机，正在办公室对着说明书熟悉功能，他头也不抬地问：“去哪里？干啥去？”

“去苏州旅游。”

“没听说过五保户还要旅游的，”马干事抬头看看小满，“你以为你是神州行啊？不行！”

“你不同意我也要去！”小满来了倔劲，“大不了，我不要补助了。”

“怎么？你翅膀硬了啊！说实话吧，去苏州干啥？”

“去看严晓丹。”

“就等着你小子说实话呢！”马干事绷不住笑，用手指戳小满的脑袋，“没想到你小子还挺长情的，你们俩能有结果吗？”

“会有的，肯定会有的。”小满比画了一个必胜的手势。

“拦不住你，你去吧，”马干事摆摆手说，“如果见到了严总，替我给他带个好！”

在出发前，小满早早就备好了礼物，除了那一台倾尽家财的索尼随身听，他还动手做了一个镀锌的地球仪。地球仪有拳头大小，算不上精致，也绝不粗糙，五大洲的轮廓清晰，上面的镀锌闪闪发亮。

即便制作这么简单的小地球仪，也要经过七八道工序。好在化工厂有这个便利条件，小满一个一个找生产师傅帮他，从磨球到抛光，从移印到固化，从侵蚀到钝化，最后组装成品时，他在底座刻上了四个字“赠麦哲伦”。小小的手工地球仪正如小满他自己，优点也好缺点也好，世界上不会再有第二个。

这次南下是小满第一次离开铁城。

和他一起挤硬座车厢的，有南下的民工，也有刚放假的大学生。小满坐在靠窗位置上，看着一路上医巫闾山平地而起，华北平原星光低垂，齐鲁大地高粱漫野。最让他新奇的是皖北乡下的竹林，他之前都没见过活生生的绿色竹子。当火车将要驶上南京长江大桥，列车广播响起江珊的《梦里水乡》：“春天的黄昏，请你陪我到梦中的水乡……”

听说小满要来苏州，晓丹父母都是满脸的不高兴。

严总说：“晓丹你最好不要让他来，我们不欢迎他来纠缠。”

妈妈也反对：“小满很不文明的，动不动就掏刀子，这么野蛮的人，真搞不懂你看中他哪里？”

“你们怎么不说他是防卫过当呢？”晓丹问，“要不是他，铁城气站没准已经爆炸了呢，难道因为他是北方人就野蛮？”

“不是南方人北方人的问题，是他跟我们不在一个层次上，这点你要搞搞清楚。”严总说，“晓丹你不要老拿自己当十五六岁的小孩子，只有青春期小姑娘才喜欢他那样的浪子！你们生下来就不是一路人，他在工厂当他的工人，你以后可是要出国留学，你们只会越隔越远！我先把话放在这里，咱们走着瞧。”

爸爸端着茶杯走开了，妈妈絮絮叨叨地跟了出去，房间里只留下晓丹一个人，呆呆地看着屋顶的荧光灯。

自打上了苏州大学，晓丹身边从不缺少优秀的追求者。但她还是忘不了小满，时常想起小满一边用胸膛帮她暖脚，一边抬头同看夜雪漫天；时常想起小满在晚会舞台上高举吉他，唱起那首献给YXD的《敢爱敢做》。

苏州城北的火车站台上，晓丹第一眼就看见了高高的小满。

一年不见，小满还是挺拔如白桦，只是线条更加结实，举止之间带着北方的瀚海气息，不似江南细雨中的温润小生。小满也看到了挥手的晓丹，她也不再是当年的马尾辫少女，而是长成了一头披肩发的大姑娘。

“嗨，我的晓丹。”小满一把将晓丹高高抱起。

“没头脑，没头脑！”晓丹捧着小满的脸，害羞地说，“快放下我，车站好多人看着呢。”

两个人像从前一样挽着臂，说说笑笑从火车站一直走到观前街吃午饭。晓丹给小满要了一碗鳝丝面，小满问可不可以再来一碗传说中的阳春面。晓丹说，阳春面太素了。小满说，得尝一尝，那可是我当年语文课上的心愿呢！

晓丹把小满安顿在大学的男生宿舍里，她跟男寝的同学们介绍:

“小满，我男朋友，一个高中的。”同学们都说：“好帅，你们什么中学，怎么都是俊男美女？”

小满说：“西铁城……不是手表那个西铁城，是一座工厂……”

俩人每早在食堂吃完饭，就手拉着手去各处景点游荡。小满跟着晓丹逛了虎丘和拙政园，在心往已久的“卅六鸳鸯馆”旁，趁着游人稀少，小满紧紧抱住晓丹，一臂温柔在怀，恰如梦里江南。

他们还去了平江路文化馆，听原汁原味的苏州弹词。两个人坐在一群白发老人中，手捧大茶缸子，不停嘘着茶汽，听穿旗袍的老太太唱《珍珠塔》：“满面风霜临此地，一肩行李上门庭。自惭赤手空囊橐，羞见华堂祝寿宾。”

最后一天，两个人去城西的木渎镇登灵岩山。

两人先游览了半山的印光塔和浣花池，再盘桓了一圈灵岩寺，最后沿着寺旁小路向山顶爬去。山路石阶上静谧无人，两边都是郁郁葱葱的竹林，小满和晓丹停下来第一次接吻，好像一道闪电穿过竹林上空，两个人被电得一脸红晕。

走到山顶上，有石岿然，两个人肩并肩坐在巨石上，一阵凉风吹走炎热。晓丹开玩笑说：“小满同学，你乱吻别的女生，你未来的老婆会不高兴的。”

“不会的。”小满迎着风沉默了片刻，说，“我早准备好一辈子不娶了。”

“真讨厌！”晓丹不高兴地说，“你好没出息啊。”

两个人在山顶上吹了一会儿江南的风。半山灵岩寺的钟声隐约回荡，山下水田里的农舍炊烟袅袅升腾，这清净乐土与俗世红尘，哪里是分界呢？

下山时，小满用毛竹给晓丹做了一个手杖。到了山腰，两个人停下脚步在山亭里歇息片刻。晓丹偶然看见亭柱上有副对联，她逐字念道：“安得一服清凉散，人人解醒。”

小满顺着念出下联：“多情人必至寡情，情最难久。”

晓丹听了不由感伤，她扔掉手杖，从背后紧紧抱住小满，泪水滴落在他的肩上。

青春若有张不老的脸，但愿一切永远不被改变。

第二章
工厂半衰期

千禧年的秋天，小满和化工机修班同学们从技校毕业。在正式上岗前，他们还要经过入厂培训。培训地点在机关楼的大会议室。参加培训的除技校毕业生外，还有刚分配来的大专生和转业军人。

上午先是厂史培训，讲师是厂工会宣传部的大徐干事。小满认识大徐还是在庄哥大闹晚会的那一年。讲课之前，大徐先问大家："有谁知道我们厂为什么叫三线厂？"

"就是远离城市的军工厂。"很多人在台下回答道。

"也不尽然，三线其实是个战备概念。"大徐纠正说，"六十年代末为了备战，很多沿海省市的重要工厂搬迁到了战备腹地的云贵川陕甘宁青和部分内地区域。这些厂子有航空、仪表、冶金、化工，甚至造船行业。军工行业只是三线厂系统的一部分，因为军工厂要按照'靠山，分散，隐蔽，钻洞'的特殊方针布局，我们才扎根在山沟沟里，也就有了今天的西铁城。"

大徐让小满上台帮忙展开一张巨大的中国地图，他拿教鞭逐个指点："三线工厂聚集的城市多不胜数，重庆、攀枝花、六盘水、酒泉、西昌、金川、葛洲坝、刘家峡、汉中、十堰、咸阳、宝鸡、洛阳、平顶山、株洲……今后你们再听说类似的红光、燎原、星光、奋斗、向东、红卫、红岩、东风、庆东、红阳、华光这些厂名，十有八九都是三线厂子。各行业的三线厂和科研院所，全国各地都算上，总共有四百万人！”

“四百万人？”台下大家惊叹，“比百万雄师过大江还多四倍？我们的中学历史书上可没写过。”

“以后的历史书上一定会写的。”大徐边卷地图边说，“新中国成立以后，最大规模的移民迁徙是知青下乡，人数大概一千五百万。第二大规模的，就是我们大小三线建设搬迁，只不过由于保密的性质，不像知青运动那么人尽皆知。”

铺垫到这儿，大徐干事打开教案，正式讲起了厂史：“说到我们厂的光荣历史，大家记住一句话，叫作‘半个多世纪的军工厂，三十四年的西铁城’。早在一九四六年，我党派出太行山老军工一批人马在黑龙江兴凯湖畔建厂，第一任厂长还曾获得过主席亲笔嘉奖题词，你们当中很多人的爷爷就是当时那一批老工人，对吗？”

台下的小满和同学们纷纷点头，他们爷爷一辈正是被称为“第一代红色军工”的老革命工人。西铁城很多人家里都有一本书，是“中国保尔”吴运铎写的《把一切献给党》。

“咱们厂是新中国的建国功勋厂，困长春，打锦州，平津战役、淮海战役，百万雄师过大江，火药都是咱们厂供应的。新中国成立后的抗美援朝，更是我们厂加班加点生产，来不及入库就送到了战场上。后来，到了六十年代末，中苏关系交恶，由于工厂离中苏边境太近，周总理就指示我厂主体南迁，大部分生产线来到了辽西，也就有了现在的西铁城厂。很多随厂南迁的第一代老工人故去之后，就埋在西铁城的西山坡上，他们落叶不能归根，一辈子都奉献给工厂，工厂就是他们毕生的归宿。”

小满在台下举手：“我和同学们说话是黑龙江口音，可连黑龙江都没去过，我们出生在铁城，可又跟铁城本地人的生活习惯不一样！我们这一辈究竟算是哪里人？”

“对啊，我们都不会说本地话。我们到底算哪里人呢？”大家叽叽喳喳地问。

“这真是一个很难回答的问题，我们哪里都算，也哪里都不算。”大徐干事无奈地说，“三线厂是特殊时代的特殊产物，如果一定要说家乡，只能说，此心安处即是吾乡！”

台下有人点头，也有人摇头，觉得这个说法似是而非。

课堂结束后，大徐带领全体学员参观厂史陈列室。几十个人东看西看，有的人仔细辨认建厂老照片，有的人则关注于奖章奖杯和领导题词，更多的人惊奇于高爆弹和穿甲弹模型。小满在一张老照片里找到了爷爷的身影，小白也找到了他爷爷当民兵时的照片，照片里的年轻人肩扛机关枪，手里攥着一本《毛选》。

等参观结束后，大家又回到大会议室，由厂教育处长亲自培训保密条例。

处长没有教案，只是将条例照本宣科地念了一遍，就把《保密手册》每人一本发了下去。

“跟我家里那本一模一样，看起来真费劲！”发到小满手上时，他感慨道。

“什么费劲？”教育处长走过来问。

“手册里面全是那类字，我们都不认识。”小满指着一行字说，“你看这个勤字，变成了井力勤，这个建字，变成了走之旁加占，要不是看前后，我都猜不出来是啥字。”

“那是二简字，你们不认识也正常。”教育处长解释道，“这本手册是一九七八年印制的，比你们年纪还要大。后来咱们厂的保密要求放松了，也就没必要改版重印了。”

“处长，咱们厂子保密了这么多年，到底有没有抓到过真正的特务？”王东东插话问。

“这个么……我们厂经历了不同的年代，”处长说，“所谓的台湾特务、苏联特务、美国特务，工厂抓了几十年，抓了十几个，到后来也都平反了，坐实的一个没有。”

“是不是咱厂紧张过度了？”王东东继续问。

“提高警惕总还是对的，防人之心不可无，这跟六七十年代的国际形势有关，当时我们军工厂可是高度保密级别，”处长说，“当然，现在很多常规产品也不需要保密了。”

“是不是国际上不会再打大仗了？”

“嗯，即便再打大仗，也不需要太多的常规枪炮。海湾战争之后，各国都重视高科技武器，不再以量取胜。咱们厂的常规火药以后会减产，技校也会减少招生，你们可能是最后一代军工子弟。”处长说完，看了看手表，返回讲台，“好了！上午的课程到此为止，下午还有非常重要的安全培训，大家一个都不能缺席！军工厂爆炸有多吓人，我就不多说了。那年特大爆炸之后，五十里外的铁城一半窗户玻璃都震碎了，方圆几十里的山区再也看不到狼了。”

听到最后一句话，大学生和转业军人们都目瞪口呆。小满这些工厂子弟的心里倒是没啥波澜，早在技校的课堂上，滕老师已经拿各种炸药吓唬过他们很多次，大家早已见怪不怪。

这一天下来坐得腰酸背痛，等到下午培训结束，王东东问小白晚上玩啥，小白说那就一起打台球吧。小满说，天天打台球都玩腻了，换个别的吧。小白说，换啥？麻将、扑克、三厅两场一社，也就这些了。小满说，算了，那还是台球吧。

在网吧出现之前，“三厅两场一社”是青年工人的娱乐社交场所。三厅是歌厅、舞厅、游戏厅，两场是篮球场、旱冰场，一社就是台球社。各地台球社里经常烟气缭绕，烟头满地，青年工人和逃学少年都在这里消磨时光，大呼小叫着“菲薄”“双飞”“贴帮”“回头”“倒踢”“自然球”……

傍晚的路南台球社，小白和王东东决赛八球，小满拎瓶啤酒在一旁观战。

小白一边给球杆皮头上巧粉，一边问王东东：“过几天就该下车间拜师傅了，你知道你师傅是谁不？”

“应该是坦桑尼亚。”

“准备好拜师礼没？”

“两瓶老龙口，一条人参烟。”

“厂里师傅最喜欢收徒弟做女婿了，搞不好坦桑尼亚能把闺女许给你。”小白说。

“我才不干呢，”王东东伏案瞄球，“坦桑尼亚长得跟黑八一个色，他闺女一定白不到哪儿去。”

“坦桑尼亚”是机加车间谭师傅的外号。谭师傅是西铁城的名人，他面皮黑牙齿白，三十年前就名噪全厂。那年全国各地都搞“接杧果”欢庆，西铁城厂革委会也搞了一次彩车游行，彩车上的亚非拉劳动人民合力举起一个硕大的蜡制杧果。谭师傅扮演的是非洲无产阶级兄弟，他直接素面上场，根本不用抹黑鞋油，由此绰号“坦桑尼亚”名扬西铁城。

小满倒是认识谭师傅的女儿，他也劝王东东：“坦桑尼亚的闺女现在路南幼儿园当小阿姨，长得还可以，你真应该考虑考虑。”

“先不提长什么样，我就问一句，她到底黑不黑？”王东东问。

“什么黑白，关了灯都一样。”小白说。

“滚！小白你个大流氓！”王东东用球杆对着小白的屁股捅了一下。

小白捂住屁股，转身问小满：“对了，小满，你知道你师傅是谁了吗？”

“我已经知道了，就是救过我命的丁师傅。”小满说。

“是丁师傅啊！”王东东和小白一起喊，“那丁师傅能收你当他干儿子。”

入厂培训结束后，新工人被分去各个车间报到。小满被分在203车间，小白分在401，王东东在502。军工厂的工序车间都是数字代号，外人很难搞懂，只有内部职工才知道数字的含义。

小满一早就到了203车间办公室，等着丁师傅领他下班组。等了半天也不见老丁的身影。人事员大姐掐指一算，说，忘了今天上午丁师傅去打针，得，那就我领你下班组吧。

人事员换上防静电胶鞋，领着小满在阀门和管线里七拐八拐，来到了机修班休息室。屋里一群老少工人正在大呼小叫地打扑克。“都扣奖金，扣光奖金！”人事员大姐一亮嗓子，人群一哄而散，扑克牌掉了一地。

一个叫大史的青工舍不得一手王炸，嘴上嘟囔着：“都半年看不到奖金了，还扣个毛啊？”

“又不是你一个班组没奖金，全车间不都这样吗？”人事员大姐说。

“不一样啊！工人穷，领导富，车间主任哭穷，厂长怀里抱个大白兔！”

“闭上你的狗嘴！大史，你给我记着，以后借调去赛璐珞分厂，你没机会了！”人事员大姐威胁说。

两人正在拌嘴，正好丁师傅赶回了班组。“都怪我徒弟！他没对象憋得像个大叫驴，您可别生气啊，别生气！”他替大史给人事员赔礼。

“老丁你带好新徒弟，可别再带出个废品！”人事员大姐翻了翻白眼，又转过身跟小满讲，“你可别跟你师兄学，嘴臭一辈子找不到对象！”

送走了人事员，丁师傅回到休息室跟小满辟谣：“别听她老娘们儿瞎哔哔，你师兄可不是废品，他干活没毛病，稳当！”

“干活稳当？”

“对，记住，当化工一定要手脚稳当！”丁师傅用手指点了点小满的脑门，“师傅送你三句话，第一，夜班千万不要迷糊，事故都是发生在凌晨，人困马乏注意力不集中；第二，出了事故别围观，看好上下风口赶紧逃命，拿不准风向就用口水舔手指，别往凉快的那面跑；第三点最重要，千万别跟干活不稳当的二愣子对班！你不出事故，他出事故，也一样要你的命！”

记住了师傅的三句金言，小满的学徒工生涯就此开始了。

和当年的父辈们一样，每天一早，他揣着红塑料皮工作证骑上自行车，车上挂着铝饭盒，迎着日出听着广播骑进生产区。八点钟换上工作服，沏上茶水。八点十五，班组十个人中的五个进操作间干活，余下五个在休息室里喝茶叶、打扑克、看法制小报。等到午饭后，两班人马对调过来：上午干活的五个人出来度假，度假的人进去干活。操作间里的生产线流转不停，休息室里的牌局也流转不停。

大伙玩腻了扑克，就拿大史找对象的事开涮。大史比小满大八九岁，眼瞅奔三十了还找不到女朋友。工友们凭借丰富的想象力帮他保媒拉纤，从上古的妲己到美国的麦当娜，从食堂里做面点的妹子再到村办小学的女老师。

也不单单小满他们车间这么涣散，正如人事员大姐所说，其他军品车间也是一样，军品订单越来越少，实在没那么多活可干。

“还不如干脆给大家放假，总比上班打扑克强。”小满问师傅。

“一放假，人心就活泛了，万一有加急订单，就怕凑不齐人手。”丁师傅说。

“师傅你想得太美了！十多年前的老皇历还翻出来？”大史凑上来反驳，“上一回加急订单还是两伊战争，那俩国家早就打成穷光蛋了，再也打不起来了。”

丁师傅岁数大了，他不愿意打牌，就在厂房旁的山地上开荒种菜，一垄一垄的西红柿小辣椒。新工人小满在车间里学徒半年，车钳铆焊一样也没学会，倒是跟着丁师傅学会了种菜，他时不时地放下锄头，心生迷惘：我他妈的究竟是工人还是农民？

西铁城厂的主业是无烟火药，生产任务一年比一年减少。为了扭亏突围，各分厂曾经上马过一堆民品项目，什么射钉枪弹、电镀桌椅、浮法玻璃。这些“军转民”项目大多经营亏损，只剩下一个赛璐珞分厂正在大干特干。

赛璐珞的成分是初级硝化纤维素，类似于无烟火药，只不过含氮率更低，燃烧得更慢些。它是早期电影胶片、乒乓球和封瓶口胶帽的基本原料，当年全国的赛璐珞原料大都产自西铁城厂。赛璐珞民品分厂的奖金丰厚，订单也经常忙不过来，总厂就下令其他车间每个班组抽调一名老工人过去增援。

消息到了机修班组，班长说干脆大家抓阄吧，老天来定。抓阄的结果是丁师傅雀屏中选，丁师傅一高兴心脏有点不舒服，赶紧跑到操作间里闻一闻硝化甘油。等心率平稳下来，他才想起新徒弟小满。

“小满赶紧收拾收拾，明天跟我去赛璐珞分厂报到。”丁师傅边收拾工服箱边说。

“赛璐珞厂能同意我去？”小满问。

“怎么不能同意？”丁师傅说，“你是学徒工，白干活没奖金，哪个分厂能不乐意收？”

西铁城人民对于赛璐珞的制成品充满感情，尤其是赛璐珞胶帽。红色的赛璐珞胶帽又称“红皮子”，从前的酱油瓶、白酒瓶，甚至茅台酒瓶的封口上都有过它的身影。

当年很多人不知道如何弄开“红皮子”，大家用手撕，用牙咬，用刀划，用剪子挑，经常抱怨打不开。每临此境，西铁城人都会自告奋勇教别人用打火机点着“红皮子”。火苗“忽”地升起一瞬，围观群众都会“啊”地发一声惊叹，好像观看了一场焰火小魔术。

授人烧开“红皮子”是西铁城人天生的义务。在饭局聚会上，西铁城妇女总能身手熟练地烧开酒瓶封口，给人一种巾帼酒鬼的错觉。等传授示范结束，她们不得不补上一句解释：“你们喝吧，我真的不会喝酒，但这个赛璐珞胶帽是我们厂子生产的。”

赛璐珞是生产火棉炸药的边角料，廉价到几乎没有成本，如果不是转为民品利用，也都被当成工序废液排放掉了。靠着赛璐珞民品的利润支撑，西铁城厂比其他国有工厂多坚持生存了三五年。可惜好花不常开，新材料一代替一代，后来南方出现了更柔韧安全的热缩型胶帽，世界乒联也逐步禁用赛璐珞乒乓球而改用ABS塑料球。这两块市场的凋落，使得西铁城厂的赛璐珞订单一落千丈，再也没有拿得出手的拳头民品了。

九十年代，军品各厂在“军转民”阶段异常艰难，存活下来的民品品牌不多，知名的有四五六厂的长安汽车、湖南七一三九厂的猎豹汽车，以及四川七八〇厂的长虹彩电。大部分军转民的产品都慢慢偃旗息鼓，包括嘉陵摩托、洪都摩托、金城摩托、双燕冰箱、伯乐冰箱、长岭冰箱、白云冰箱、风华冰箱、天鹅空调、云雀轿车、蝙蝠电风扇和鸵鸟牌自行车。在“军转民”后期，往日牛气冲天的一众大厂都临近末路，甚至屈尊纡贵去生产低端民用品，比如哈飞的煤气罐、安顺黎阳厂的雪糕、沈阳黎明厂的高压锅、贵航的铁皮柜，至于各个军工枪械厂生产的菜刀，牌子更是数不胜数。

到了月底，小满去分厂财务室领工资，二百五十一块七，其中洗理费四块，化工岗位津贴二十。小满问什么是洗理费，财务说是洗澡剪头的钱。小满说，四块钱也不够剪头啊？财务瞪了他一眼，问你要不要？不要就扣掉！

“要要要！苍蝇蚊子也是肉嘛！”小满赶紧把钱放进怀里。

这些钱在口袋里只躺了两天。赶上周日，小满坐班车去了趟市里大商场，先给佟老师买了刚刚时兴的家纺四件套，又给丁师傅买了一条玉溪烟和一瓶剑南春，再给马干事的儿子买了盏学生护眼灯。

傍晚回厂，小满先去马干事家送礼。马干事正在家里陪孩子复习功课，小满一进门就竖起大拇指：“马叔你可真是模范爸爸，正好，咱们给孩子试试这盏新台灯。”

“可别可别，小满你赶紧退货。”马干事摇摇手，“你一个人过活也不容易，买这个太破费了。”

小满眼睛转了转，在包装盒上戳了一个大口子：“马叔你看，这外包装破损了，退不了了。”

“你小子学狡猾了！”马干事哭笑不得，“好吧，我收下。”

在马干事家闲聊了一会儿，小满又赶去丁师傅家里送礼。丁师傅正在家里泡脚，见小满来了，他赶紧起身擦脚。小满把香烟和白酒掏出来摆在橱柜里，丁师傅拿起剑南春端详了半天说：“这酒太他妈贵了，哪里是我们老工人喝的？”

“你也学学腐败干部，总得潇洒一回。”小满开玩笑说。

“行，那就老少爷们一起潇洒。”丁师傅说，“我家下周要挖菜窖，到时你几个师兄都过来，干完活儿咱们就把这瓶酒喝掉。”

挖菜窖那天，丁师傅的四个徒弟都到齐了。丁师傅坐在木滚轴上一边抽旱烟，一边指挥徒弟们刨开地面。

小满不太会用镐，抡了半天也没刨开多深。丁师傅指点说：“眼睛得先瞄准地面，你这么胡抡，容易闪了腰！”

“人家小满是技工，又不是民工！”师母替小满鸣不平。

丁师傅不屑地说：“我们当年还分什么工，山洞都挖空。”

“小满歇一歇，别听你师父的破嘴胡咧咧。”师母说。

“咋是胡咧咧？”丁师傅说，“挖菜窖可是东北老爷们四大技能，得一代一代传下去。”

“那另外三个技能是啥？”小满边擦汗边问，“我们这代人能用上吗？”

“腌酸菜，钉爬犁，盘土炕！用不上也不能忘！”丁师傅说。

挖到中午，师母摊开桌子招待大家吃饭。小满是最小的徒弟，被丁师傅指定坐在身边。丁师傅把剑南春打开嗅了嗅，说：“今天相当于过节，咱们喝剑南春！”

“太好了，听说过没喝过。”徒弟们都很高兴。

“酒是小满买的，这个小愣头青，整这么贵的东西，还不如换成两百个鸡蛋，能吃上半年。”

“老丁你真不会说话，这不是人家小满的一片心意吗？”师母又批评说。

“对对对，今天咱们也体会下当领导的潇洒，一顿饭喝光两百个鸡蛋。”丁师傅小心翼翼地给大家分了酒。

师徒们喝完一齐咂巴嘴回味。丁师傅问徒弟们感觉怎么样，大家都说好喝。

等酒过三巡，丁师傅开始满脸泛红，他半眯着眼睛问大史：“师傅能关心一下你的个人问题不？”

大史说：“能！”

“我听说，你找了个村里的姑娘？”

“别人给介绍的，刚处上。”

“有句话，师傅还得说在前头，能不找村里的就不找，这地方穷山恶水出刁民！”

丁师傅一向对附近村民充满偏见，按他的说法，井水不犯河水，可河水总犯井水。刚建厂时，地方上的村民和工厂因为琐事摩擦不断，甚至发生过械斗冲突，丁师傅的大舅哥为此脸上还留下了伤疤。

看见大史不说话，丁师傅就点上一根烟开始叨咕：“为啥我不同意大史找村里的姑娘，今天就借着喝酒讲讲。那是刚建厂时，村里人砸开电网，钻进生产区偷东西，害得车间停产一天损失上万元。厂保卫科抓了几个偷电机的人，没半个小时，他们一村子人都拿着菜刀洋镐来保卫科抢人，保卫科长冲天鸣枪警告都不好使，村民们根本就不怕。”

包括小满在内，在座的徒弟们也都耳闻过这些建厂旧事。当年附近的山村还很落后，据说村里还有老头留着前清的辫子，村民们都没见过卡车。像丁师傅这些的革命工人，当然看不起愚昧的山民，嫌他们觉悟低下。

“村民们变得老实，这还得感谢八三年严打，”丁师傅继续讲，“那年大卡车拉死刑犯游街，犯人前胸都挂大牌子，牌子上打大红叉。法场就设在苞米地附近的河滩上，远山近沟的村民都来围观枪决，咣咣咣几枪，死刑犯血流一地，村民们这才知道，如果破坏军工生产，下场就是这样。”

“看完枪决，村民们也该害怕消停了？”小满问。

“其实也没消停！”丁师傅继续说，“后来，村民开窍了，不偷设备了，改成了偷电，他们村子把工厂电线偷偷接进村里，全村点灯不花钱，再后来，又把咱厂的动力电也接了，全村开机井用水泵、开搅拌机拌猪食，都不用花电钱。

“咱厂发现了村里偷电，就把电闸给拉了。村长来找厂长谈判，说你们化工厂搬过来这些年，搞得土也酸水也臭，长不出庄稼还折寿，用点儿你们的电就不行吗？厂长说，征地款早就交给地方了，多少年前就两清了。村长说，又没把征地款交给我们村里，我们不能自认倒霉！”

“要说咱厂污染环境，这也是实话。”师母插话说，“这几年大家都不吃河里捞出来的鱼，吃完就迷糊拉肚子。”

“对，其实厂长也不在乎这点电费，但总得做个交换吧。”丁师傅说，“当时厂长就问村长，我把电给你们接上，算是赞助农业学雷锋，你们可不能再来工厂闹事了。村长说，不中，除了接电，我还想把我儿子办入厂当工人。厂长说，你能管得了你们村民闹事吗？村长说，你解决我儿子入厂，我就能管得住。厂长说，行，我把你儿子办入厂，你要是管不住村民，我就把你儿子开除厂籍回去种地。”

说到这儿，大家才恍然大悟，怪不得最近几年附近的村子这么消停。

“咱厂和村子的关系，以前是硬碰硬，你给一枪我就给你一炮。”丁师傅总结说，“现在两边都学聪明了，没事不干架，碰到事大家坐下来谈条件，收买也好威胁也好，总能开个价。”

“国际上也是这个路数，”大史插话说，“海湾战争之后各国都不动枪动炮了，咱厂的出口订单也没了。”

“我今天说得有点远了，可能带了老思想的偏见。”丁师傅醉眼惺忪地对大史说。

“我知道师父是为我好，”大史说，“不过最近村子里不穷了，变化比我们大，看他们新盖的大瓦房一个挨着一个，挣得不比我们工人死工资少。”

“你说得也是，村里进步了，倒是我们厂子退步了，”丁师傅想了想说，“三十年河东三十年河西，没准再过几年，该轮到人家瞧不起咱们工厂了呢。”

等到年底，小满和丁师傅结束了赛璐珞分厂的借调任务。再回到军品车间时，师徒二人发现原来十人上班五人干活的景象都不见了，从前嘈杂笑骂的班组休息室变得静悄悄的。

小满问师兄大史怎么回事。

大史说，往后部队演习都搞电子模拟，真枪真炮的订单更少了，军品要限产压库，车间要放长假。

小满问，那还给开工资吗？

大史说，开待岗生活费，没几个子儿，都不够买卫生纸擦屁股呢。

小满说，要是待上两三个月也不算啥。

大史说，咱得两手准备，城里的工厂都是先待岗再分流，最后都他妈的下岗。

“不至于吧！”小满觉得是大史杞人忧天，“城里那些都是街道小厂子，说黄就黄；再说分流也轮不到我们，我们是青工，又不是老弱病残。”

待岗的小满在台球社和篮球场消磨了两三个月，也没等到复岗上班的消息，他就给庄哥打了个电话，看看能不能到比利牛仔店里打杂。

电话那边，庄哥问小满要不要考虑出国去日本打工。小满说，我不是下岗，只是待岗，人不能远走。庄哥说，那算了，不远走就不远走，你来城里帮我跑跑店外吧。

庄哥所说的店外，是指门市以外的卖货，包括夜市、集市和各种展销会。小满通常在下午赶到比利牛仔店，把店里的陈货断码货整理出来打包，然后背上大包，到铁城最大的夜市上叫卖。

夜市人声嘈杂，小满举着扩音器站在板凳上喊：“走一走，看一看！比利牛仔！比尔·克林顿最喜欢的牛仔！”等庄哥又进了一批假冒的李维斯牛仔裤，小满的夜市吆喝又变成了："走一走，看一看，李维斯牛仔，莱温斯基最喜欢的牛仔！"

旁边卖假耐克鞋的摊主问他："你这牛仔裤卖的，怎么跟搞破鞋还搭上关系了？"

小满瞪了他一眼，操起扩音器又喊："搞破鞋，穿耐克，咋都不破！"

有一天，庄哥让小满把尾货拿去铁城市展览馆，说那里要办一个江浙丝绸服装展销会。

那几年铁城展览馆承接了不少南方商会的展销，有上海的毛衫、湖州的丝绸、南通的轻纺、景德镇的陶瓷，还有搞不清产地的家具和玉器摆件。

小满背上尾货赶到展览馆，把牛仔裤往塑料模特身上一套，扯开嗓门就喊："走走看看，美利坚比利牛仔！华盛顿正品……"

"朋友你懂规矩伐？这里不是街头摆摊，不可以叫卖的。"旁边摊位的浙江阿姨不干了。

小满看了看四周，果然没人像他一样吆喝。他还不甘心，找了一张大红纸写上"克林顿白宫激情推荐，牛仔裤五折大促销"，用别针挂在了塑料模特的腰间。

浙江阿姨看傻了眼，她问小满："你不看新闻的？克林顿已经下台了呀，现在是小布什上台啦。"

小满说："小布什傻乎乎的，没意思。"

"就是就是！还是克林顿样样都搞得来。"浙江阿姨听了哈哈笑。

江浙丝绸服装展销会的开幕式相当隆重，先是一通威风锣鼓，然后是八人南狮北舞，最后是各级领导轮流上台致辞。其中一个穿真丝衬衫戴胸花的男子唧唧哇哇讲个没完，浙江阿姨说，这是他们镇子的商会会长。

“会长是你们的一把手？”小满问浙江阿姨。

“算不上领导，领队还差不多。”

小满摇头不懂，他生活在国有工厂里，只知道工会，不知道什么叫商会。

“商会都是我们联合搞的，会长也是大家选的，”浙江阿姨解释说，“我们镇上有百十家服装厂，大家动动脑筋搞个商会，商会去各地接洽展销，谈好了就领我们来上会。”

“懂了懂了，”小满说，“工会是给大家花钱的，商会是领大家挣钱的。”

等到开幕式结束，会长志得意满地背着手在展馆里四处巡视，他走到浙江阿姨展位前，问：“阿姐，货都备得齐伐？不要脱销太多哦！”

“备得齐了，这场声势搞得蛮大，侬辛苦了哦！”浙江阿姨说。

“阿姐加油！大家抓紧发财！”会长捋了捋大背头，面露得意。

可惜展销会只在上午热闹了半天，下午来参观的人就不多了。傍晚快清场时，会长再一次巡视各个展位。浙江阿姨招呼他问：“侬看今天下午来人不多！”

“不急的，现在东北人都学聪明了，知道越往后打折越厉害，等明天再看看。”

“我们千万不要只挣回个展位租金钱。”

“放心，都有保障的，这次我们跟会展招商公司谈过了，他们帮我们打广告，保证两万人次来参观。”

“谁在大门口数人头？会不会是一笔糊涂账呢？”浙江阿姨问。

“会展公司搞了个红外线计数器，每进来一个人，挡住红外线一下，就算一人次。”会长说，“这个东西高科技，很科学，比查人头要准的。”

“要是不到两万人怎么办？”

“对方承诺过了，不到两万人就租金减半。”会长说，“这些都写在合同里，大家只管放心好了。”

浙江阿姨还想问详细些，会长不耐烦地摆摆手走了。一旁的小满听得七八分懂，他安慰浙江阿姨：“你们会长挺有信心的，应该没问题。”

“挣了钱，他也有提成的，挣不到钱，老乡们也会骂死他。”浙江阿姨吐了一口瓜子皮。

展会第二天来的顾客还是不多。小满和浙江阿姨坐着闲聊，浙江阿姨开玩笑要小满做她的倒插门女婿。小满说那可不好看，还是我把你女儿娶过来吧。浙江阿姨说，你不要瞧不起我们这些乡镇作坊，我们每家都有别墅面包车。小满笑了笑，只当是阿姨吹牛。

这一天很快过去，下午还是没啥人来。收摊前，小满送给浙江阿姨一条美利坚温州牛仔裤，浙江阿姨也回赠了三条法兰西绍兴领带。

第三天的客流还是没上来。浙江阿姨没了耐心：“这哪里有两万人来？分明是会长被会展公司骗了。”

会长也急得在展馆里走来走去，头发也不像前几天那么一丝不苟。各家商户都跟他抱怨客流不够，会长强打精神挨个打气：“大家放心！如果明天还不到两万人次，我就去找会展公司退租金！”

等到第四天下午，会长无精打采地找到浙江阿姨说：“现在是一万多一点人次，我这就去找会展公司退一半租金。”

“那还好，退半的话，这次还算没太赔。”浙江阿姨说。

“没太赔是什么意思？”小满问浙江阿姨。

“卖了四千块，毛利三千块，去掉场租发货食宿路费两千块，四天挣了一千块，没得啥意思。”

“一千块钱还叫没意思？”小满吓了一跳。

“你们工厂上班的，时间都浪费了。”浙江阿姨说，“不开玩笑的，不如你真倒插门过来。”

临近闭馆还有不到一个小时，小满准备上完厕所就撤摊走人。他刚进厕所，就看见戴老师站在小便池前面。

“戴老师你也来买衣服？”小满在身后问。

戴老师正在专心小解，冷不防被小满的声音吓了一跳，尿线差点浇在鞋上。“喔，是小满哪，”他转过头来说，“我不买，是侯校长布置的任务，全校学生来参观。”

“什么参观？”

“当然是展销会。”

“学生又没钱，来参观什么展销会？”小满听蒙了。

“侯校长说来帮忙凑个人头，”戴老师提上裤子说，“参观完了全校还要去看电影。”

“敢情是凑数来啦？”小满恍然大悟。

“对，凑个数，走个过场。”

“这招可是太绝了！”小满惊讶地叫了一声，转念一想，“那展会公司得给侯校长拿多少好处？”

“侯校长个人么，我不清楚，反正学校能创收个两三千块吧。”戴老师说，“侯校长说这是小金库，留着给老师谋福利。现在的形势你也知道，老师们都好几个月开不出工资了，穷得叮当响。”

“那……学生家长们不会有意见？”

“不会的，都有安排，会展公司包了场电影，等逛完展销会，我们就去看《宝莲灯》。”

两人说话间，上千名西铁城学生在场外排好了队列，由各自班主任老师带领，一列一列地从入口走进来。他们没在任何展位前停留一分钟，径直穿过展销会场，从出口走到楼外，然后再循环进来一遍。

展销会的摊主们大眼瞪小眼，看着一队队孩子们走进来，走出去，走出去，走进来。最后他们终于反应过来了，只要学生们走上五圈，红外线计数器上就会暴增五千人次，十圈就是一万人次！

可怜的商会会长站在展销会入口，左挡右阻，根本拦不住潮水一样涌进来的孩子。也许这些孩子长大后，会记得多年前的此情此景，一个可怜的南方男人在展会入口大骂：“你们这些没良心的骗子啊，连学生都搬出来凑数……”

江浙服装展销团栽倒在铁城展览馆。至于后来如何打官司撕扯，小满就不得而知了。他时常把这个笑话讲给夜市摊主们听。摊主们都竖起大拇指，说你们校长挺有头脑，应该调去当厂长把西铁城效益搞上去。

小满问，啥叫效益你们懂吗？

摊主们说，就是挣钱呗。

小满说，那就直接说挣钱好了，效益效益的，听上去好像我们厂的大喇叭广播。

那几年全社会都在讲效益，西铁城的大喇叭也成天广播：“效益就是生命，效益就是一切。”大家最后终于都听懂了，没钱啥都是虚的，挣钱比面子更重要，蹲着吃窝头总好过站着喝西北风。

大脑开窍后的西铁城人民，各自想尽办法创效益。小学老师开张了小饭桌，中学老师办起补课班，大夫把病人转到自己的诊所，会计们外接私活代账，卡车司机们回程空车配货，工人们一无所长，就从生产区往外夹带铜铁。方圆十里的厂区内，大家见面第一句就互相问："怎么样，最近效益还行吗？"

第三章
西铁风流舞厅

二〇〇一年下半年，西铁城的待岗工人越来越多，第一家属区围墙上的“工人新村”四个大字被人用油漆改写成了“工人愁村”。小区里陆续冒出了七八个电话亭和小卖店，每个电话亭的玻璃窗里都坐着一个目光呆滞的下岗女工，她们时常一上午都等不到一个顾客。

从二食堂下岗的关师傅最发愁，他老伴病恹恹地在床上躺了好几年，家里一对孪生女儿都在上高中。这天，在楼下遇见正要进城的小满，关师傅就拦住他问：“你小子天天往城里跑，能不能给我找个活儿？打更做饭啥的都行。”

“行，我打听打听。”小满答应说，“对了，关师傅你眼睛花了没有？”

“没花，看近看远都不费劲。”关师傅一指前楼拐角的一只溜达鸡，“那鸡的冠子有五个齿，不信你走过去看看。”

“得！我信我信！”小满边走边说，忽然停下了脚步，“要不，关师傅你在咱厂摆摊儿烤个鸡架啥的，就不用进城打工了。”

“鸡架？我觉得咱厂的人不能爱吃。”关师傅说，“一个空壳子没啥肉，也就是嗦拉嗦拉味儿。”

“你还别说，那玩意儿在沈阳铁西卖得最多，越是下岗成堆的地方，这玩意儿卖得越好！”

“也是啊，穷人也是人，也得沾油星儿。”关师傅倒是上了心。他盘算了一下成本，不用门市，不用执照，不用厨师、服务员，一个炉子就能开动。可怎么批发上货呢？他想到了厂里每周跑沈阳的货车，这几年司机都干私活儿拉脚。

没几天，关师傅就搭上相熟司机的卡车，赶往沈阳的十二线市场。巨大的市场里，放眼望去果然有无数摊位批发鸡架。他寻到一家不起眼的摊位，跟摊主互换了一根烟，才知道对方也是军工厂下岗职工，原先的单位生产过炮弹壳！

“那我就认准你了！”关师傅放下麻袋，不向其他摊位问价了，“以前我们厂给你们厂配套，现在你给我配套，咱们还是一个系统！”

“放心吧，老哥！下回不用你亲自来，我肯定给司机配上好货，”对方张开麻袋，往里面一只一只地塞鸡架，“要是我以次充好，缺斤少两，你就拿你们厂的火药炸死我！”

就这样，关师傅用一张“老头票”批发回了一麻袋鸡架。等回到家属区，他喊了小满上灶摸索。两个人先拿出几个鸡架，用盐、花椒和料酒腌了半小时，再抹上油和孜然粉，最后铺在炭火铁板上，边烤边抹酱料。炙热的鸡架滋滋入味，烟味在前楼后楼缭绕。闻到美味的邻居都来围观了，还有人拿了白酒，最后众口嗦鸡，把关师傅的试制品一扫而光。

酒喝得最多的是小满，喝到瓶子见底，他一拍脑袋：“老关你忘了一件事，重要的事！太重要了！”

“什么事？”

“比猪肉更便宜的是鸡肉，比鸡肉更便宜的是鸡架，所以你还得跟卖鸡肉的竞争！”

“让鸡架跟鸡肉竞争？”

“没错！除了烤鸡架，你还得卖生鸡架——只要咱西铁城习惯了用鸡架做菜，你就能再多挣一份钱！”

“用鸡架做啥菜呢……炖菜？”

“对，你是食堂的手艺，大家肯定信你，你琢磨琢磨鸡架炖土豆，炖芸豆，炖白菜干豆腐，能炖啥炖啥！”

小满说完酒话就忘了。倒是关师傅认真地拉起了牌匾，除了晚上干烧烤，他白天还吆喝卖鸡架。面对西铁城群众质疑的眼神，他把自己的食堂资历摆出来：“我跟你们说，鸡架这玩意儿最鲜，我们学厨的时候就是用它吊高汤。”

“可是肉也太少了。”

“肉是不多，可都是连骨的活肉，活动的肉！”

群众还是很犹豫。

“真没有比鸡架更新鲜便宜的肉了，这么着吧，买三赠一！”关师傅最后一跺脚。

阮囊羞涩的群众不再犹豫了，把鸡架买回家炖上了白菜豆腐给孩子吃。饭桌上，他们把关师傅的原话复述一遍：“鸡架上的都是活肉，活肉才好吃。”

“可鸡腿也是活肉。”小孩子也不好糊弄。

“鸡腿肉里都注水，不好吃。”

“翅膀也是活肉！”

“翅膀是给鸡打预防针的地方，药水都在鸡翅膀里，”家长张开胳膊给孩子示范，“只有鸡架不注水，也没有药水，所以……最好吃！”

孩子只好把鸡架从炖菜里捞出来啃，吐出一根接着一根的细骨头。据说那些年西铁城长大的孩子，只要给他一根鸡骨头，他就能认出是鸡架上的哪个部分。

在关师傅的鼓励下，或者说蛊惑之下，西铁城群众终于接受了鸡架入菜。没几个月，鸡架摊就挤黄了市场里的注水鸡肉摊。可关师傅觉得人终究得靠手艺吃饭，于是他晚上还坚持干烧烤。烧烤说白了就是火候的工夫，关师傅领悟得飞快，毕竟要比炝炒爆炒煸炒容易得多。往烤架前一站，他的双手比在迪厅里打碟还忙：前一秒给鸡头刷油，后一秒给鸡爪子刷酱，这边翻完面，那边又扇风吹火，撒完孜然粉再撒辣椒面，炭火映照得他一脸油光，瞬时又恢复了食堂大师傅的神气。

随着手艺精进，关师傅的烧烤菜单也越来越丰富，除了基本的鸡架、鸡头、鸡爪子，还有板筋、熟筋、毛蛋、韭菜，可就是不见羊肉串。“肉串的利大，但是水太深……真肉太贵卖不动，假肉倒是也能吃，但那是羊油泡出来的鸭肉。”关师傅跟群众解释，说完他掰开生鸡头给大家看，“我人下岗，良心不下岗！有几个烤鸡头的能像我这样，把鸡喉咙收拾得干干净净？”

最有资格评价关师傅烧烤水平的是王东东。他待岗后帮人开出租车，吃过城乡很多烧烤摊子，最近刚刚喜欢上了烧烤业内新事物——烤鸡屁股。这天，他和小满、小白一起喝酒吃烧烤，特意让关师傅试着烤了几只鸡屁股。

“据说是生烤，硬上料，最后还要加点儿糖，”指点完关师傅，王东东转身跟坐在马扎上的小满和小白说，“一会儿吃之前，记得把屁股里的淋巴摘掉。”

关师傅很快烤好了第一串油乎乎的鸡屁股，王东东先递给小白：“趁着热乎，你快尝尝！”

小白还是不敢吃。

“胆小鬼！连鸡屁股都不敢吃，以后我怎么领你去舞厅捏人屁股？”王东东用了激将法。

“什么舞厅？捏谁屁股？”小满问。

“陪舞的屁股啊，咱们厂马上要有黑灯舞厅了，你们不知道？”王东东整天开出租车，各路消息灵通。

“到底真的假的？”小满和小白一齐摇头。

“懒得骗你们！这种黑灯舞厅全国多得是，你俩可别一惊一乍的！”

王东东说得没错，凋敝的西铁城很快迎来了光怪陆离的西铁舞厅。

西铁舞厅的前身是厂工会职工舞厅，建成于工厂鼎盛时期，因此用料讲究，装潢上乘。舞厅里面的柞木地板舞池、巨形水晶吊灯和彩色马赛克墙围，都是大厂阔绰过的见证。后来随着工人们分流下岗，上万人吃饭都成问题，职工舞厅也就关门上了锁。

这年，一个在南方看过场子卖过止咳糖浆的工厂子弟，魏老四，也就是魏得罗的爸爸，打开了职工舞厅的门锁。他看了看结满蛛网的灯球灯带，再踏一踏蒙尘的舞池地板，道了一声可惜，便接手承包了舞厅。很快，“西铁舞厅”四个大字的霓虹灯重放异彩，成为萧瑟西铁城的唯一夜景。

望着一闪一闪的舞厅霓虹，西铁城人民不由得心生疑惑，这可是穷乡僻壤的军工厂，连路灯碎了都没人修，真会有人来跳舞吗？有人按捺不住疑惑，就去问魏老四。魏老四说，不用担心，市内的风流人物会来这里跳的。

大家这才搞清楚，西铁舞厅是打擦边球的黑灯舞厅。

在洗浴推油大保健风行之前，黑灯舞厅曾独占春业鳌头。只要花上十块钱，客人就可以和陪舞女人连跳三曲。前两曲还是正常明灯，到了第三曲，舞曲就变成了慢四，灯光全部关闭，黑暗中男女互相越界抚摸。最后曲终灯亮，陪舞女合上衣裙，手上握着刚挣到的十块钱。

铁城市区很早便有了两家黑灯舞厅，城东的“火凤凰”和城北的“大世界”。这两家开开歇歇关关，常被文化局叫停整顿。西铁城地处偏僻，属于军工厂的独立地盘，市政监管不到。魏老四正是看准了这个空当，才把黑灯舞厅开到了西铁城。

黑灯舞厅的名声不好，却能带来消费。西铁城里的下岗工人，不论是开出租车三轮车的，开饭店杂货店的，都需要舞客送来钞票。当然，西铁城人民也睁开了一只眼，厂招待所从不接待舞客包房过夜，家属区也不租房子给舞女。等到舞厅半夜清场，十几个下岗工人开着二手出租车，六十元一车送舞客们回城，算是当天的最后一笔收入。

至于舞厅老板魏老四算不算黑社会，西铁城人说，他还够不上这个光荣称号，最多算是个大茶壶。看他身边那几个小兄弟，也就是一把扑克牌里的草花三四五，都够不上个人形儿。而西铁城真正的黑社会陆老瞎子，早就受不了厂区根据地的穷困，带领着小弟们去了南方求财。据说他们一伙在广州火车站前把湖南帮杀到流花路以南，垄断了站前的全部黄牛党。有一年魏老四从广州回东北买不到火车票，就找到了陆老瞎子帮忙。陆老瞎子问魏老四，西铁舞厅是你开的？魏老四说，是。陆老瞎子说，蜀中无大将，廖化当先锋，我们这一走倒把你成全了！说完把车票甩在魏老四的脸上。

魏老四也看不上陆老瞎子，他只求财，不愿招惹江湖是非。当年和他一起出道南下的大小流氓和杀手打手，都渐渐没了音信，有的被判刑，有的被仇杀，有的远走缅北东南亚。只有他魏老四稳稳当当，守家待地经营着西铁舞厅，只闯黄灯不闯红灯。

西铁舞厅一开张，就吸引了铁城的风流派和跳舞派翩然而至。这两路人马，或坐公交车或并客打出租车，不远迢迢五十里前来捧场。这些舞客一出现在西铁城，全厂上下看他们的眼神都像是欣赏野生动物。老劳模说他们头上长角身上长刺；保卫处说他们是严打的余孽；子弟中学教导主任大老蔡说他们是妹妹俩俩；语文戴老师纠正说，那不叫妹妹俩俩，是魑魅魍魉。

专程赶来的跳舞派有一个共同特点：必穿皮鞋。当然这是最低段位，高级一点的穿衬衫配皮鞋，再往上是穿背带裤扎白衬衫，最高的段位是梳油头戴领结。也有人模仿过上海的老克勒，嘴上叼着烟斗，出汗的时候掏出白手帕擦汗，曾有小偷满怀期望地摸过他们的钱包，结果大失所望，他们的钱包比脸还干净。

跳舞派人数不多，中坚力量是市文联的老崔。老崔会跳探戈和吉特巴，他的舞搭子是一名中年妇女。这位大姐夏天穿大红裙子，里面光腿，冬天也穿大红裙子，里面套毛裤。老崔和她跳了半年也没弄清楚岁数，大姐就只说是本命年，老崔想那就是四十八吧。有次跳舞时，老崔踩到了一张黏糊糊的白纸，从鞋底扯下来一看是卫生巾。老崔觉得晦气，就嘟囔道，这他妈的谁还带血上阵？舞搭子大姐耸耸肩说，反正不是我的，我今年六十，都绝经七八年了。

讲究的跳舞派都喜欢西铁舞厅的柞木地板，柞木上顿脚有足够的弹性，跳起来也回旋流畅。他们通常只跳前两曲，北京平四或者慢三。在第三曲黑灯时就离开舞池休息，有的喝水，有的抽烟，留下趣味低级的风流派们在舞池里胡闹猎艳。

风流派是舞厅的主力消费人群，他们穿衣穿鞋都随便，甚至是拖鞋背心。他们也没有固定的舞伴，只临时邀请看得上眼的陪舞女。邀请舞女也有规矩，一般都是舞客先远远相看好，然后直接上前邀请，不能左顾右盼。舞厅里最招人嫌的是“山炮”。“山炮”是东北土话，形容人没见过世面。山炮们既不会跳舞，也不肯坐下，他们像参观一样在舞池里乱走，左顾右看环肥燕瘦，想把每张女人脸都看清楚。这时看场子的混混儿就会冲上来，揪住山炮们的脖领子吼：“你他妈的挑猪肉呢？不跳滚！”

西铁舞厅的最闪亮风景是陪舞女，她们通常在舞厅的马赛克彩墙下站着，等着风流派上来邀请，合意的就一起下到舞池搂搂抱抱。有经验的舞女都自带一个迷你小蓝灯，能照出钞票上面的水印，以防收了假钞被人白摸。

有段时间，舞厅里来了一个独来独往的丝袜大长腿美女，她上套高领衫，下着包臀裙，不怎么说话，跳舞极好，跳得高兴了连钱都不要。黑灯一曲五分钟，她把丝袜长腿探进舞客裆下蹭来蹭去。曾有个老舞客被她撩得销魂，一口假牙没含住掉在地上。再后来，大长腿舞女被几个舞客联手给打了，落荒而逃，从此消失不见。她逃跑时抻开的大步像极了短跑明星约翰逊。大家事后风传，说大长腿是变性人，高领衫正好能挡住喉结。跟她跳过舞的男人们都后悔不已，妈的，跟个“二尾子”缠绵了那么久，真是丢人丢到家了！

咸湿之地难免争风吃醋，魏老四后来给舞厅装了一个金属安检门，把带刀的后生都拦在门外。他没事时就坐在安检门旁边喝茶水，用三角眼打量这些入场的舞客，喝醉酒的、破衣烂衫的、举止猥琐的都被挡在舞厅门外。

俗话说，常走夜路早晚碰鬼，魏老四的安检门和三角眼也没办法扫描出危险分子。几年后的一天，警察带着嫌疑人找魏老四问话，魏老板才知道这个假装正经的跳舞派就是铁城连环舞女失踪案的杀人犯。自那场大案“响了”之后，全省掀起专项严打，取缔了所有城乡黑灯舞厅。

大学的最后一个暑假，夏雷回到西铁城。小满请他来家里喝酒，两人一瓶白酒两只烧鸡，边喝边聊。小满问到夏雷在上海的生活见闻，最后有点儿后悔地说：“早知道苏州离上海这么近，我当年就应该从苏州过上海去看看你。”

“所以说学好地理很重要啊，小满二副！”

“对了，上海的百乐门还有吗？那可是许文强被法国人打死的地方。”

“还有，就在静安寺附近。”

“咱们西铁城也有百乐门了，黑灯瞎火挺不正经的。”

“听说是职工舞厅改的黑灯舞厅？”

“跳舞的和扯淡的各占一半吧，我去过，舞女们靠墙站一排，等着男人选。”

“我听寝室里的陕西同学说，他们那里叫女墙人。”

“差不多，你要是好奇，我就带你去看看！”

“我吃饱喝好了，咱俩现在就去！”

还有一只烧鸡没吃完，小满找来网兜给夏雷装上，两个人拎着一路走到西铁舞厅，过了安检门，后面追上来看场子的魏得罗。

魏得罗和小满当初不打不相识，后来居然还论上了亲戚。眼下他正帮他爸魏老四看场子。

“你带的这个眼镜朋友是谁？”魏得罗把小满拉到一旁问。

“是我同学，放暑假刚回家。”

“不是哪个道上的朋友？”

“怎么会？人家可是知识分子。”

“那就好。”魏得罗说，“这不，上次有个戴眼镜的也拎着一只烧鸡进舞厅，他在茶座上啃完烧鸡一抹嘴，掏出一把刮刀把两个老头子给捅了，出事之后，我爸特意装了安检门。”

“放心吧！今天这个眼镜真是我同学！”小满拍拍魏得罗的肩膀，“人家还是高中状元呢，我陪他来开开眼。”

进了舞厅里，夏雷还把烧鸡网兜拎在手上，不知该放到哪里。这时迎面走来一个低胸的老姐，一上手就拉住小满：“这位大帅哥，来跟姐姐跳一曲？”

“你先跟我这位朋友跳吧！”小满恶作剧地往身后一指。

低胸老姐看了看夏雷，问他：“眼镜老弟，陪姐跳一曲不？”

“我……我先看看。”夏雷窘迫得口吃，忙不迭摆手，“你先忙，你先去忙。”

“看有啥意思？”老姐说着把低胸领口往下拉了拉，“摸才有意思呢！”

“我说的看，不是看这个……”夏雷满脸通红。

小满在一旁笑得直不起腰，他支走了那老姐，领着夏雷找到茶座坐下。很快到了黑灯第三曲，跳舞派们离场，舞池里只剩下风流派和陪舞女。香烟味、香水味混合着地板的霉味，廉价的气息和欲望一起在黑暗里氤氲升腾。

离茶座不远处，一个舞客正抱个姑娘跳贴面舞。等到曲终灯亮，那姑娘接过钞票认真点数。借着一束扫过来的灯光，夏雷一瞬间看清了姑娘的模样，他不禁张大嘴巴，是她！盯了好几秒，夏雷确认无误。他跟小满附耳说了几句。小满站起身来，走到姑娘面前伸手邀请。

“帅哥做我男朋友吧，我们多跳几曲！”姑娘以为是邀舞，把手交给小满。

“那边有个老朋友，要请你过去坐坐。”小满拉着她走出舞池，来到茶座。

姑娘看了看站起身的夏雷，一脸迷惑：“你是……”

“这么巧，又见面了！那年暑假火车上，你还记得我吗？”夏雷伸出手。

“天哪！原来是你！”姑娘惊叫，“你都长成大个子了！”

“是啊，转眼六七年了。”

“谢谢你那年救了我！还让你破费了不少。”姑娘递给夏雷一支烟。

三个人聊了一会儿，舞厅再一次熄灯，黑灯舞曲又响起。姑娘问夏雷：“跳个舞吧，慢四会吗？”

“我只会做广播体操。”

“没关系，那我们就跳三贴。”姑娘拉着夏雷走进舞池，展开双臂环抱住他。

夏雷第一次被女生抱住，闻到她的体香，忍不住问：“什么香水这么好闻？”

“别问了，扭起来。”香水姑娘说着亲了夏雷一口。

“别……”夏雷猝不及防，狼狈地用手背擦了擦脸颊。

“三贴就害羞啦？”香水姑娘将腰肢贴上夏雷，“我今晚可以给你，算是我报恩。”

“不不，不不！”夏雷又开始口吃。

“我很干净的，你将来不要后悔哦！”香水姑娘好像藤缠树，“下个月我就要去澳门夜总会上班了。”

“谢谢，真……真不行。”夏雷摇摇头。

“好吧，那我请你吃个饭，”香水姑娘倒是痛快，“吃饭，你应该不为难吧？”

西铁舞厅楼下不远就是关师傅的烧烤摊。三个人坐下来点菜，香水姑娘建议说：“咱们干脆踩着箱套喝吧！”

“我无所谓，你恩人还在上大学，他不能多喝。”小满说。

“我也还行，大学周末也经常喝。”夏雷倒是一反常态。

“我先说好了，今晚谁也别跟我抢，我买单！”香水姑娘充满豪气，直接叫伙计搬来一箱套的雪花啤酒。

“你真的要去澳门吗？”夏雷问。

“嗯，澳门的夜场来钱快。”香水姑娘点上一根烟，“平台每个月一万，高台三万不止。”

“是高台跳水？”夏雷问。

“你个书呆子，还问？还问？”香水姑娘憋不住笑，吐了一口烟气。

“不问了！”小满倒是猜出了七八分，举杯说，“祝你此行顺利发财！”

三个人举起杯，干掉第一杯雪花。香水姑娘放下酒杯说：“现在东北挣钱真难，大家都往南方走。考出去的大学生毕业也不回来，没得救了。”

“不是不想回来，是回来也没啥好工作。”夏雷说。

“你呢？什么时候南下？”香水姑娘问小满。

“我一个小臭工人，有个铁饭碗不容易，得和工厂共进退。”小满往椅子靠背上一仰。

“你们工厂都快黄了，你还不知道？”香水姑娘问。

“这几年倒是大家一直这么传。”小满和夏雷都说。

“前几天，你们厂有个干部来舞厅，”香水姑娘吐出一个烟圈，“这个干部没了老伴，要包我当女朋友。他说工厂快黄了，领导都忙着变卖资产，他也赚了一笔，就等工厂破产呢！”

“×！没想到还有发国难财的！”小满拍得桌子山响，“我之前还等着工厂再喊我上岗呢！”

香水姑娘讥诮道：“要不你把厂房改成田地，种上庄稼养点鸡鸭，再娶个村里媳妇，一辈子就蹲在山沟里？”

夏雷在西铁城没待上几天，就着急返回上海做毕业设计。小满白天闲着没事，想起来去找香水姑娘聊聊天。他走到舞厅门口，只见魏得罗穿着警服站在安检机旁。小满问：“你这身是真的吗？”

魏得罗说：“高仿！还有警徽和电棍呢。”

小满问：“没人管？”

魏得罗摊摊手说：“不穿上街就没人管。”

小满又问：“干吗搞得这么吓人倒怪？不都装了安检吗？”

魏得罗说：“没办法，舞厅一开门，苍蝇蚊子全往里飞。”

小满转身走进舞场，远远看见香水姑娘正跟一个老头跳舞。正好第三曲开始黑灯，小满不好意思上前打断他们，就在黑暗里点上一根烟。等到曲终灯亮，那老头松开了香水姑娘，手捏着一根香烟冲小满走来说:“朋友，对个火呗！”

瞄了一眼老头皱巴巴的脸，小满认出他正是许大马棒子，十年前在隧道里，被他和夏雷一通乱石砸伤的许大马棒子！

许大马棒子倒不认识小满，这些年他依旧风流快活。看见他脖子上居然还贱贱地扎了一条花色领带，小满冷笑了一声，心想真是好死不死，送上门来！

“等一下！”小满的手在裤兜里摸到打火机，暗暗将气门调至最大，示意许大马棒子再凑近。

许大马棒子不知是计，猫着腰衔烟凑近。小满猛然按下打火机，高高的火苗“砰”地蹿起，好像电焊喷枪的火舌，一瞬间照亮许大马棒子惊恐万状的脸。他反射性往后退了一步，抹了一下脸，几根烧焦的睫毛和眉毛在手心里变成了炭粉。

“妈的，你小子玩我？”许大马棒子转惧为怒。

“对不起，老哥，我也不知道火苗这么大！”小满冷笑着转身要走。

“别走！你别走！”许大马棒子抓住了小满的袖子，“刚才你自己点烟，火苗咋就不大？”

“我怎么知道？赶上你倒霉吧！”

“是你成心害我！我眼毛都燎没了，你得赔钱！”

“赔你个毛，你给我放手！听见没？放手！”小满手指着许大马棒子的鼻尖。

许大马棒子是老无赖，不依不饶不放手。

“不放手是吧？去你妈的！”小满猛然抡起一个大电炮，砸在许大马棒子的鼻子上。许大马棒子眼前立刻浮现一片金光火花，他一手捂住鼻子，另一只手张开要挠人。

小满抢前一步，又抡起第二个大电炮，“砰”的一声把他仰面朝天打倒在地。

“杀人啦，杀人啦！”许大马棒子躺在地上扑腾大喊。

看场子的伪警察魏得罗匆匆跑过来，先问小满：“咋回事？你动手了？”

“是他先动的手，”小满指指地上的许大马棒子，“我都警告过他了，他还没完没了。”

许大马棒子强撑着坐起来，跟魏得罗申诉：“这个傻×拿打火机燎我眉毛。”

魏得罗把许大马棒子从地上拉起来，劝他：“拉倒吧，以后给你免舞票，你快走吧！”

“快走吧，今天没挨刀算是你走运！”几个看场子的小混混上来把许大马棒子推出舞厅。

等人群散了，小满找到香水姑娘。香水姑娘问小满：“你刚才是不是看我和他跳舞就吃醋了？”

小满笑了笑没回答。

香水姑娘继续问：“上次问你要不要做我男朋友，你还不答应，是不是后悔啦？”

小满说：“没，我和刚才那个老头有笔旧账没算，今天正好赶上算账而已。”

香水姑娘失望地说：“那你找我干什么？也不跳舞？”

小满掐灭烟头说：“不跳，就是看看你，没事我先走了。”

香水姑娘问：“你到底想要跟我说啥？我下礼拜可就去澳门了。”

小满起身说：“也没啥，谢谢你请吃的饭，注意安全，一路顺风！”

出了西铁舞厅，小满漫无目的地走，不知不觉走到了从前晓丹家的楼下，他搓了搓手掌，攀着检修梯又爬上了楼顶。

暮色中的楼群光影黯淡，远处街道上空空荡荡，灯光球场再没了灯光和比赛，生产区的烟囱在最后的微光里静穆而倔强。一种从未有过的荒芜笼罩着寂寥的西铁城。

小满呆坐到天黑下来，想了很多很多，等到月亮从山冈上升起，他狠狠地掐灭最后一根烟，终于萌生了离开西铁城的念头。

第四章
瀬户内海

和西铁城厂相比，铁城市内的几个轻工业厂子不景气得更早，老弱病残的下岗工人一股脑都挤向夜市摆摊，卖货的比买货的还多，一晚上也挣不到几块钱。但凡年轻力壮的都掂量过远走打工，有的南下，有的出国。东北各地一度涌起出国潮，劳务公司的门口经常排起长龙大队，无数人被命运驱策到海外，散落在异国的工地、厨房和垃圾场。

庄哥的二姐早年去日本站稳了脚跟，她在横滨开了家针灸整骨院，生意忙时手下技师不够用。庄哥曾问过小满要不要去日本，眼看夏天将尽，小满把这事儿又认真盘算了一下，夜市一过中秋就不开市，复岗的日子还遥遥无期，要想多挣钱还得往国外走。

小满去城里比利牛仔店找到庄哥，说他想通了，想去日本见见世面。庄哥答应说："咱们姑且试试运气，这两年福建和东北的签证都不太好办，办成更好，不成拉倒。"

"为啥不好办了呢？"

"去的假厨师太多了！日本那边都不太信了。"庄哥说，"现在只有学习签证稳妥些，我姐认识横滨的一个野鸡语言学校，给钱就能发录取。”

“那眼下需要我办啥？”

“你先抓紧时间起个护照。”

“有护照就能出国了？”

“哪有那么简单？护照是中国同意放你走，签证才是日本同意你去！”

小满很快就办好了护照，接下来就该准备语言学校需要的材料了，当材料清单摆在眼前时，他登时一个头两个大。除了身份证，他拿不出一个公证文件。

“老天饿不死瞎家雀！”庄姐用国际长途指点小满，“听人说市内立交桥下有刻假章的，除了国务院的大红戳不敢刻，别的全敢！”

于是小满夹上文件袋进了城。他在立交桥底溜达了半天，也没寻到刻戳的摊子，第二天又去，还是只有一个修自行车的老头和一个卖袜子发卡的下岗妇女。小满就跟修自行车的老头打听。老头听了直晃脑袋：“刻假戳啊？这光天化日的可没有。”

小满还不甘心，就坐在水泥墩子下面等。等了好一会儿，眼见着快要下雨了，修车老头准备撤摊走人。小满搭把手帮他把工具装上了三轮车。老头临走问小满：“你刻章要干啥用？”

“这不待岗了么，我想出国打工。”

“你刻章是要糊弄外国人？”

“对，糊弄日本小鬼子的。”

“唉，工厂要是景气，你也不用出国遭洋罪。”老头叹了口气，“听说出国打工的都累得像驴马牲口一样，除了挖大沟就是捡垃圾，还被外国人瞧不起。”

“出去当驴马，至少还有草料应时应晌。”

“倒是这个道理。”老头用手一指，“去吧，孩子，去那边电线杆子上仔细看看。”

小满走到电线杆子前，终于在“性病一针灵”下面找到一串手写的传呼数字。他回头问：“打这个传呼就能找到刻章的？”

“我可啥也没说啊！”老头点点头，“孩子，等你去上日本，好好挣钱不要学坏。”

小满记下了数字，冒雨找到电话亭，按照传呼号码拨了过去。很快电话回了过来，是一个中年妇女的声音，让他半个小时后在市医院门诊大厅见面。

小满看了看手表，赶紧冒雨往医院赶。等到了门诊，他身上已经被雨水淋透，只有怀里的文件袋是干的。他顾不上擦脸，在门诊大厅走了半圈，这时迎面上来一个妇女冲他挤挤眼睛：“老弟，跟我来！”

中年妇女一副市井打扮，头发高高拢到发顶，好像一朵升腾的蘑菇云。两个人走到走廊深处在塑料椅子上坐下。小满用袖子擦去脸上的雨水，开玩笑说：“大姐你这蘑菇云头型，真像顶个倒立的戳。”

妇女没好气地白了他一眼，翻了翻文件袋里的样章复印件，伸手说：“兄弟，你别管姐的头型啥样，你得先交定金！”

“不是一手交钱一手交货吗？”小满不同意。

“我刻字机开机是有成本的。万一你不要了呢，我不白忙活了吗？”

“那万一你拿定金跑了呢？”小满反问。

这时窗外滚过一阵雷声，蘑菇云妇女指天起誓道："昧良心的该雷劈！"

话说到了这个地步，小满也不好再理论了，他掏钱交了定金，约好尾款明天见货再付。

"虽说我刻的章不真，但我也是吃手艺饭的，不能伤天害理昧良心。"临走时，蘑菇云还不忘絮絮叨叨。

到了第二天，小满提早来到医院门诊，蘑菇云也如约而至，只是两手空空。

"货呢？"小满问。

"差不了你，跟我来！"蘑菇云在前头带路，拐到了病房楼的回廊里，"尾款给我吧，马上就能见货。"

"你开玩笑呢？我要先看货！"

"祖宗你喊啥？能不能小点声！"蘑菇云嘘声说，"货在十米之内，先拿钱！"

小满还是不同意。

"老弟祖宗，我不能骗你，我是手艺人。"蘑菇云又要发誓。

"算了，别说了，今天天晴没雷。"小满把尾款付给了她，"要跑你也跑不过我。"

蘑菇云举着钞票对着太阳看完水印，指了指回廊旁边的花坛说："你去翻翻那几个花盆吧，里面有白塑料袋的就是。"

"那你站着别走。"小满不放心。

"不走不走。"蘑菇云说，"我哪儿都不走，就在这儿等你！"

小满一脚跳到花坛上，在一堆花盆里左翻右翻，终于找到了白色塑料袋，伸手往袋里一摸，里面只有几个乱糟糟的卫生纸团。他再一回头，回廊里已经没了人。

蘑菇云跑了！小满跳下花坛追出去，才发现这院子居然有好几个出口。难怪蘑菇云要在回廊交货，这可是人家的主场，能进能退。小满懊恼不已，一甩手，把卫生纸团抛向几米外的垃圾桶。

幸好他扔得不准，纸团落在垃圾桶旁，从里面滚出来一个塑料圆片！

“咦！”小满捡起塑料圆片一看，上面还真有凸出的刻字！敢情逃跑的蘑菇云倒没骗人，只是吝啬得连个手柄也不给，害得小满差点把它当成纸团扔掉。

这几个假章倒是解决了百分之九十的困难，小满终于把鱼目混珠的材料准备周全。等到在留证到手的那一天，小满捧着左看右看，几乎不相信会是真的。本来合计有枣没枣打三竿，没想到一杆子就打了下来。

眼看大功告成，小满特意进城给修车老头送了一条烟。老头问小满，你的政审都过了？假章没露馅？小满说，那不叫政审，叫入境审核。老头又问，这趟去日本能挣多少钱？小满说，争取第一年先还上学费，往后走一步看一步。

签证下来后，小满给夏雷打了个电话。夏雷在电话那边惊讶地问，你终于肯从厂子里出来啦？小满说，也是没办法的办法，总不能在西铁城混吃等死。夏雷说，晓丹也在办出国留学手续，她要去欧洲读硕士。小满说，太好了，她离当麦哲伦的理想又近了一步。夏雷说，那你呢，有什么理想？小满说，我哪有什么理想，在日本挣点本钱，等回国也许能去苏州上海开个服装店。夏雷说，这也算理想。小满说，好吧，那就算理想。

等拿到了机票，小满请庄哥在市里的金猛犸大酒店大吃了一顿。

两个人觥筹交错，半箱啤酒下肚，喝得都有点高。“谢谢庄哥帮我出国开眼界，感谢的话都在酒里！”小满站起来，掐腰又吹了一瓶雪花。

“谢啥谢？等你到了日本，帮我一个忙！”庄哥喝多了，面带陶醉，又变回从前的西铁城风流妄人，“你看过《东京爱情故事》没有？如果你在东京街头遇见赤名莉香，请告诉她，我爱她！”

全日空航班降落在羽田机场。

庄姐亲自接上小满，两个人坐上机场大巴赶往横滨，看着车窗外飞逝而过的街巷，小满嘴上直嘀咕，日本啊日本，东京啊东京。庄姐说，先别激动，这里只是东京南郊，咱们往西走，不经过真正的东京。

等大巴车开到了横滨驿，庄姐领小满去快餐店吃套餐。服务员端上桌的除了煎饺还有拉面和米饭，小满纳闷怎么三样全是主食？庄姐解释说，在日本煎饺是当菜吃的。

“世界真是不一样啊！”小满感叹道，“我真该早点从西铁城出来看看！”

小满一周也去不上几天语言学校，大部分时间都在整骨店里帮忙。除去日常打杂，他还跟着店里的曲师傅慢慢学会了简单按摩。

日本的中医按摩分为初级整体和高级整骨。小满的整体手法一般，接单却不少。找他按摩的多是女回头客，三十岁的也有，四五十岁的更多。她们一看见帅哥小满就多巴胺升高，随便怎么按都觉得舒坦。忙乎一头大汗的曲师傅跟庄姐抱怨说，老板你看，女瘦子都跑小满那边去了，留给我的都是男胖子，累死我了！庄姐听了哈哈大笑，说要不老曲你去整容拉个皮，把一脸的大褶子抻平？

一个名叫山藻的小阿姨经常预约小满。等不上小满的排单，她也不找整骨店的其他师傅。山藻有三十五六岁，妆容精致，说话时脸上总是带着微笑。大家很快就猜到她喜欢小满。可喜欢小满什么呢？小满的日语又不好，手法也是马马虎虎，就只剩下一张脸了。

庄姐曾开玩笑说小满是靠脸吃饭的命，应该去新宿歌舞伎町混个鸭店头牌。曲师傅也附和说，那些鸭店的男生都不配给小满提鞋。

“你俩是不是以祸祸我为乐啊？”小满抗议说，“我又不是吃软饭的！我可是手艺人！”

“傻弟弟，是山藻相中你了，想让你当她的小情人。”庄姐点破说。

“山藻有女人味道，我做梦都喜欢，小满不要我就要！”曲师傅也跟着起哄。

山藻的确喜欢小满的少年气，她说过小满很像她的初恋男友，小满笑了笑没接话。

对待山藻，小满依旧是毕恭毕敬，从不逾矩。一次换便服时，山藻当着小满的面卸下胸衣，小满赶紧转过身，用日语磕磕巴巴地说：“夫人，后背按摩只要松开搭扣就可以了。”

小满越是矜持，山藻越是喜欢。情人节那天她早早赶到整骨院，把一盒精美的巧克力送给小满。小满面露难色，歪着头迟疑了半天，还是没肯收下。

这事很快传到了曲师傅的耳朵里，他又艳羡又惋惜，跟小满说：“你应该把巧克力收下，要不多伤人面子？”

“那也不能赶着这个日子收。”小满说，“收了就是吊人家的心思。”

“小满你不也是单身吗？和山藻处处试试呗。”

“我当然是单身，可是山藻不是啊，人家有家有老公。”

“其实也不耽误，日本好多已婚男女都各有情人。”

“不成不成，管他日本人怎么样，咱得有自己的本分。”

“好吧，算我没说，”曲师傅惋惜道，“你当自己是水浒里的燕青？连李师师都不要。”

横滨城市不大，华人却不少，据说光是中华料理的厨师就有上百号。一个常来整骨按摩的厨师是铁城人，算是小满的半个老乡，小满叫他“于哥”。

于哥腰肌上全是结节，按起来好像木板一样梆梆硬。小满问他怎么劳损这么重，于哥说除了后厨炒菜，他还有别的兼职。于哥问小满打了几份工，小满说就这一份，下午一点干到晚上八点。

“兄弟啊，既然来了日本就得玩命挣钱，一寸光阴一寸金。”于哥说，“我再帮你找个深夜的零工吧，现金开支一把一利索，不用报税，没记录。”

很快，于哥帮小满介绍了一份跑堂零工，这家深夜料理店晚上九点开工，小满八点钟从整骨院下了班，就骑上自行车往那边赶。

小满的跑堂杂活包括案内、点单、端菜、收拾桌子。“案内”听上去像是厨房内的红白水案，其实上是迎宾和引导。当客人踏进店门，迎宾的小满要高喊欢迎光临，店里其他服务员再齐声喊第二遍。喊过两遍之后，小满把客人引导到餐桌入座。店里空的时候，可以安排两个客人到四人台，高峰时段就需要小满点头哈腰，和其他客人商量拼桌。

安排完入座，小满赶紧给客人奉茶。客人边喝茶边点单，这个环节最考验语言听力，小满听不清楚就用手照着图片比画，经常急得一头汗。点菜之后的上菜也是小满负责。最麻烦的是端套餐，一大托盘的盆碗汤水，又沉又不好平衡。等到客人开动吃饭时，小满还要巡回找机会撤掉空盘子，这种餐中撤盘的规则是一个一个盘子撤，不能把盘子堆叠起来的。

料理店的夜班时长是五个小时，后半夜两点钟才结束，打烊前大家都是又困又累。有次小满在厕所坐便上犯困打瞌睡，昏昏沉沉中听见大家喊欢迎光临，他也条件反射地跟着喊了一嗓子，结果把隔板外小便的客人吓了一跳。

日本服务业是出了名的谦卑，服务生动辄就要跟顾客道歉。料理店长曾给小满培训过如何道歉，躬身 15 度的叫“颔首失礼”，30 度的叫“中礼御免”，45 度的叫“敬礼抱歉”，还有 90 度的叫“最敬礼致歉”。让中国服务生最受不了的，是下跪的“陈谢赔罪”和磕头的“土下座谢罪”。有次厨师不小心做错了菜，直接在餐桌前给客人跪了下去。这些道歉方式让厂矿单位出身的小满觉得不爽。西铁城的厂长书记看见老工人也得客客气气，劳动本来是件光荣事，怎么到了日本就变得低三下四？他不愿忍受假笑逢迎和鞠躬道歉，就跟店长申请换去后厨当油锅师傅。

油锅师傅不需要看人脸色，只需做好炸物，这个活儿挣得不多，但小满干得心安理得。每天深夜，他面对一大一小两个油锅，大锅用来炸土豆鱼块，小锅专门炸天妇罗，大锅每天换半锅油，小锅每天都换成新油。到了打烊前，他再把这两个锅拆解清洗，重新组装。日子一天一天过去，虽然工作枯燥疲惫，小满还是觉得知足合意。

接替小满跑堂的是一个上海来的留学生姑娘。这姑娘把鞠躬假笑都做得到位，即便如此，有一次还是被客人骂得狗血喷头。

起因是姑娘端盘子时手歪了一下，盘子里的不同酱汁就混在了一起。食客是一个四十多岁的日本男人，喋喋不休地训斥了上海姑娘半天，还没有要停下来的意思。小姑娘被骂得哭了，店长也过来解围，可中年男子还是絮叨个不停。大家都在猜想这个男人要么精神有点问题，要么就是故意来店里找人撒气。

围观的小满实在看不下去了，他卸掉围裙，上前大喝一声："你有完没完？给我住嘴！"

"中国人？"男子瞥了一眼小满的胸牌，面露不屑，"你个扛尸体的马鹿，滚回你的穷鬼国家吧！"

"蠢货！"小满猛地一拍桌子，拍撒了半桌饭菜，"你给我出来！"

"什么？"中年男子没听懂。

"滚出来，咱俩比试比试拳头！"小满挽起了衣袖，拉开店门，迎风站在门外的小街上。

中年男子吓得拿不住筷子，龟缩在饭桌一角不敢说话，眼睛直瞪着店长。店长也被小满的举动吓了一跳，没想到平日默默无闻的小满好像变了一个人，他赶紧跑出门，劝小满收起拳头。

"我今天必须给他一个教训！"小满把胸牌一摘扔给店长，"我现在已经辞职了，和店里无关。"

"可别冲动啊！"店长只好拼命抱住小满，掩护那个中年食客趁机离店。

这件事轰动了整个食街，后果自然是小满被开除。店长说不管客人是谁都不能冲撞，遇到不讲理的最多就是报警。小满没道歉也没辩解，把工装脱下交还给店长。最后，店长亲自为他下了一碗面，小满默默吃完面就鞠躬告辞了。

丢掉了兼职的小满，再也不必每晚急着赶路了。他没事就去便利店书报栏看用工招聘杂志。便利店会在深夜减价促销副食商品，十一点打折30%，午夜打折50%，等到店员拿着“割引”的标签走进食品货架，小满就和一群穷人跟在店员后面，店员贴一个，他们便拿一个。

离签证到期越来越近，小满想让于哥再介绍个兼职工作。

他去中华街找了好几次于哥都不在，都说他是回国探亲了。过了好几个星期，好不容易等于哥回到横滨，小满便拉上他一起去阪东桥的居酒屋喝上两杯。

于哥坐下来就开门见山：“你在上家饭店的事我也听说了，兄弟，别忘了来日本的目的是挣钱，这世界上不公平的事多了，你能管得过来？”

“对不起，于哥，怪我浪费了一个工作机会。”小满道歉道。

“话也说回来，靠打工也挣不到大钱，”于哥摆摆手说，“就算你打三份工，除掉学费生活费，也就最多剩个三四万！”

小满点点头，其实三四万对他来讲也不算少了。

“靠攒钱可太慢了。我手上有个大活，不偷也不抢，不杀人不放火，收割自动贩卖机，你敢不敢？”于哥问。

自动贩卖机是日本零售业的特色。闹市区里每隔两三百米就会有一台自动贩卖机。于哥出国之前曾在铁城造币厂上班，他研究过自动贩卖机的投币漏洞，知道只要合金的比重和磁通量合适，就能蒙混过第一代的贩卖机。前段时间于哥之所以不在中华街，是回国去了一趟广东南海，在那里有一堆生产游戏代币的乡镇工厂。他定制了几麻袋五百日元大小的铸币，眼下刚被渔船私运到了横滨。

“收割自动贩卖机虽然犯法，但是很难抓到现行，你也知道日本遍地售卖机没人看管。”于哥说，“说实话，从贩卖机公司发现，到报案立案和追查，不过十天的时间。十天之内是安全的，疯狂十天之后，大家就可以散伙歇手，回国买房买车。”

“我可没想过买车买房，只想开个服装店。”小满笑了笑不信，他用筷子蘸着酱油在桌面上计算，“假如一次找零四百日元，合人民币三十元，除去四个小时的睡觉，每天可以收割两千次，到手人民币六万，十天就是六十万？这好像不太可能。”

“六十万是毛利，这里面我要抽走三分之一，”于哥说，“另外，为了稳妥起见，你还有一个搭档，两人一组互相配合，每个人最少能挣十五万，最多二十万，我早就算过的。”

二十万，这可相当于西铁城工人二十年的收入，十天能顶二十年！

“你自己决定吧，本来没想带上你，既然你找到我了，那是你和这笔财有缘，时间很紧，我们大后天就要开始。”于哥说着掏出一个五百日元大小的样币，“赌上这一把，二十万到手，你回国要么买房，要么开店。”

这个选择题来得太突然，餐桌上的木鱼花随着热气轻轻摆动，小满的心里也在不住摆动，是辛苦打完一年工拎着三四万回西铁城继续待岗，还是赌上这一把，腰缠二十万去苏州开店？他接过样币看了一眼，收起来揣进怀里。

第二天上午，整骨院的顾客不多。小满抽空跑下楼，找到临街的一台自动贩卖机。他掏出于哥给的样币，将信将疑地投了进去，结果还真“咣当”一声掉下来一盒香烟，紧接着“哗啦哗啦”掉出一堆找零的硬币。

小满正要弯腰拾起找零和香烟，身后有一个女声问：“小满君你也吸烟吗？”

小满转身一看，问话的正是山藻，她今天穿着条纹中裙，看上去袅袅婷婷。

“让您见笑了！我有点困，出来抽支烟。”小满赶紧解释。

“太好了，我也偶尔吸的。”山藻笑着从手袋里翻出一盒女士薄荷烟，“可我不在马路上吸，小满君，你陪我去旁边好吗？”

小满点了点头，两人走进一旁的防火梯里。小满先给山藻点上，然后自己点上，吐出一口烟气，说：“山藻夫人，我提前跟您告个别，我很快就要离开这里了，感谢您一直对我的照顾！”

“怎么这么突然！要去哪里？做什么呢？”

“离开横滨，去帮一位朋友做事。”小满摇了摇头，“现在还不能说，反正是要离开这里。”

“我……也是你的朋友，我不想让你走。”山藻扔掉香烟，伸手拉住小满，“什么原因？请告诉我！”

“我在这里挣得不多，我需要换个工作。”

“我能帮到你，你需要多少钱，我来帮你，好吗？”

“不好，我花自己挣到的钱才安心。”

“小满君，真的不要为了挣钱奔波辛苦了，”山藻把脸贴在小满的胸膛上，双臂环保住他，“我会帮到你的，只要你留在我身边。”

小满还是摇摇头，从山藻的环抱中抽出自己的胳膊。

“我喜欢你，小满君。”山藻依依不舍地放开小满，理了理头发，“你有什么困难要一定告诉我，除非……你真的不喜欢我。”

“我……喜欢，”小满说，“但是，我不喜欢这个方式。”

山藻一夜没睡着，她是真的想把小满留在自己身边，可是小满喜欢什么方式呢？

第二天上午，山藻想找到小满问个究竟。可惜小满一早就离开了整骨院，庄姐也说不准他究竟要去哪里。看着小满的工作柜空空敞开，山藻的泪水在眼眶里打转，她才知道，昨日的暧昧拥抱，只不过是小满发自礼貌的感激和告别。

小满一早就赶去了于哥的住所开会。

于哥住在中华街的半地下室，屋子里聚满了一群神色沧桑的男人，他们大多是在日本漂荡多年的东北老乡，还有几个是“怒罗权”的余党，大家都期盼着这一次翻身致富的机会。

会上，于哥把每两人编为一组，一个负责投币找零，一个负责开车和把风。每组都领到了一袋假币、两个棒球帽和一副对讲机。小满和来自长春的老郭分在一起，负责神户一线的收割。会议最后，于哥嘱咐大家，收割行动将在午夜统一开始，十天之后统一结束，绝不恋战。

散会后，老郭开着租来的斯巴鲁小货车载着小满向西出发，一路穿过静冈、名古屋、大阪和奈良，最终到达神户。

他俩把车停在市郊的加油站，这里都是过客，并没有人注意到他们。等到时针指向半夜十二点，小满走近加油站旁边的贩卖机，投进去一枚五百日元假币，按下按键，一包纸巾掉下来，找零的硬币也“哗啦哗啦”掉了下来。他再投进一枚，又按下香烟按键，硬币继续“哗啦哗啦”地往下掉。

这些找零的硬币和小商品就是收割所得，小满和老郭也懒得细数。在规定期限里没有时间可以浪费，真是一寸光阴一寸金。他们饿了就在车上吃便当和果子，困了也在车上坐着睡。贩卖机不下班，他们就不会下班。

一周下来，他俩没日没夜地收割了一千多个贩卖机，估算收成已经超过了五十万人民币。进度比预想的快，两个人的眼窝都发黑，老郭更是哈欠连天。小满强撑精神陪老郭聊天，怕他开车恍惚出事故。

两个人聊来聊去聊到了于哥，老郭说他跟于哥一起搞过弹子机假卡，四五年前响了，一批人都被遣返了，只剩下他和于哥留在日本，他们准备干完这票就回国开个大饭店。

小满也说，等回国之后要去苏州开个服装专卖店。

老郭问怎么跑到苏州那么远。

小满说，我是孤儿，最好的朋友都在苏州上海，我第一个工作是生产炸药，第二个工作是卖衣服，第三个是整骨按摩，第四个是干跑堂，四个里面选一个，我还是喜欢卖衣服。

那天傍晚，老郭把车开到了神户的海港路。他们准备收割完这一片就去吃海鲜补补元气，毕竟这几天累得够呛。按照老规矩，还是小满去贩卖机上投币，老郭把车开走去加油。

小满靠着售卖机，一边按键一边不停地打哈欠。正巧两个骑自行车的巡逻警察经过路口。小满马上正身面对着贩卖机，假装低头专心数零钱。好在两个警察没有注意到他，骑着车从他身边经过。

小满庆幸不已，正要离开，衣兜里的对讲机忽然响起老郭的呼叫："小满小满！附近有条子巡逻！小心小心！"

听到对讲机里的中文激烈呼叫，两个警察忽然起了疑心。他们折回来盘问："你不是日本人？请把证件拿出来看一下！"

小满指了指耳朵，假装听不懂。此刻他兜里除了对讲机还有几十个假币，一旦被警察搜出来，就是无可反驳的物证。

“请把你的证件拿出来看一下！”警察又说了一遍。

小满又指了指警察的身后，就在警察回头一望的空当，他撒腿就往货运码头跑。

两个警察马上反应过来，抽出身上的警棍，大呼小叫地紧追不舍。呼叫声惊动了码头值班的几个保安，他们也加入了追赶的队伍。小满仓皇跑出货柜堆场后，绝望地发现，眼前是一座光溜溜的栈桥！

惨了，这是条绝路！身后的警察和保安只有二十米不到，怎么办？

小满一咬牙爬到了栈桥栏杆外，转头纵身一跃，跳进了海里！

濑户内海的海水冰冷，在海水没过头顶的瞬间，小满把兜里的假币掏出来扔进海底，然后趁着上浮的一瞬间，他用日语大喊救命："塔斯开泰！塔斯开……"

海水咕噜噜漫进口鼻，把小满的声音紧紧封住。

迷迷糊糊中，小满好像又回到了从前的西铁城，他在空中俯瞰河水蜿蜒，看见丁师傅从河里把一个小孩推上岸。小满心想，这不就是我吗？那我又是谁呢？转念之间，小满又看见了西铁城的星光，这一次他好像是坐在半空的暖气管道上，天开始下雨，爸爸不要他了，他迎着暴雨走向奶奶家，路上涨满了雨水，水涨到了胸口，他觉得冰冷，水涨到了口鼻，他觉得窒息。

小满醒来时，一个穿白大衣的大夫正拿着音叉放在他的脑袋上测试神经反射。他不知道自己已经被送到了附近的港区医院。

小满头脑还是一片混乱，模模糊糊听见抢救室的天花板上有个声音在喊："有条子，快跑！"他赶快起身光着脚就往外跑，结果被看守在门口的警察一把拽倒在地，又昏了过去。

再一次醒来的时候，小满目光呆滞一言不发。警察带着翻译来病房盘问，小满指着天花板的顶灯，反复只说一句话："塔斯开泰！塔斯开泰！"医生随后给警方展示了小满的脑电图，上面的各种波形纷杂混乱，受到过强精神刺激或濒死惊恐的人，都会产生这种精神错乱。

一周后，警方找到了庄姐，通知要遣返小满回国。当庄姐和山藻前去神奈川警察厅探望时，小满依然一言不发眼睛发直。庄姐用手在他目光前晃了晃，小满眼睛不眨脑袋也不动，先是比画了一个禁语的手势，然后指了指天花板，他的大脑开始出现幻听。

第五章
上海稻粱谋

毕业之后，夏雷的第一份工作是施工现场技术工程师，单位是一家 3C 行业的贸易公司。

那年上海毕业生的平均薪资叫作“369”，本科三千，硕士六千，博士九千。夏雷的起薪正好卡在三千元。也是那年，和夏雷一样留在上海和拥进上海的毕业生有十万之众。他们是这座日新月异的都市的新鲜血液，为城市带来源源不断的生机和能量。

夏雷最早是和同学们合住，四个人合租了间老公房，两室一厅。房间只有吊扇没有空调。后来同学们陆续找到工作，住在一起不再方便，就慢慢四下分开。夏雷上班的 3C 公司几次迁址，他也跟着几次搬家，好在他家当不多，除去衣服鞋帽，余下杂物用一个行李箱就能搬走。

搬家搬得多了，夏雷渐渐搞懂了房产中介和二房东的套路。房产中介经常领着客人一口气看上三套房，第一套房经常是不堪细看的脏乱老破小，价格也并不便宜，这只是个铺垫。很多客人都不会要，但是中介一定要领你去看，看过之后，客人的心里就会对档次和价格有了更高的预期。中介再领着客人去看第二套第三套，环境肯定是更好些，可租金就贵了相当一大截。这样一来，名义上是租客们货比三家，实际上早被中介带进了套路，最后成交下来，租金常常超出最初的预算。

夏雷连租几次房才明白这个道理，后来他就跟中介敲定只看老破小，坚决不突破自己的预算。中介讽刺说："怎么说你也是大学毕业生，未来的小资，哪能和打工仔一个水平？"夏雷摇摇头说："我也就是个打工仔，小资不起来。"

冬夜里，老破小的室温还比不上户外。夏雷就干脆把电褥子垫在椅子上，再披上棉被，对着电脑学习 CAD 和 Java 网课。他在 MSN 上经常遇到晓丹，晓丹在欧洲读硕士，和中国有七个小时的时差，经常是上海这边晚上九点，晓丹那边的比利时才刚吃过午饭。

电脑上 MSN 的小绿人转啊转，"叮咚"一声上线，夏雷见到晓丹的头像闪亮，就打了声招呼。

晓丹：还不睡？

夏雷：刚出差回来，明天不用早起。

晓丹：去哪里出差了？

夏雷：太仓，布线，调试网络。你在忙啥？

晓丹：在图书馆，准备明天的讨论课。

夏雷：西餐吃得习惯吗？

晓丹：热量高，都吃胖了。小满最近怎么样？

夏雷：他现在成了西铁城的台球大师。

晓丹：小满有女朋友了吗？

夏雷：应该是没有，他说他在考虑出国打工，去日本。

晓丹：太好了，他终于想明白了。

夏雷：其实是……他早就待岗了。

晓丹：树挪死，人挪活，工厂不行了，他早就应该动一动。

夏雷：在西铁城，好多人其实是树，挪不了。

晓丹：你的个人问题解决了吗？

夏雷：刚刚相处了一个上海女孩。

晓丹：感觉怎么样？

夏雷：女孩还好，他妈妈……就一言难尽了。

夏雷曾谈过两个上海本地女朋友，都因女方家长不同意而告吹。

有次他去女友家做客，其实是变相的面试，女方父母问及夏雷的家境，他实话作答："爸爸妈妈都在东北老国企上班，刚买断工龄。"女友妈妈听了不作声，闷了好久，不咸不淡地讲："我们上海人呢，讲究拎得清，不占人家便宜，也不欠人家情谊。"

夏雷知道上海人不喜欢攀附，也不愿意被人家攀附。女友妈妈的这句话倒也无可厚非，天下所有的丈母娘都不希望自己女儿找个穷光蛋，他也只能闻者自惭，埋头工作多挣奖金。

为了多挣到差旅补助，夏雷长年四处出差，从一个城市赶往另一个城市，从一个施工现场奔向下一个施工现场。有时单位人手不全，经理就让夏雷身兼双职，工程验收后当场收款。他的工具包里时刻备着验钞机，遇到不能及时转账电汇的小客户，他就直接拿回现金。

交货付款的原则是一手钱一手货，人货不分离，人款不分离。这个看似简单的原则，夏雷却在上面栽了一次大跟头。

那年冬天，夏雷去下面县城送货布线，交货地点是老城的一个门市。买主是一个夹着七匹狼手包的中年人，说要把门市改成网吧，由此从夏雷单位进了一批高配游戏电脑和 SOHO 路由器。

手包大哥先给夏雷点了四万现金，夏雷用验钞机过了两遍确认没有问题。手包大哥转身把四摞现金锁在靠墙的保险柜里，然后说："小兄弟你先布线，我把货拉回家，咱俩各忙各的，布线完了你打我电话，我回来开保险柜给你拿钱，你早干完就早回上海。"

夏雷没多想就同意了。他亲眼看着现金被放进了保险柜里，布线时他也不会离开房间，这并不算是人钱分离。

手包大哥开着皮卡拉上货走了，留下夏雷一个人布线。干到一半，夏雷开始觉得不对劲，房间的格局其实不适合开网吧。前一年蓝极速网吧的火灾让全国的网吧消防管理收紧，而这个门市只有一个出口，很难达到消防验收的标准。

预感告诉夏雷什么地方不太对。他第一个想到了货款，回头再看看保险柜，倒是没啥异样。他掏出手机拨打手包大哥的电话，结果那边居然是关机！

这里一定有什么蹊跷，是哪一个环节出现了纰漏？

夏雷蹲在门口，绞尽脑汁地想，最后的疑点还是在保险柜。当他推开沉重的保险柜，果然摸到保险柜背靠墙壁处有一块砖头是松动的。他再看一眼保险柜，顿时目瞪口呆，说不出话：保险柜居然没有后盖，里面的现金也不见了！

不用说，肯定是手包大哥趁夏雷干活时，从室外抠出松动的砖头，然后伸手探入没后盖的保险柜，足不入户就把钱拿走了！保险柜和墙面都是动过手脚的，所谓的门市改成网吧更是假的，真正的门市主人肯定不是手包大哥。

夏雷瘫倒在地上喘着粗气，脑子里一片空白。钱货两空！自己念了这么多年的书，还是没看清楚江湖的障眼法！过了半天他才缓过神来，深吸一口气平复心律，先是给经理打了个电话，然后赶去县公安局报案。

等回到上海办公室，夏雷把报案回执交给经理。经理跺着脚把他臭骂了一顿，最后两手一摊说，公司是几个人合股的，其他股东都表态说得按价赔偿，他也爱莫能助。夏雷说，经理你别为难，我自己出钱赔给公司就好了，这四万块就算是我走进社会的学费吧。

四万元相当于夏雷大半年的工资和奖金提成，这个学费无疑沉重惨痛。后来这个案子侦破了，诈骗犯手包大哥居然是一个小学都没念过的文盲。夏雷想了又想，世界大千社会万象，自己只走技术一路未免入世太窄了，更何况老板人情凉薄。等到还完赔偿款的那一月，他就辞了职，转去一家快消品企业，从管理培训生做起。

那一年很多企业把“管理培训生”概念炒得火热，到最滥大街时，连美发店招小工都美其名曰招募管理培训生。本来管培生项目旨在培养企业的未来领导者，而事实上，很多企业领导自己也搞不清行业会往哪个方向发展，人才该往哪个方向培养，盲目招来一大群管培生，干的都是一线重复性工作。

办完入职后，夏雷这批新员工被人事部送到崇明岛封闭培训。在开始的第一周里，大家被培训公司反复强灌鸡血，每堂课上都要唱《爱拼才会赢》，饭前也要唱《感恩的心》，晚上还要写心得笔记，集体票选最差学员。夏雷虽然心生反感，但为了这份工作机会，他还是不得不装作很积极。

等到第二周，培训公司把学员们分成“愚公队”和“精卫队”开展分组对抗。夏雷意外被选为了愚公队的队长。每天天不亮，他和精卫队的队长便各自带队跑上五公里越野，白天在烈日下再站几小时的军姿，晒爆皮的队员跟着培训师高喊口号“洗精伐髓，脱胎换骨”，声音破云穿空，引得岛上的农户都来围观。

到了培训最后一天，精卫队和愚公队的竞赛计分仍是不分伯仲。培训公司和人事部商量之后，决定增加一个决赛模块，叫作“未来领袖风采”。

这个模块的培训目的是让员工充分体谅领导的艰辛不易。在讲解比赛规则时，培训师特别提到了对抗的残酷性：“未来领袖的风采，第一是要挑战不可能，第二是要承担胜负全责。领袖之间的决战从来没有什么平分秋色，只有你死我活，胜利者只能有一个……”

听到这句话，夏雷不由得脊背发凉，他和精卫队长是名义上的领袖，惨烈的对决就要在他俩之间发生。

“下面，请队员们把信心和祝福传递给你们的队长！这种传递不需要言语，来来来，用你们的肢体语言相互尽情表达吧！”培训师开始热身造势。

傻子也能听懂这句话的含义，于是愚公队成员们轮流跟夏雷热烈拥抱，鼓励拍背。夏雷知道自己被戴上了高帽，前面哪怕是万丈大坑，他也不得不跳下去。

“下面我来宣布比赛规则！”培训师操起麦克风，一个字一个字地讲，“二位队长将竞赛俯卧撑，规则就是血战到底，数量最多者为胜！”

“啊？”全场队员们都发出惊呼，血战到底意味着无底限的对飙，这两个人一定会肌肉拉伤。夏雷心里也“咯噔”一响，这果然是个零和游戏。他看了一眼对手，对手精卫队长也面色复杂。

伸头缩头都是一刀，这个坑他必须往里跳，夏雷心想。他装出无所畏惧的样子走上擂台，冲着手下队员挥手大喊：“血战到底！愚公必胜！”

“血战到底！精卫必胜！”精卫队长也在欢呼声中走上台。

“很好，非常好！”培训师赶紧融进一句培训要义，“这场血战不仅是体能的PK，更是意志的对决，只要两位队长为了集体荣誉不抛弃不放弃，这个比赛我们可以一直持续下去！好！各就各位，预备，开始！”

听到口令，台上的夏雷和对手开始向下折叠双臂。

“一、二、三……十九、二十……四十八、四十九……”台下的队员帮着数数，夏雷听出了队员声音里的焦急，他不知道精卫队的队长此时已做到了八十个。

“大家请仔细看一看，看这两位队长艰难强撑的背影，你是否想到了为你承担所有责任的父母？”培训师背诵着病句连篇的脚本，开始了煽情的第一章，“他们也有撑不起、扛不动的时候，可是，他们连泪都不能流出来，所有的孤独，所有的落寞，所有的酸楚都要强撑着，用眼泪包裹着往肚里吞呀！

“我们再好好看看，两个队长艰难强撑着的背影，像不像你的老板？你真的能理解他们所承受的无奈、委屈和心酸吗？为了企业，他们的孩子经常只能在睡梦中见到爸爸、妈妈；为了企业，他们的妻子、丈夫只能用亮着的窗灯等候他们回家；为了企业，他们甚至付出了常人无法想象的重重代价……”

正在艰难屈伸的夏雷恨不得站起来给培训师一个耳光。他从没听过如此无耻的歌颂，还拉上了自己当炮灰跑龙套。什么狗屁未来商业领袖，他夏雷只不过是想在上海立足的千万毕业生之一，他的愿望就是不被上海的城市之门关在外面，仅此稻粱谋而已。

半个小时后，比赛进入最艰难的阶段，两队的加油声此起彼伏。

“二百九十五，精卫加油！”

“二百七十五，愚公必胜！”

夏雷的双臂开始抑制不住地筛糠打战，眼看就要坚持不住。讲台另一侧忽然传来“扑通”一声，原来是精卫队长倒头栽在台上。“哎呀！”台下的队员们一声惊呼，几个人赶紧冲上台。只见精卫队长临近虚脱，被人搀起后仍是站立不稳。

擂台上只剩下夏雷一人。一滴汗液流进他的眼角，他没办法擦拭，只能闭上眼睛，任由汗水在眼内变成泪水，顺着眼角流出来。

看见夏雷在流泪，台下的队员们心里也不是滋味，几个女生开始低声啜泣。培训师赶紧摁下录音机，在悲情的《再见，警察》女声咏叹调里，他适时地掏出手绢，假装哽咽着继续背诵脚本第二章：“学员们，你们觉得残酷吗？残酷的市场竞争并不同情弱者，当企业倒闭的时候，有谁会同情领导者？当然员工可以再去找工作，可谁来承担失败的痛苦？你试图理解过公司的领导者吗？你有为公司全力以赴吗？”

终于，台下开始有人默默点头，更有人号啕大哭。

“最后二十个！千万不要放弃！”培训师回过头来对着夏雷大喊，“我们全都理解了你，企业的大家长，你一定不要倒下！坚持住！”

夏雷一脸木然，没有回应，他开始咳嗽，发抖得几乎撑不住身体。他想起爸爸曾经说过，人累极了就会莫名地咳嗽。可他已别无选择，只能咬碎牙齿把这出戏唱完。

“啊——”他爆发出末路困兽般的号叫，继续机械地下沉手臂。

“二百九十四……二百九十五……二百九十六！好样的愚公队，赢了！”全场响起一片欢呼，队员们纷纷拥上台，抱起好像濒死木偶一样的夏雷，抱头痛哭。

崇明岛上的入职培训非常成功，尤其是励志环节的“血战到底”给学员们打足了鸡血。

在结业仪式上，夏雷被请上台和公司领导合影，人事总监把一面写着“未来领袖”的红旗授予了他。可怜他双臂酸痛得举不起来，只能怀抱着旗帜，好像雪人抱着笤帚，对着台下点头致谢。

培训师也很兴奋，这场培训的成功让他拿到了企业长期合作合同，他掏出一管扶他林止痛膏塞给夏雷，搂着他说：“祝福你，未来的领袖！”

“滚！”夏雷不想多看他一眼，端着肩膀转身就走，“丧不丧良心？你为了自己拿合同，挑动我们群众斗群众？”

往后一周，夏雷都没法抬胳膊穿衣服，这就是严重肌肉拉伤的后果。而他的对手，精卫队长，不仅胳膊肿了，尿也变成了茶色，据说是累成了横纹肌溶解综合征，被送去了医院做透析治疗。夏雷不禁深深地替对手惋惜，同样是海上漂萍，这一轮精卫队长没能叩开上海之门，只能黯然离场。

夏雷这批销售管培生入职之后，全部先从最基本的门店销售开始，术语叫作“扫街”，也叫“地推”。

每天一早他们就背上双肩包出发，包里装上产品彩页、合作方案、饼干和水壶，一条街一条街地拜访零售门店，挨个找店长商求合作。一天下来连吃几个闭门羹，走上二三十公里都是家常便饭。好在夏雷并不觉得奔波辛苦，他相信所有磨炼都是人生的必经路。有时双脚走得发胀，他就在街心花园的椅子上半倒立，把脚架在椅背上倒控血流。

后来发生的一件事让夏雷开始动摇。那是一次艰难的客户拜访，对方是一家非常难搞的连锁渠道商。渠道商老板几次拒绝夏雷的求见，最后总算是同意面谈五分钟。

当夏雷毕恭毕敬地双手递过名片，渠道商老板傲倨地接过看了一眼，冷笑道："我这里都快成沙僧的流沙河了！"

夏雷没听懂。

"你知道沙僧取经之前是妖怪吗？"渠道商老板问。

"知道，沙僧被贬下天界，才当了流沙河的河妖。"

"看样子你是读过书的，"渠道商老板考他，"沙僧当妖怪的时候，脖子上戴的九个骷髅头是什么？"

"是之前九个取经人的人头，他们都死在了流沙河。"

"你知道就好。"渠道商老板拉开抽屉取出一个名片簿，从里面找出五张名片扔在办公桌上，"看看吧，都是你们单位的人。"

夏雷哈腰一看，这些名片全都和自己的名片一样，除了名字。

"喏，这是你这个职位的前任，还有前任的前任，再前任……可见你们公司多么的混乱！"渠道商老板竖起五根手指，"两年内，你们公司先后有五个销售代表来敲我的门谈合作，这些小伙子每一个都是昂首而来，高谈阔论合作愿景，但是没多久，就都离职不干了。"

夏雷听蒙了，他还真不知道之前有这么多人折戟沉沙。

渠道商老板把五张名片排成一行，加上刚刚到手的夏雷名片放在排尾，一共六张。"为了节省时间，我就直接问你一句，你算是六号吧，你能干多长时间？你和之前的五个会有什么区别？我凭什么相信你的合作计划？"

夏雷一时语塞。

"小朋友，我们之间暂时还谈不上个人信用，可是你背后的公司信用，我是要考虑的，你们公司这么急功近利，不停换人，到底有没有持续的企业战略？有没有稳定的市场培育？我这里都快成流沙河了！小朋友，我可说得明白？”渠道商老板用指节敲打桌面。

离开渠道商办公室时，夏雷沮丧得差点忘了背上双肩包。对方的挖苦不无道理：很多企业在战术上不断换人试错，在战略上飘忽混乱，根本没有持续长久之计。这次的拜访触动了夏雷，让他开始意识到既要低头拉车，更要抬头看路。在上海择业是一道复杂的应用题，想要解答出高分，就得反复审题。

曾经和夏雷合租老公房的同学们，都无一例外地在初入职场时磕磕绊绊，有的人坚持了三四年还看不到方向，就离开上海返回了老家。送走了一个个同学回乡，夏雷也曾经动摇过，但东北的国企民企一直都没有好机会，他的坚持，其实也是无路可退。

到了年底，夏雷辞去了这份管培生的工作。他也没着急去找下一份工作，而是沉下心去图书馆读书看报。他把财经类报纸的相关行业访谈文章都细细看了一遍，重要的数据都做成简报分析研究，最后，他还照着《胜任力模型手册》给自己作了性格能力定位测试。

等到了三月份，各个企业进入招聘旺季。夏雷先筛了一遍朝阳产业的细分行业招聘职位，然后对照自己的能力模型，舍掉那些高薪但不适合自己的职位。为了搞清招聘岗位的行业背景和职位前景，他甚至跑去写字楼找保洁阿姨聊天。这些保洁阿姨多是下岗的“4050”人员，她们都乐于帮助这个上进的外地小伙子。

凭借充分的面试准备，夏雷最终求职成功，被一家老牌外企录用，职位是 Commercial Specialist，中文叫作商务专员。

商务专员的名头听上去高大上，好像什么特派员调研员，其实只是初级职员，往好听里说是多面手万金油，往不好听里说，是招之则来挥之即去的小答应，薪水比前台小姐高不了多少。夏雷从此每天都面对一堆纷杂的事物，从原始数据的勘误，到各种报表的还原，从展会物料造册登记，到样品仓库整理分类，都是他加班一样一样点数，归档整理。外企的办公电脑不允许安装 QQ，夏雷电脑时时挂着 MSN 在线，偶尔能和晓丹聊上一两句。

晓丹：你又加班了？

夏雷：嗯嗯，杂务一大堆。

晓丹：新单位的老板有没有让你起个英文名字？

夏雷：我太老土了，不想起。对了，你毕业之后还回国吗？国内发展机会多一些。

晓丹：还没想好，欧洲移民很难，对了，小满最近怎么样？

夏雷：忘了告诉你，他真的去日本打工了。

晓丹：但愿花花世界别改变了小满。

夏雷：小满不会学坏的，他本性善良。

晓丹：正因为他善良，所以也单纯。这一点我最担心他了……

夏雷是办公室里年轻的老黄牛。他从不好意思拒绝任何人的求助，无论是否合情理，他都很难张嘴说不。在中学时代他就是任劳任怨的班级劳动委员，他把这个习惯带到了大学，也带到了每一个工作岗位。他总是忙到最后才离开办公室，搞得同事们误以为加班是他的生活爱好。

办公室里有几个内勤小姑娘，平日都穿得漂漂亮亮，口红一点点，每次上完卫生间都对着镜子补妆，每隔两三天就去新天地和伊势丹逛街。有时她们的工作忙不完，就来叫夏雷帮忙："帅哥帮帮忙好不啦？"

“又怎么啦？”夏雷脑袋一痛。

“我们下班要去跳操，你帮忙统计一下单据好不好？”小姑娘们说。

“天啊，你们这样会累死我的。”

“帮帮忙喽，下次请你吃哈根达斯。”小姑娘们把单据放在夏雷面前，挥挥手走了。

夏雷擦了擦眼镜，看了看手表，今晚又得加班到十点。

一位老员工大姐看不惯这群小姑娘，就暗暗指点夏雷：“在外企是各司其职，你帮点小忙就算了，有的人把一半工作都分给你来做，她们有没有把一半的工资分给你？”

夏雷摇摇头，他收到过的感谢只是几个冰激凌球而已，连饭都没吃过。

“你搞得每天都加班，明白的人知道你是在帮别人忙，不明白的人，还以为是你能力不足，效率低下呢！”老员工大姐说的全是干货，“再说，都是干活的人落埋怨，你干得越多就越容易出错，出了错，埋怨就都在你身上，不干活人的反而没毛病，你晓得吧？”

夏雷点点头。

“谁能找到你当老公，那可是有福气，”老员工大姐最后说，“只可惜我女儿还在念高中。”

到了年底，公司办公室分外忙碌，尤其是内勤部的小姑娘们，她们负责筹备年终颁奖晚宴。颁奖晚宴是公司一年到头的压轴戏，届时各地分公司上百名员工专程飞往上海，他们都希望能在颁奖晚宴上听到自己的名字，获得一年以来的工作成果认可。

几个内勤小姑娘早就订制好了刻字奖杯，一大堆漂亮的水晶玻璃上刻着卓越团队奖、最佳销售经理奖、销售精英奖……这些水晶奖杯是优秀员工的嘉奖见证，将在晚宴现场一一颁发。

晚宴那一天中午，小姑娘们央求夏雷帮忙布置会场。夏雷还是没好意思拒绝，他放下手中的工作，和她们一起打车到了会场。

等到了酒店大堂，等候电梯时，一个小姑娘忽然尖叫："糟了！糟了！奖杯忘在出租车后备厢里了！"

夏雷听了一惊，拔腿就往酒店外面跑。

倘若颁奖晚宴上没有奖杯，这将是一个天大的失误！很可能这几个内勤会被一锅开除。小姑娘们越想越怕，开始一起抹眼泪。重新赶制奖杯肯定来不及了，唯一的希望就是寻到刚才的出租车。可是车水马龙中，谁能保证一定找得到呢？

夏雷跑出大堂，先向门童询问出租车开走的方向，随后来不及说谢谢，就沿着引桥跑上了延安路高架桥。

行人上高架桥是严重的交通违章，但夏雷根本顾不上这么多。他的身影迎着西斜的太阳在车河里奔走寻找，还是找不见那辆出租车。他拼命地往前跑，满头大汗，心跳如鼓，身后汽车的鸣笛声响成一片。

在下一个引桥出口处，夏雷终于追上了来时的出租车。他顾不上鞋底已经开裂，张开双手一下子扑到发动机盖上，好像抱住了转瞬即逝的幸运之神。

"你找死啊？"出租车司机被吓傻了。

"你才找死！"累成狗的夏雷喘了好几口大气，手拍发动机盖，"开开门，让我上车！"

出租车把夏雷和奖杯又拉回了酒店会场，总算保住了几个小姑娘的饭碗。

当晚的颁奖晚会一切顺利，各个奖杯花落有主。除了他和几个内勤小姑娘，没人知道下午曾发生过的惊险插曲。在晚宴的歌舞升平中，夏雷躲在角落里，摆弄自己用透明胶布黏合的鞋底，心里念叨着，上海啊上海，我把汗水献给你！

第六章
厂保卫处

小满被遣返回国，又回到了西铁城。

小满平日只待在自己的小屋里，有时好像听见一群人在身后低声嘀咕讥笑他，旋即哄堂大笑；有时听见窗外有人喊他，像是英语，又像是日语，等打开窗户又看不到人，只有树影婆娑。他去城里想找庄哥见面，走到斑马线上，大脑里传来一声命令："快跑！别动！"小满搞不清该跑还是不跑，站在马路中央手足无措，最后交警把他拉到路边训斥："你是不是色盲？会不会看红绿灯？"

这个状态没法再寻工作，小满就去厂职工医院挂号看病。职工医院也是冷冷清清，好多医生已经跳槽辞职，内科只剩下一个大夫出门诊。大夫拿不准意见，又把小满转诊去了安宁医院。到了安宁医院，接诊大夫简单问了问病情，就大笔一挥确诊为复合型 PTSD（创伤后应激障碍）。

"没做脑电图就能确诊？"小满问。

"不用做，两次溺水就是发病的'扳机'因素。"大夫说。

"这个病……算不算是精神病？用住院吗？"

“目前倒是不严重，但可能会发展为精神分裂，越早住院越好。”

“这类病工厂能给报销吗？”

“以前能，现在不好说，各个厂子都有困难，你得回工厂问问。”

“大夫，我能不能只吃药，不住院？”小满也为难。

“这可不像是感冒，随便吃吃药就好了。你得抓紧时间住院，别耽误了早期治疗。”大夫说，“这几年精神不好的下岗工人可多了，你来晚了都不一定能有病床。”

“可我现在的幻听怎么办？”小满最后问。

“有个土办法，你买个耳塞戴上，不管听到有用没用的话，你全不去搭理，就当自己是聋子。”

“好吧！我都记住了，谢谢您！”小满起身给大夫鞠了个躬，“我恨不得自己就是个聋子。”

回到家里，小满找出耳机把连线剪断，权当成耳塞。半夜里，又听见窗外好像是一群人在聊天。小满拔下耳塞，觉得声音没变大，戴上耳塞，也没觉得声音变小，他知道这是幻听，就坚持着不去开窗户，那些声音后来也就消散了。

第二天起床后，小满去厂机关楼找马干事打听转院的手续。他没敢骑自行车，只是戴着耳塞沿着马路慢慢走过去。到了机关楼，他发现走廊里的标语从“扎根军工大生产，献完青春献子孙”换成了“改革攻坚，减员增效”。

小满敲一敲劳资处半开的房门，问办事员：“请问马叔在不在？”

“哎呀，没头脑！”办事员抬头看见小满，惊讶地喊，“你啥时回国啦？”

办事员正是孙璐璐。她高中毕业后考上了成人高校，一毕业就分回了厂机关。

“璐璐啊，这么巧！”小满也是惊讶，“那个……马叔在吗？”

“你这是哪年的老皇历？你马叔早就调去南方了。”

“怎么都往南方跑呢？”

“有门子的就找关系调走，没门子的就等着工厂黄吧，西铁城坚持不了几年了。”

“那我就咨询你吧，老同学，”小满把诊断书递给璐璐，“像我这种情况，职工医院看不了，得转院去安宁医院，咱们厂怎么给报销？”

孙璐璐接过病历翻了翻，看看封皮的名字，满脸狐疑问:“是你？”

“对，我本人。”小满点点头。

“不会吧，你这没心没肺的货，还能得这个病？”

“真是我，我都幻听了，不信你看看。”小满摊开手，给璐璐看他的耳塞。

“我可不信，小满同学，你这个诊断可真是太天方奇谭了。”孙璐璐还是摇头。

“这么说吧，唔……要不是因为这个病，我才不回国呢！”小满辩解说，“在日本洗盘子一年还能攒个三五万呢！”

“唉，”孙璐璐最后还是信了，叹了口气说，“这年头大家都咋的了，越不挣钱越来病。”

“赶上了没办法，老同学，你看我该怎么办？”

“小满你要是着急住院，就只能自己先垫付费用，”孙璐璐一边合上病历本一边说，“等哪天工厂效益好了有预算了，我第一个帮你优先批了。”

“职工不是公费医疗吗？我还是在册职工啊！这个病发展挺急的，真得尽快住院。”

“你看看，现在职工医院住院的那些老工人都是垫付，报到我这儿的单据一沓子。”孙璐璐说着拉开文件柜给小满看，“喏，这是大前年的，前年的，去年的……况且你这必须转院的，更是等不到头了。”

“那怎么办？我……垫付不起。”

“坚持坚持，先在家吃点药。”孙璐璐无奈地说。

“这……这也不是坚持的事啊！”小满一着急都口吃了，“我犯病的时候，满脑袋都是上帝广播，小鬼唱歌，睡觉都成问题！”

“我真没办法啊，老同学，”孙璐璐解释说，“今年工厂连医疗预算都没有，账上没有钱，抚恤金和慰问金也发不出来……对了，小满你知道吗？宋和尚死了。”

“啊？”小满吓了一跳，瞪着眼睛看着孙璐璐。

“就去年的事，脑梗猝死在厂房厕所里，他是同学中最惨的，抚恤金到现在还没发呢。”

小满慢慢蹲到地上，用手捂住眼睛，不让眼泪流下来。

“这年头，屋漏偏逢连夜雨，”孙璐璐掰着手指，逐一历数出事的各个同学，“冯小林被判刑了，盗窃工厂物资，”她合上食指，“齐天天去南方当小姐了，也有说是当二奶，也有说是代孕的，反正就那一路子事。”她合上中指，“还有，邓大勇赌博欠了一屁股饥荒，失踪跑路了。”孙璐璐合上无名指。

“还有我，”小满蹲着伸出手，帮孙璐璐合上小指，“第五个，我，疯了。”

西铁城的待岗工人都往市里找出路，城建挖沟的，货站扛活的，当保安的，当保姆的，甚至拾荒的，都有西铁城人的身影。他们再没了从前的优越感，大厂颜面一朝丧尽，被铁城人民一雪前耻编成了顺口溜“穿得烂，走得慢，腰里别个手榴弹（吸铁石），见到垃圾翻个遍”。

丁师傅也待岗了。西铁城太小太穷，他想去市内修自行车挣点钱，结果骑车转了半个铁城，发现每个路口都被西铁城下岗先头部队占据：长江路口站的是机加车间的高师傅，四马路路口站的是预制车间的杨劳模。丁师傅跟各个路口的工友打了一圈招呼，心下知道自己来晚了，换句话说，连抢屎也没抢到热乎的。

丁师傅最后骑到了白鸟广场，他停下自行车一通张望，决定要在这里挤出自己的生存阵地。

白鸟广场是铁城市新落成的文化广场，也是六条马路汇聚的枢纽大转盘。转盘中心有一座玻璃钢制作的巨大白鸟雕塑。那年铁城市提出了文化立市的口号，搞出了市花市鸟这些城市图腾，特意升级改造了转盘广场，竖起了这么个飞鸟雕像。

白鸟广场是铁城的门面工程，是市容城管的重点巡查路段，丁师傅知道禁令，可还是打定主意要占上一角。他看了看方位，把修车摊支在白鸟广场的东口，摆出工具箱，灌满水槽，支起马扎等着上客。

时过中午，修车的顾客没上来，倒是来了一个穿军大衣的老兵，坐到摊子旁边晒太阳。

“老哥哥你是哪个部队的？”丁师傅跟老兵打招呼。

“三五九旅的。”老兵说，“你呢，哪个厂的？”

“西铁城厂，我们老厂原来在兴凯湖，和你们三五九旅是邻居。”

“哦？西铁城厂就是老火药厂？”老兵问。

“对，火药厂三线南迁，就成了今天的西铁城厂。”

“你们火药厂可是又红又专的功勋厂，当年没少为革命做贡献！”老兵竖了竖大拇指说。

“谢谢老哥哥！谢谢你还能知道这些陈年旧事。”丁师傅说，“现在的人早不管那么多了，你跟他们说，他们都不爱听，没人顾得上我们这些老军工。”

老兵叹了一口气：“听说你们西铁城都穷得揭不开锅了？”

“差不多吧，整个铁城市洗排油烟机的，搬家公司的，当保安当保姆的，差不多都是西铁城的下岗工人。”丁师傅说，“我这个穷修自行车的也提心吊胆，怕城管撅我。”

“哪个敢？”老兵一听来了气，“我就坐在你旁边，看哪个敢撅你？”

第二天老兵戴上了肩章，又来到丁师傅摊子旁坐着晒太阳。丁师傅一看肩章才知道，这可不是一般的老兵，是附近干休所里的老将军。

打那以后，少将老兵和丁师傅一个晒太阳一个修自行车，城管的车开过来几次，都被少将老兵骂走。最后城管队长没办法，找到老丁说：“我也不管你了，但这里是主干道，说不定哪天领导视察，我有清场任务就提前告诉你，老头啊，别难为我，我也上有八十岁老母！”

“行，大家都得活！”丁师傅说，“我活你也活。”

丁师傅每天要等到六七点才收工，西铁城离市区五十里，他没法天天赶回家，就和几个修车的老工友住在了劳务市场附近的棚户区。同屋还住着三个农民力工，他们平日在劳务市场等活儿，手上拿着三折页的白板，每一行写着红笔字：“力工，防水，刮大白。”

三个力工中，两个老的不爱说话，吃完饭就睡觉。剩下一个小伙子精力旺盛爱聊天，丁师傅有时跟他问问春种秋收，小力工也说不清楚：“我们年轻的都不种地，靠种地根本娶不上媳妇。”

有时接到刮大白的活儿，这三个农民工就单独加做一道菜，黑木耳炖猪血，连着吃好几天。“一刮大白就得每天都吃这个，快吃吐了。”小力工跟丁师傅诉苦。

“我们厂的硝酸也呛肺子，不过没大事。”丁师傅说。

“那不一样，刮大白全是粉灰，”小力工说，“粉灰进了肺子不吸收，不吃黑木耳炖猪血，以后就要得肺病。”

铁城市区上班的人越来越少，丁师傅的修车摊也一天比一天清闲。闲时他就和少将老兵聊聊旧事，一天一天时间过得很快。后来老兵不来了，丁师傅等了一个星期也没等到，他就去干休所打听。干休所的卫兵说，少将老兵去世了，才走一个星期。丁师傅心下觉得凄凉，连走了五条街买了几沓烧纸，傍晚在路口一边烧纸一边叨咕：“老哥哥走好！相识一场是善缘，我也不干了！孤单！”

丁师傅真的不干了，他连修车工具都送了人，白鸟广场唯一的修车摊就此消失。就在他撤摊的第二天，白鸟广场成为了网络话题的评论热点。

那天一早，赶来广场晨练的人们发现，白鸟雕塑一夜之间凭空多了两个新道具：左翅膀上挂了一个旧车胎，车胎铁牌上写着“修车三元”；右翅膀上挂了一个民工揽活用的三折白板，上面写着三行红字，“力工，防水，刮大白”。挂上了这么两个物件，气度不凡的白鸟一下子变得穷酸落魄，让人啼笑皆非。有摄影爱好者把这一幕恶搞奇景拍下来，发在了网上，很快就成了爆红热图。

主管副市长拍案震怒，责令追查，先是城管队长下了岗，之后顺藤摸瓜找到了丁师傅。

丁师傅被带到了西铁城厂保卫处问讯。

保卫处长给他泡了一杯茶，说："老丁你一把年纪，瞎起什么哄？市里可不是咱西铁城一亩三分地，随便大家胡闹，市局可是要追查到人头，你自己先想想看怎么交代吧！"

丁师傅说："三个字，不是我。"

保卫处长说："你别嘴硬不承认，市局可有一堆侦查手段，你还不如早点承认了，在我这儿蹲个拘留，十天半拉月就出来了。"

丁师傅说："五个字，真的不是我。"

这时值班干事走进来，跟处长附耳说："楼下来了个小伙子自首说是他干的，不是老丁。"

"老丁你挺有人缘啊！"保卫处长瞪大眼睛问，"你胡闹，还有人帮你顶缸？"

保卫处一楼接待区的椅子上，正坐着小满，他背了个双肩包，里面装好了毛巾肥皂牙膏牙刷。

处长下了楼，正要跟小满问话，门口突然呼啦啦拥进来一群老头老太太。处长一看这个架势，赶紧舍下小满，"噔噔噔"跑回二楼的办公室，再不露面。

带头的正是庄哥的爸爸，西铁城的"麻神"老庄头。老庄头看见了小满，问他："你干啥来了？"

"我来自首，把丁师傅捞出来。"小满低声说，"庄大爷，你们都歇好了？"

"嗯！战友们全歇好了，今天来反攻倒算！"老庄头说。

庄大爷这群老头老太太之所以找上门来，起因是前几天被保卫处抓了赌。

西铁城是独立厂矿体系，保卫处的前身是厂武装部，后来又被叫作厂公安处派出所，不过大家还是习惯叫保卫处。由于厂子效益滑坡，连带保卫处也发不出工资。这年临近中秋节，保卫处长想给大伙谋点福利，就跟手下的执法队长搜肠刮肚一合计，得，抓赌创收吧！

执法队长一听抓赌就来了精神。抓赌和抓嫖的效益最快，他一发神经，半天就抓到十来个打小麻将的老头老太太，其中包括老庄头，都关进了保卫处小黑屋里。

“这次的处罚方案就是罚款，”保卫处长跟这群老人训话，“每人罚款三百，儿女来交钱，就放人回家过节。”

庄哥当时正在广州上货，他打电话让小满去交钱领人，小满就带上了三百块赶到了保卫处。没想到一见面，老庄头倒来了倔劲，“我才不走，我要和我的老战友战斗在一起。”

“庄大爷，你哪里来的老战友？都是老麻友吧。”小满说。

“不管什么友，反正我们都商量好了，坚决不让儿女交钱。”老庄头拍了拍胸脯，“我们就在这里吃这里睡，灭一灭保卫处的威风，不能给他们惯出罚款的臭毛病。”

“你们商量好了，都不走？”小满还是不信。

“对，说好了，谁都不走！”老庄头一指旁边，“不信你问问那边的别人家儿女。”

另一旁的家属群里，各家儿女正在七嘴八舌。果然没一个交钱的，他们各自给父母鼓励打气：“保卫处不会把你们怎么样的，坚持就是胜利！”

“放心吧，孩子们，这不是你们不孝顺。”老头老太太们都拿出了大无畏精神，“谁交钱谁才傻呢，不能让保卫处拿我们当傻子！”

就这样，探访的十几家儿女没一个交钱领人的。

小满还是拿不定主意。最后，老庄头挥起手臂赶他走："你这孩子还磨叽啥？我肯定不能叛变战友，要是叛变了，以后就再没人找我玩了。"

儿女们一走，老头老太太们闲得没事，就扯开嗓子练习合唱，从"一条大河波浪宽"唱到"军港的夜啊静悄悄"，从"大海啊就是我故乡"唱到"昨夜的星辰已坠落"，保卫处的小楼里歌声荡漾。值班干事不敢骂更不敢打。等到了吃饭的时间，食堂还得多预备十来口人的饭菜。处长被烦得不行，又跟老头老太太们商量："罚款改成一百行不行？交钱立马走人！"

"我们一分钱都没有！"老头老太太们咬定青山不放松。

"你们食堂的饭菜也挺好吃的，"一个老太太补充了一句，"我都不想再回家给孙子做饭了！"

保卫处长听了差点没吐血，敢情自己是抓了一群祖宗来供养！老话说，请神容易送神难，这么耗着也不是办法，可要是直接把这群祖宗放了，又未免显得保卫处软弱无能。

处长左右为难，在办公室里边踱步边思考，忽然想起电视剧《雍正王朝》里肖国兴被流放到宁古塔那一集。有了！处长一拍脑门，就这么办！

吃完午饭，保卫处长跟老头老太太训话："你们这些老法盲，打小麻将也是赌博！下午把你们都送去市里参加普法教育课，课上不准抽烟不准喝水，你们每个人都提前抽好喝饱。"

等老头老太太们喝饱了水，执法队长开出一辆面包车，载着他们一路向东出发。面包车兜兜转转开到了铁城东郊，在一片苞米地旁停了车。队长让大家下车撒尿活动筋骨，男左女右苞米地里解决。

大家呼啦啦都下了车，等解手完毕走出苞米地，发现面包车已经绝尘而去。庄大爷第一个反应过来："我们都上了敌人的当了！"

这荒郊野外，还得走上十几里才能有公交车。八九个老头老太太指天诅咒保卫处长全家被雷劈。骂累了，他们只能沿着乡间小路往回走。落日西斜时，他们还在苞米地里气喘吁吁地跋涉，一个老头建议大家唱个歌振奋一下士气。

"好是好，可别起成高调。"老庄头喘着气同意说，"我们可是千岁团，高调唱不上去。"

千岁团走到天黑才进城，被各家儿女接回家时已经是深夜。老庄头到家后狼吞虎咽地吃了三个大馒头三碗粥，边吃边说："手机倒是个好东西，可惜我们一帮人谁也没有那玩意儿，荒郊野外的，碰到几个农民也没有手机，想给家里打个电话都没办法。"

老伴说："你们路过哪个村子，去村委会打个电话也行啊。"

老庄头说："可别提了，太阳一落山就找不到北了，荒郊野外走迷路了。"

这群老头老太太在家里休息了一天，重新恢复了满血。就在小满正要自首的那个下午，千岁团又杀回保卫处要反攻倒算。老庄头像洪长青一样挽起袖口，率先叫阵："损×处长你给我出来！我们今天又打麻将了，我们自首来了，你倒是来抓我啊！"

"还有那个队长！你那天开车跑啥啊？你有胆就给我上手铐子啊！"旁边一个老太太的嗓门比吴琼花还尖。

"我们都累成高血压了！"

"我们现在快脑溢血了！"

"你们保卫处出钱给我们治，现在就送我们去医院！"

老头老太太一边喊，一边横七竖八地躺在保卫处门口。保卫处长在二楼办公室里龟缩不敢露头，他跟执法队长商量："解铃还须系铃人，要不你把这群老家伙哄回去？我年底给你评先进！"

执法队长在心里骂了处长一万遍，最后还是不敢不接受命令。他走出保卫处大门，跪在地上跟匍匐的老头老太太挨个道歉："大爷大妈你们快起来，那啥，你们就是我亲妈亲爸，我保证以后不抓你们了，你们都赶快回家去玩吧，把把清一色，回回十三幺！"

"你们损×保卫处，想钱想疯了吗？今晚滚滚天雷就劈死你们处长！呸！"老头老太太们好不容易才答应回去，又骂骂咧咧了半天才散去。

熬走了这群老煞星，处长才敢下楼，他想起了椅子上还在等他的小满："对了，你是啥事来着？"

"我也是来自首的。"小满说。

"自首？"处长脑袋又是一疼，"你也是成心来捣乱的，对不对？"

小满被带上楼盘问。

"明明是丁师傅挂的轮胎，你来凑什么热闹？"保卫处长问。

"这事就是我干的，我来自首，你都不信？"小满回答，"自首这么难吗？"

保卫处长不敢再莽撞行事，他给分局的国保大队打了个电话，说案情有重大进展。分局的冷队长一听有人自首，马上赶来西铁城。他走进审问室，看见小满觉着眼熟，就问："我好像以前见过你？"

"对，见过见过，"小满也认出了当年的冷警察，"那年你来西铁城中学查二手传呼机。"

"想起来了！你是那个看书报亭的小孩！"冷组长一拍脑门，"七八年没见，你怎么还学坏了呢？"

讯问正式开始。冷组长倒是客气，先让保卫处长给小满倒了一杯茶，“说吧，你是丁师傅的什么亲戚？”

“不是亲戚，我十七岁开始就算孤儿。”小满说。

“你有过伤人前科？进过少管所？”冷队长边翻档案边问。

“进过。”

“他也是被坏人报复才防卫过当。”保卫处长赶紧插话。

冷队长听了没吱声，继续翻看小满的档案：“你去过日本？干什么去了？”

“打工挣钱。”

“挣到钱了吗？”

“没挣到。”

“那说说吧，你为啥往雕像身上挂东西？”冷队长终于切到了正题，“到底是什么动机？”

“就是好玩，没啥动不动机的。”

“你从哪儿找的旧轮胎和白板？”

“地上捡的。”

“雕像的底座那么高，爬都爬不上去，你怎么挂上去的？”

“用大毛竹竿，”小满说，“就是那种疏通下水道的大毛竹竿，举起来一挂就行，要不我给你们比划比划。”

“你忽悠谁呢？”冷队长脸上变色，“你肯定是来顶缸的！”

“冷队长，自首咋都这么难啊？你们不想破案吗？”

“收起你的嬉皮笑脸！”冷队长说，“我看你是脑袋进水了，胆敢胡编乱造挑衅公安？”

“你说对了，冷队长，我真是脑袋进过水！”小满说着从背包里掏出安宁医院的诊断书，“我是真的有病！不信你们看！”

冷队长和保卫处长接过诊断书一看，上面写着："复合型创伤后应激障碍，待住院观察治疗"。

"你怎么得上这个病的？受啥刺激了？"保卫处长问。

"说来话长，小时候在西铁城掉进河里，淹个半死；长大了在日本掉进海里，又淹个半死，捞出来就幻听了。"小满说着摊开手心，"现在如果不戴耳塞，都分不清哪句话是真的，哪句话是假的。"

冷队长想了想，吩咐保卫处长说："得病这个事，麻烦你打电话跟安宁医院核实一下。"

等到保卫处长转身下楼，冷队长点着一根烟，斜着眼睛问小满："你是说，你一发精神病，就不知道对错？"

"哪里有什么对错，就是好玩而已。"

"好吧，还有一个问题，你家里还有什么人？"

"就我一个，一人吃饱全家不饿。"

"你想好了吗？装疯卖傻进了监狱，可没人送饭。"

"进监狱？那我白来自首了？"小满反问，"我该进安宁医院才对吧。"

冷队长盯着小满看了一会儿，吹吹茶杯的沫子，不说话。

保卫处长很快打完电话，回到屋里跟冷队长汇报，说安宁医院确认有这么个患者，交不起住院押金就跑了。

"你让安宁医院开个患病证明，先把这个小满拘起来，"冷队长说，"对了，那个丁师傅也别放，我要跟上面汇报一下。"

"还汇报个啥啊？我这不是已经自首了吗？"小满倒是着急。

冷队长也不听小满胡搅蛮缠，对着保卫处长说："报告就这么定性吧。"

"明白，就这么定性。"保卫处长说。

很快，丁师傅被保卫处放了出来。他没直接回家，而是蹲在保卫处门口等着小满的消息。

过了半天，一辆写着“安宁医院”四个字的救护车开到派出所门口，小满被冷队长架上了救护车。看见小满手上没有镣铐，丁师傅心里方才踏实。

救护车“砰”的一声关了门，径直开往安宁医院。

这个案子也就结了。结案简单且合情合理：一个精神病人的恶作剧。

至于事件真相，其实冷队长和保卫处长心里面都清楚。冷队长打心底就不想难为丁师傅这个老劳模，但若不处理就是不作为，没办法跟上峰交差。恰好小满来顶缸，大家都借机解脱了。

冷队长把小满带到安宁医院，和黄院长亲自办理住院交接签字。

黄院长象征性地问了问小满的病情，小满忽然把茶杯扔了，发一句喊：“冷队长！我举报一下我的内心！刚才我心里有个声音说，等出院了，我就火烧厂保卫处。”

“怪了？他这可不是典型的幻听，”黄院长跟冷队长说，“他幻听的句子里主谓宾都很清楚的。”

“我才不管什么幻听不幻听。”冷队长也不置可否，“是病，你老黄就想办法把他治好；不是病，你就让他住院，别让他再跑出去惹事！”

“让他一直住院？”黄院长问，“那住院费用，是民政局还是哪个职能部门来承担呢？”

“我不管谁承担，没人出钱的话，就你们医院自己养着！”冷队长说，“一定好好养着，治不好就别放出来，这可是政治任务！”

第七章
安宁医院

在安宁医院治疗了几个月，小满脑袋里不再浮现幻听，可他还是不想出院。

当初有冷队长扔下的一句话，没人主动来赶他出院，再说他也不是干吃闲饭，时常帮大夫护士打打下手，早晚打铃通知病友作息，大家因此都叫他“打铃小满”。

打铃小满常跟夜班医生闲聊八卦。有次医生讲了个医界笑料，说市内的骨科医院出了医疗事故，患者家属和医院没谈拢赔偿，就索性霸占了病房死活不出院，医院出动了保安来清房，没想到患者和家属一起拿跳楼来威胁，十几个保安愣是没敢进屋。

“医院也是怕事情弄大。”小满说，“后来呢，病房收回来没有？”

“不但没收回来，还被患者家属改造成库房了。”医生边笑边讲，“那家的家属买了二十张行军床，白天放在病房里，晚上拿出来出租给其他陪床的家属。一张床租十块钱，一个晚上就能挣二百多，比夜班护士挣得都多。”

小满听完拊掌大笑，原本当作无心笑料，后来回味一想，嘿！

这不就是摆在自己面前的生财之道吗？第二天上午，他就背着大包走出了安宁医院，去镇上小卖店进了一堆“鸟江榨菜”“康帅傅方便面”“雨润火腿肠”。等回到病房，他再把这些食品卖给那些不能出院门的病人，价格坐地涨了五分之一。由此，小满成了安宁医院的百货大掮客。

这些山寨副食的味道怪异，小满就跟小卖店老板商量进点正经货，哪怕价钱贵点也好:“别总拿患者当傻子，我们是疯，不是傻。”

“你还说我？我挣得都没有你多。”小卖店老板说。

“我是明里加价，爱买不买，你是偷摸卖假，坑蒙拐骗，能一样吗？”小满使劲拍柜台玻璃，“赶紧进点正经货，要不我下次把你的店砸烂。”

“你才不敢呢，你赔不起。”

“怎么不敢？我现在可是持证的精神病人，砸你是白砸！”

小满在安宁医院里清闲避世，不关心外面世界如何变化，只是偶尔打电话给夏雷，问问他在上海的生活。

电话里夏雷说，上海吃饭倒是不贵，就是房子一天一个价，都快到两万了。小满问，什么？两万？你们上海疯了？夏雷说，还得涨，我看能涨到三万不止。小满说，这是上海用房价筛人啊，我这辈子是没机会筛进去了。夏雷说，也分怎么看，上海还是充满机会的。

“机会不是留给我这类人的，”小满说，“算了吧，我还是留在安宁医院吧，在这里丰衣足食，神清气爽，一天都花不上五块钱。”

自从副市长住进了病房，小满就常去他的单间里抽烟聊天。

副市长住院也不忘雅兴，吃完药就在病房里练习书法，写了一幅又一幅，铺满地毯和沙发。小满说，您的墨宝我好像见过，白鸟广场的题字就是您写的。副市长说，以前是，现在没了。小满问，怎么没了？副市长说，我下台了，题字就给敲掉了。小满说，那可是有点过分。副市长说，起高楼，宴宾客，楼塌了，真真假假虚虚实实，难得糊涂。

“太好了，领导您终于想开了，那我就不跟你藏着掖着了。”小满说，“您从前问过的给白鸟广场挂车胎的精神病，其实就是我，或者说，是我师傅。”

“哦，你们两个人？”副市长头也没抬。

“只一个人，我师傅，那天他一个人喝闷酒喝多了，这件事真没有什么阴谋，是您想多了。”

“我当时也是焦虑过度了，”副市长停住毛笔，“我还派人专门立案侦查，折腾了你们两个。”

“怎么说呢？倒也不是坏事，”小满说，“塞翁失马，焉知非福，至少您让我不花钱住进了安宁医院。”

等到副市长病情转好出院时，他送给小满一幅卷轴，上款五个小字“题小满小友”，中间四个大字“难得糊涂”，落款写着“铁城青衫居士”。

小满把卷轴挂在了自己的床头，医生来查房一看全笑了：“打铃你可别闹了，病房又不是书斋，快摘下来！”病友也来围观，都撇嘴说：“打铃小满，你是假装难得糊涂，买方便面差你一毛钱，你都不干！”

夏雷大学毕业的那年，上海关闭了蓝印户口的申请窗口期。还没等到这些八零后大学毕业生走上站台，上海的房价就像启动的列车，不断提速，把夏雷他们甩在身后。

有次他坐公交车出城，路过南郊一个叫颛桥的地方，卖票员拿起喇叭喊：“精神病有哇？精神病有哇？”车内几个人争先恐后回答：“有啊，有的啊！”一等开门就下了车。夏雷百思不得其解，上海的精神病人这么坦诚？等到回程的时候，公交车又停在那站，他透过车窗，看见站牌上写着“颛桥精神病医院站”。这戏剧性的一刻，让夏雷记住了颛桥这个地方。

等年底拿到年终奖金，夏雷算了算手头的积蓄、公积金再加上父母的存款，觉得自己可以一试郊区老破小的首付。他打开电脑地图，从市中心一圈一圈往外看，忽然想起了颛桥这个地方。发现颛桥的楼价还不到七千元，夏雷一咬牙买了一套四十平方米的二手房。

再破再小再郊区也是房子。有了房子，夏雷才觉得自己不再是上海的一棵浮萍。房产证下来的那一天，他开始觉得西铁城渐渐远去，成为再难回去的故乡。

颛桥附近有条灯光暧昧的洗头街，街角有一家味道不错的馄饨店。夏雷常在加班迟归的深夜来吃碗馄饨。

有次他和一个东北口音的洗头小姐拼桌，小姐一边吃馄饨一边打电话，夏雷越听越觉得乡音熟悉。当小姐带出“西铁城”这几个字时，夏雷一愣神停下了筷子。

“瞅啥？有什么好瞅的？”小姐以为夏雷是犯花痴的风流客。

夏雷把含在嘴边的半个馄饨咽下去，说：“你的口音和我老家一样。”

“你听错了吧？我听不懂你在说啥。”小姐放下手机说。

夏雷于是不再多问，低下头继续吃完馄饨。等结完饭钱，临走的时候，夏雷回头再看一眼小姐，说：“我就是西铁城厂子弟中学毕业的，我们校长姓侯，教导主任姓蔡，大老蔡。”

小姐听了手上一抖，半碗汤水洒在短裙上，她抬头看夏雷，好像看见了鬼。“精神病！精神病！”她抄起手包跑出了馄饨店，高跟鞋“哒哒哒”作响，消失在街巷尽头。

馄饨店老板要去追账，被夏雷拦住：“别追了，我来付吧。”

这个洗头小姐一定是西铁城中学的学妹。夏雷本想问问她故乡近况，可小姐只留给他一个逃跑的背影。看她仓皇失措的样子，就知道她在颛桥做什么。彼时的西铁城倾颓破败，年轻人都外出找工作，形形色色的所谓工作。

离开了馄饨店，夏雷一路上感叹，啊，西铁城！清晰又模糊的西铁城！他十八岁以前的欢笑和泪水都留在那里，所谓远方故乡，不仅仅是遥远的某处，更是远去的时光。

一天，管床医生找到小满：“打铃，咱们病房新来个躁郁症的古老师，他现在正在抑郁期，这俩礼拜都清静。你要不要和他住一个房间？”

“没问题。”小满答应道，“他大概什么时候进入躁狂期？”

“也不一定，可能俩礼拜轮替一个周期。”

“那他躁狂期会不会打人？”小满又问，“其实打人也没关系，不偷袭我就行。”

“你以为他是人狼，月圆之夜就变身？躁狂期就是不爱睡觉，爱说话而已。”

“那就好，聊天解闷也不错。”

“等到了躁狂期，你不要诱导他多说话，否则他就会没完没了。”管床医生最后叮嘱。

“知道了，絮叨就絮叨吧，”小满说，“我就当是幻听，不理他。”

小满拎着杂东杂西搬进去时，老古正在床上看书，他斜着眼睛看了一眼新室友，没吱声。小满心想，抑郁期可真清净，好！等看完书，老古抄起一把笤帚扫了扫地，还没吱声。小满心想，室友讲卫生，好！

过了好几天，小满才跟老古搭上话，他逗问老古，你们双相精神障碍算不算是精神上的大姨妈，每月来一回？老古说，没那么准，和月亮也没关系。小满又问，那什么和月亮有关系？老古说，女人的月经和大海的潮汐。小满说，你懂得真多，我就愿意和知识分子打交道，好！

头两周，老古每次看书前都洗手，看完书就跏趺打坐，日常规律安静。等到了月底，老古开始主动说话，总想考考小满中学物理，把小满烦得不行。

一天傍晚，夕阳照在东墙上，老古看着光影来了兴致，从床上坐起问："小满我考考你，你还记得高中物理的泊松亮斑吧？"

"泊松亮斑？不知道！"小满说，"肉松面包我倒是知道。"

"那你肯定也忘了波粒二相性吧？"老古又问。

"玻璃？哪里来的玻璃？"

"别打岔，我说的是物理问题。"老古说，"前沿的物理研究发现，有时意识是可以决定现象的。"

"意识……决定现象？"小满还是打岔，"你是说大仙做法？还是空碗变出红烧肉？"

"凡夫俗子！你怎么就想着吃？"老古说，"我说的是量子力学，比相对论还要高等的物理。"

"你是说，还有人比爱因斯坦更厉害？"

"爱因斯坦当然厉害，但是量子纠缠的发现，可能会推翻经典物理的认识。对了，你听说过量子纠缠吗？”

“没听说过，我就听说过男女纠缠，对了，量子也分公母吗？”

“量子纠缠和男女纠缠也有类似的地方，比如心灵感应，这种感应超过光速，不是经典物理学能解释清楚的……”老古开始越说越多。

“老古，别说这些纠缠了，来点干货，”小满起身放下蚊帐，“要不就说说红烧肉，要不就洗洗睡吧。”

“我不吐不快。”老古像是电量正足的收音机，刚被调到了恰当的波段。

“那你慢慢吐，我出去玩扑克。”小满把老古一个人晾在房间里。

等摸完了十几把扑克，小满再回到房间，发现老古还在一个人滔滔不绝，只是物理频道改成了宗教频道。

“你换台了？”小满讽刺问。

“无相布施，人与宇宙都是相同的东西。”老古手结法印，对着小满伸出一根慧指，“人消亡就是缘灭而已，为了躲避宇宙的吞噬，人类必须要发展。这是极高的抽象，小满，这一点你要了解！”

“了解个屁！”小满端着漱口杯去水房洗漱，关门前嘱咐老古，“我跟你只说一遍，等我刷完牙回来，你必须闭嘴！要不我拉你的电闸！”

在水房里刷完牙，小满又抽了一根烟。人说天才之中一半是疯子，这句话根本就是骗人的，是医生说给患者家属的宽慰之辞。像老古这样神神道道的民科病人，其实脑袋里全是糨糊和碎片。

等小满推门回屋，老古冲过来一把抓住他的手，说：“我想通了，如来藏识就是万物！”

小满吓得牙刷掉在地上，他一生气，决定把这台收音机调到静默，于是抡起手给了老古一个耳光。

“哎呀……”老古牌收音机顿失滔滔，没了声音。

小满转身刚走几步，老古牌收音机又自动重启，摸索着恢复到原来的频率：“那个，还有……小满不要打我，我就问你一个最基本的问题，你相信命运和轮回吗？”

“我现在就相信红烧肉！”小满烦得怒了，补上“咚咚”两拳，把老古打倒在床上。

老古牌收音机一时半会儿信号漂移，语不成句。

“别怪我打你，要不你就得被绑去挨电击。”小满一边关灯，一边自言自语说。在安宁医院，过度躁狂的患者会被推去电击治疗，小满亲眼见过有人被电得尿了裤子。

两周之后，老古又进入了抑郁期。如果说躁狂期是喷发的火山，那抑郁期就是冰海的沉船。老古的皮囊还是一样，精神却变得极度颓废。每天从早到晚只是躺着，一动不动，有时流鼻涕有时流眼泪。

“老古老古，太肃静了也不好！”小满动员说，“起来起来，讲讲轮回吧。”

老古摇摇头。

“说说话吧，说说肉松面包和爱因斯坦。”小满继续动员。

老古在床上翻了个身，背过身去。

“前几天还是疯狗，这几天就变成死狗了？”小满问。

“过几天我还会变成疯狗的，”老古转过身来说，“你就等着挨咬吧。”

硕士毕业后，晓丹选择回国来上海发展。

欧洲的工作生活节奏太慢，而上海的节奏却越来越快，正在一日千里地施展世界顶级都市的抱负。这一年，上海宣布动工第二座摩天地标——上海环球金融中心。也是这一年，夏雷再次经历了失恋，第三任女友离他而去，跟随一个白发老外出国定居。这件事成为他难解的心结。

得知晓丹要来上海，夏雷特意换了一个新发型，将见面地点约在人民广场。人民广场是上海城市平面坐标系的原点位置，也是国道 318 线的零公里起点处。见面会合后，他俩就去广场入口的零公里处拍照片。

“欢迎回国，开始新的生活里程。”夏雷鼓励说，“愿你的生活，像是脚下的最美国道 318 线，处处是风景，前程似锦！”

“谢谢！道阻且长，行则将至！”晓丹一脚踏上铭刻着零公里处标志的井盖，摆出拍照的姿势。

一群整装待发的进藏骑行者也在此拍照，晓丹和夏雷目送着他们上路，又在人民广场上流连了一会儿，就往黄陂南路方向走去。

“你最近怎么样？”晓丹边走边问夏雷。

“工作还算顺利。”

“生活呢？女朋友还好吗？”

“嗯……吹了，她和一个老外出国了。”夏雷苦笑着摇摇头，“我又多了一道情伤。”

“其实国外的奋斗机会真的不如国内多。”晓丹说。

“也许人家图的是安逸，可我给不了她安逸的生活。”夏雷叹了口气，“上海好多女孩子都觉得外国的月亮比中国圆。”

“我觉得这类女孩子也未必适合你，”晓丹分析说，“也许，只是分手的这个局面让你心里不高兴，但还算不上情伤。”

“怎么会？”夏雷还是辩解，“我和她相处了很长一段时间呢。”

“夏雷啊，这不是时间长短的问题，事实上，可能你并不真的喜欢她，”晓丹耸耸肩说，“我快人快语捅破了窗户纸而已，因为……”

“因为什么？”

“因为你是‘不高兴’，你从小就很在乎别人怎么看你，所以你活得比我们累。”

“也许是吧。”夏雷这一次无可辩驳。

两个人沿着黄陂南路边走边找饭店，沿街的小资情调饭店名字千奇百怪，什么云上轻食、西格玛餐坊、遇见里斯本。

“你到底要请我吃什么？”走了半晌，晓丹问夏雷。

“我听说那边有一个法国餐厅，女孩子都很喜欢。”夏雷说。

“夏雷啊夏雷，”晓丹停住脚步，“你其实并没征求我的意见，对吗？”

“对不起，我忘了。”夏雷赶紧抱歉。

“我们又不是刚刚认识的陌生人，真的不用那么假模假式，我现在告诉你，其实我就想吃锅包肉和蒜泥拍黄瓜！”

“你可是苏州人，怎么能吃蒜呢？”

“别忘了我在西铁城长到十八岁，口味早就和你一样了。”晓丹说，“在国外的时候，我特别想念小满奶奶做的腊八蒜，有时想得翻来覆去睡不着觉。”

“同感同感！这些年我一直忘不了西铁城的饭菜味道。”

“对了，我想回一趟铁城看看小满，”晓丹转过身来说，“这些年他过得孤单辛苦，我们都不曾在他身边帮过他。”

“你要去铁城安宁医院看他？”

“是。”晓丹点点头，“对了，小满有手机了吗？”

“还没有，小满说安宁医院不让患者带手机。”

“他这是在医院里避世呢，”晓丹说，“也许他不想让大家打扰他。”

“你打算哪天去？我帮你约他。”

“你怎么约他呢，他又没有手机。”

“我每次找他，都是把电话打到医生办公室。”

“好吧，那我想……下周末就去。”

周末的铁城依然是川流不息。

晓丹走出火车站，惊叹于眼前的城市跟记忆中的铁城大不一样，满目都是宽街高楼，再不是从前“三条街五栋楼，一个交警一个猴”的老旧铁城。她仔细研究了一下站前广场的公交站牌，发现从前熟悉的车站名字都不见了。北三马路、五经街、七纬路都不见了，代之以一些奇怪的名字，什么塞纳花园、莱茵豪庭、加州阳光苑。

晓丹实在搞不懂新的公交线路，就打了个车赶到安宁医院，来到三级病区楼。

病区楼下正有一群患者在树荫里玩棋。石案上的棋子破旧不堪，缺棋就用小石子来代替。一个花白头发的患者拿起石子迟疑地说：“我觉得这个石头应该是小卒，不是马！”另一个光头的患者不认账，说：“刚才不是说好了吗，石子明明是马，你什么记性？”

晓丹走过去问：“二位师傅打扰了，跟你们打听一下，有个叫小满的病人住在哪一层？”

“什么小满大满？没听说过。”花白头发说。

“小满？我想起来了，好像打铃叫小满。”光头说。

“对对对，打铃叫小满，”花白头发也说，“整天叫外号，都忘了他的大名了。”

“打铃是什么意思？”晓丹问。

“小满负责打铃，他一打铃我们就得起床。”光头说，“你去三楼最里面的南屋看看吧，他天天都在。”

晓丹谢过二人，走进病区大楼。在三楼走廊的尽头，她停下来拢了拢头发，然后轻轻推开虚掩的房门。

房间里只有戴眼镜的老古在打坐，晓丹心里略略失望。十年过去，她已不记得当年的监考老师古德宁的模样，只觉得恍惚面熟。

听见门响，老古长舒了一口气，收功放下双盘的腿脚，抬眼问晓丹：“你找谁？”

“我是小满的朋友，请问，他去哪里了？”

“小满这几天不在医院，他跟女朋友回城里了。”

“你是说，小满有了女朋友？”晓丹丈二和尚摸不到头脑。

“对啊，小满每个周末都进城陪女朋友。”老古说。

“我脑子有点乱了，”晓丹一屁股坐在小满的床上，想了想又问，“小满他一个患者怎么能随便出院呢？”

“你不知道小满的情况？”

“我们六七年没见面了，我也是一路打听过来的，只知道他在住院。”

“难怪，”老古说，“小满的病其实早就好了，只是不想出院而已。”

晓丹点点头，果然和她猜想的一样。

“小满住院时是公安局送进来的，养着他算是政治任务。”老古说，“小满还帮医院干了很多活，打铃、看药，相当于一个免费护工。”

“可是，他靠什么生活呢？”

“安宁医院养着他啊，公家的医院也不差他一张床、一双筷子。”老古指了指小满挂在衣服架上的病号服，“再说，也没人把他当患者，他来去自由，想当病人就穿这身衣服，不想当病人就脱了这套衣服出去玩，可比我们自由。”

晓丹听得傻了：“小满把安宁医院当成度假村了？”

“何止是度假村，简直是大卖场加百货商店。”老古指了指小满的箱柜，“他从外面批发吃的喝的，在病房里转手卖给大家。”

“怎么会这样？”

“因为我们都出不了院门，只有他能出去采购。”说完，老古把小满上锁的箱柜拉开一条缝，示意晓丹看一看。晓丹透过缝隙，果然看见箱子里有一堆堆的方便面和香烟。

“那，女朋友又是怎么回事？”晓丹还是觉得不可思议。

“年轻人的事，我不太知道，反正有个姑娘常来医院看小满。”

“姑娘是哪里的？她和小满相处没问题吧？”

“这些么，我也不清楚，对了，我来给你找找照片。”老古在小满枕头下面摸出一块月饼大小的电子闹钟，“喏，你看，就是这个姑娘。”

晓丹接过来，只见闹钟背面贴着一张大头贴合照，照片里的小满正拥着一个女孩，两个人搔首弄姿地摆出了剪刀手。

“这……为什么要贴在闹钟上面？”晓丹问，“大头贴不是应该贴在手机背面吗？”

“小满他没有手机。闹钟也很重要，因为他是打铃小满，每天早晨他一打铃，我们就得起床。”

晓丹再也问不出什么问题，她泄了气，目光呆滞地坐在小满床上。

“孩子，你先坐着，我下楼下棋去了。”老古趿上拖鞋走出了房间。

房间里只有闹钟滴答作响，日光从窗棂照进地面，尘埃在光线里飞舞。晓丹的思绪比飞尘还要纷乱，她一帧一帧回想起童年小满的微笑、少年小满的歌唱、青年小满的拥抱。想到最后，她从挂衣架上取下小满的病号服，紧紧抱在怀里。

过了许久，老古返回房间取饭盆。

"姑娘你就别等了，这个时间他要是不回来，就是今晚不会回来了。"他劝晓丹说，"门口最后一班公交，食堂最后一刻饭菜，他要是不赶回来，那就是住在市内了。"

"如果不回来，他会住在哪里？"晓丹问。

"也许住在女朋友家里，也许不住，不知道。"老古摇摇头说。

晓丹迟疑了一会儿，起身跟老古告别："等小满回来，麻烦您告诉他我来过了，他既然过得充实美满，我也就没什么可牵挂的了。"她说着挎上背包，拉开房门又说，"对了，我的名字叫严晓丹。"

晓丹下了楼，径直往医院大门口的公交站走。她心乱如麻，眼前一直浮现闹钟背面的那张大头贴，甚至没注意到自己的手机从裤兜里滑落。

这厢，老古端着饭盆也下了楼。他没走向食堂，而是拐了个弯直奔医院职工游艺室的小楼。他在楼下站定，仰头喊："打铃，打铃，小满，小满……"

小满从二楼的窗子探出半个身子，手里还握着个乒乓球拍："她走了吗？"

"走了走了，你下楼吧。"老古招招手让小满下楼，"你们两个小男女纠缠，还拉上我跑龙套。唉，我也真是闲的。"

"老古你别废话，我又不是没帮过你！"

“你快下楼吧，我得好好跟你谈谈，”老古说，“我看那姑娘挺好的，你唱空城计骗人家，我看你是真有病……”

火车上的严晓丹头脑昏沉，心里翻来覆去还是想着闹钟背面的那张大头贴。她觉得自己像一条洄游的鱼，却怎么也找不到从前的河水。等火车到了沈阳，她起身整理背包，这才发现手机不见了。

晓丹赶紧借用路人的手机给自己打了个电话。手机接通了，是一个女孩子的声音：“喂？”

晓丹说：“你好，这是我的手机，我不小心弄丢了，谢谢你替我保管。”

那边女孩子说：“不客气，问下你是在哪儿丢的手机？”

“应该是在安宁医院，或者火车站。”

“那就对了，我是在安宁医院大门口捡到的。”

“谢谢你！可是我现在已经离开铁城了，请问您是在安宁医院上班吗？我委托朋友去找你。”

“我不在医院上班，但是我经常去。”那女孩说。

“不好意思，还得辛苦您一下。”晓丹最后说，“拜托您下次去安宁医院时，把手机交给我朋友，他叫小满，住在3号楼的301病房，大家也叫他打铃小满。”

除了打铃和卖货，小满在安宁医院里日复一日没啥正事。这天，他正和几个患者在病区工娱室里打扑克，四个人脸上都挂满了纸条，等待洗牌的时候，小满瞄了一眼身后的电视机。

电视里，铁城有线台在插播本地商家广告，一个身穿唐装的本地企业家正拱手作揖说着些什么。小满觉得恍惚面熟，他刚想走近电视仔细辨认，插播的广告就结束了。小满不死心，干脆搬来椅子坐在电视前。二十分钟后又是广告插播，穿唐装的企业家又出现在电视里拱手作揖，屏幕下面滚动着字幕：“东海海鲜城于董事长恭贺家乡父老节日快乐。”

小满一拍大腿，没跑儿！就是他，当年的日本于哥！

第二天上午，小满进城在步行街上找到东海海鲜城，这是他第一次在铁城见到四层楼高的饭店，楼顶上巨大的霓虹灯在大白天也是一闪一闪。

一进大堂，四个旗袍高开叉的迎宾小姐一起鞠躬高喊“欢迎光临”。小满也赶紧鞠躬，差一点喊了句日语的“欢迎光临”。

“先生您几位？有预约吗？”一个迎宾小姐问他。

“我不吃饭，我来找于老板。”

迎宾小姐找来领班，领班给小满一鞠躬：“您和于总认识？您有名片吗？”

小满还礼说：“我没名片，我是于总的朋友，在日本给于总开过车。”

领班掏出对讲机叫出餐厅经理。餐厅经理是一个梳着大背头的西装胖子，他打量了下小满的行头，问：“你真的跟于总在日本混过？你来两句日语试试？”

小满想也没想就脱口而出，说了几句。

大背头虽然也听不懂什么，可还是点了点头，转身掏出手机请示。过一会儿，他放下手机换成了春风笑脸：“贵宾请跟我来！”

小满跟着大背头走进董事长办公室。办公室装修得富丽堂皇，角落里摆着高尔夫球杆，书架上陈列着几本《松下幸之助传》和《丰田管理智慧》，小满一翻才发现是空壳的装饰书。

这时，梳着油头的于哥从屏风后走出来，一把握住小满的手：“小满兄弟，我找你找得好辛苦啊！”

“谢谢于大哥还惦记我。”小满赶紧加握上另一只手。

“这些年你都去哪儿了？”还没等房门掩上，于哥就问小满，“你被遣返之后，我让国内朋友联系你，可去了西铁城厂也找不到。”

“回国后我就一直在住院。”小满从裤兜里掏出了病历，“那次跳海后，大脑受了刺激。”

“兄弟你受苦了！”于哥接过病历本也没看，叹息一声，“中午我们一起喝杯酒叙叙旧。”

“酒就不喝了，咱俩现在一个在天一个在地，就不往一起硬凑了。我来就是问问，有没有老郭的音讯？”

“为啥要问他呢？散伙后，我和老郭就没再联系了。”

“出事时，钱都在老郭车里，我的那一份还没分到手。”

“这样啊……”于哥点点头又问，“你那份大概多少钱？”

“差不多十万块吧。”小满说。

于哥不再点头，而是改用一种奇怪的眼神望着小满。小满也不作声，眼睛也不看于哥，房间里只有墙壁上的石英钟指针“咔咔”作响。

“这样吧，小满你先回去听我消息，”于哥最后一拍大腿，“这几天我如果能联系到老郭，就一定帮你把钱要回来。”

小满没再多说，起身给于哥深深鞠了一躬：“于总，拜托您了。”

于哥被小满的深度鞠躬吓了一跳，随后好像有点感动，又恢复了在日本时的谦逊，回敬小满一个两秒钟的中礼鞠躬。

一周后，餐厅经理大背头夹着皮包来到安宁医院。他带给小满一个牛皮纸袋子。

“小满兄弟，于哥把老郭欠你的钱要回来了，但也就要到了三万块。”大背头假笑了一声，“你收好，打个收条，另外，你们在日本的事，有些话就不要多说乱说，大家都不容易……”

小满接过笔，打了收条交给大背头：“麻烦您转达于哥一声，我谢谢他的好意！我从今往后不会再去找他，也根本就不认识他。再见！”

送走了大背头，小满又去了职工游艺室打乒乓球。没打上几局，就听见老古在楼下喊他：“小满，下楼！又有人来找你。”

小满收起球拍，从窗口往下看，只见老古身边站着一个女孩子。

“是你找我？”小满一边擦汗一边问。

“对！”女孩子仰头说，“严晓丹让我来找你。”

小满搭上手巾下了楼，走到女孩面前，忽然觉得她和晓丹有几分相像：“你是晓丹的亲戚？表妹？堂妹？”

“不是，我不认识严晓丹，我只是捡到了她的手机。她说她已经离开铁城，委托我把手机交给你来保管。”

“哦，谢谢！你俩长得还真有点像，那个，我该怎么感谢你呢？”小满说着，扭头看了一眼老古，“喂，老古，你兜里有没有一百块，借用一下。”

“不，不用，”小姑娘连忙摆手说，“我其实也不是专程来送手机的，我是来开药的，顺路过来送手机。”

“你……开药？怎么了？”

“我是……有点抑郁。”

“好吧，不管怎么样，打车钱你总该收下。”小满把钱往她手里塞。

“我有公交卡，不用打车，”女孩还是不接小满的钱，“真不需要你酬谢，都是举手之劳，你先忙，我走了。”

“那你留个名字，以后在安宁医院有什么需要帮忙的，可以来找我。”

“我叫春春。”

“谢谢你，春春！”小满鞠了个躬。

“再见，小满。”春春说着转身离开。

目送着春春走远，小满把手上的钱又还给老古。老古把钱揣进裤兜，问小满：“打铃，你发现个问题没有？”

“什么问题？”

“来找你的姑娘都是好姑娘。”

第八章
山阴路

当了两年初级职员，夏雷终于等到了升迁的机会。他的职场伯乐是新任的部门总经理，一个干练的台湾女老板。

在外企，大家都把直线上司叫作老板。台湾女老板第一次来大陆履职，花了好久才搞清老板是一个情境多义词，被称呼为老板的可能是职场上司，也可能是研究生的导师，还可能是小贩们要招揽的顾客，她惊叹道，老板这个词已经被大陆同胞叫滥了！

一次，夏雷所在的搞部门团队建设，去新开业的钱柜唱卡拉OK。女老板唱了一曲《鼓浪屿之波》，边唱边抹眼泪，夏雷递给女老板一片纸巾，问她怎么了，女老板说想老家了，她从小在基隆的眷村长大，现在眷村凋零，已经找不到故乡了。

夏雷听了拼命地点头。

女老板问夏雷干吗点头，夏雷说，我也差不多一样，我在三线工厂长大，环境跟你们眷村差不多，现在也快凋零了。女老板说，我们眷村里面只讲国语，连闽南话都不用学，本来以为眷村是我的故乡，可现在再也找不到了。夏雷说，我们三线工厂也是一样，本来是工业的飞地，现在快要破产了，我也要成为没有故乡的人了。女老板想了想说，大时代就是潮水，我们都是潮水中故乡湮灭的一批人群，而今都流散到了上海。

这次偶然的闲谈让女老板记住了夏雷，她开始给他更多的机会崭露头角，甚至列席部门的管理层研讨会。夏雷也不负期待，他准备充分且思路清晰，好几次在会上提出了开创性的思路，第二年就被从商务专员提升为商务经理。他再也不是从前那个被人呼来唤去的小答应，连保洁阿姨都会把他的办公桌仔细多擦一遍。

等到第三年年会上，亚太区总裁提出了大陆市场的本土化策略，夏雷嗅到一丝人事动荡前兆的气息。果然，转过年来，台湾女老板就被调离大中华区。夏雷惋惜地送走女伯乐，等着新一任老板上任。他心里清楚，一朝天子一朝臣，权力的交接必然会带来组织的重构，下一步，他还要经历难挨的向上磨合期。

上海的生活总给人一种无形的压迫感。写字楼里的每个人都要盘算职场收入和房价涨幅，而企业资方无时无刻不计算人力的替代成本。这种压迫感催生了城市的高效和秩序，也导致了人际关系的疏离和冷漠。

夏雷单位的办公室在浦东陆家嘴。游客眼中的陆家嘴是豪华光鲜的顶级商务区，是满眼摩天大楼的不夜城。而职场人士眼中的陆家嘴则是资本利益的角力场，是被各种指标 KPI 驱策的职场赛道。一早七八点，地铁二号线的车厢里挤满了睡眼蒙眬的陆家嘴白领，曾有疲惫的白领姑娘靠在夏雷肩膀上睡着了。快要到站时，夏雷轻轻推醒姑娘，看她一秒钟打起精神，拎起电脑包和蛋饼冲向崭新的一天。

不忙的时候，夏雷经常约上晓丹去虹口的山阴路走走。

和现代化高压的陆家嘴不一样，山阴路既有深藏旧日繁华的老别墅，也有市民生活的烟火气息和人情味道。这条路上的小饭店都很好吃，行人也不是那么匆忙。有的小店会把菜单工工整整地写在小黑板上，“豆沙包，蟹壳黄，壹元伍角”，这让他俩想起了西铁城的老食堂。

秋天的山阴路上，两个人踏着焜黄的落叶一路慢慢走，路过一个个书店、咖啡店、小吃店，梧桐叶子一片片从头顶飘落。晓丹问夏雷，你说老上海人勤奋吗？

夏雷说，和老北京人一样，也不怎么勤奋，都是平凡过日子。

晓丹说，对啊，也就是过日子。

走了一段，晓丹又问夏雷，你是命运的不可知论者吗？

夏雷说，不完全是，我觉得三分靠天七分靠人。

晓丹笑笑说，还好没说九分靠人，算是给老天爷留一点面子。

夏雷说，老天只要给我机会，我都不会让它失望。

晓丹赞许说，那就祝你好运！

两个人在山阴路闲逛了半个下午，到了分手的时候，夏雷犹犹豫豫地将嘴边的一句话又咽了回去。他担心自己口拙，一着急就禁不住摇头。

“怎么了？”晓丹看着兀自摇头的夏雷。

“没什么……”

“你有什么想说的？”

“呃……公交车快来了，我们过马路吧。”夏雷一把牵住晓丹的手。

等两个人走到马路的另一边，夏雷脑中划过一道闪念，继续牵着晓丹的手不松开。

晓丹略微吃惊地望了夏雷一眼，然后低下头盯着自己的鞋尖，空气中传来一声轻微的叹息。夏雷知道她这是在矛盾犹豫，他坚持把手攥得更紧，直感觉手心一片湿潮。

等到公交车到站，夏雷才松开手让晓丹上车。上了车后，晓丹隔着车窗望着夏雷，若有所思，欲言又止。

夏雷挥挥手送走公交车，才发现自己的额头也汗津津的。他在落叶马路上往复走了好几遍，最后深吸一口气，掏出手机，把酝酿好的短信“让我做你永远的罗密欧”一键发了出去。

整个下午和傍晚，夏雷都在等晓丹的回复。

日斜月升，没有消息，月明星稀，还没有消息。

直到半夜，邻居家的老座钟“当当当”敲过十二响，夏雷的手机屏幕一亮，是晓丹的短信“祝你好运”，落款是“你的朱丽叶”。

小满从镇上买完日杂，背上大包往病房走。

路上，一个中年男人拦住他问，小师傅，三号楼怎么走？小满说，跟我走吧，正好我要回病区。男人问，你是病房护工？小满说，哪里哪里，我也是病人，您去三号楼找谁？男人说，不找谁，我女儿今天要办理住院。

两个人走到了三号楼。中年男子又说，小师傅，你帮我照看一下东西，我把汽车开过来。小满就站在楼前替他看着杂物。过了一会儿，一辆汽车开过来，中年男子带着一个女孩下了车。女孩望向小满，忽然喊道：“小满！”

“春春？”小满惊讶，“你……来住院？”

“是，最近有点严重了。”

小满帮春春爸爸拿上暖壶和凉席，一起送春春住进女病区。

安顿妥当后，小满告辞说："有事就喊我，我是老病号，院里上下都熟。"

春春爸爸说着感谢送走小满，一回头把病房门关上，跟春春说："千万不要理他，这里是精神病院，尽是些呆鸡傻鸭和山猫野兽，很危险的。"

第二天食堂早饭排队，小满看见春春排在最末尾，前面不断有人加塞。他就拉上春春来到职工窗口，这里不用排队。

"照顾一下我妹妹，轻捞慢起，勺子沉底。"小满跟打粥阿姨讲。

"你妹妹？"打粥阿姨瞪大眼睛问，"家族性遗传？"

"胡说！"小满生气地直敲饭盆。

"哎呀哎呀，怪我说错话了，打铃你可别生气。"打粥阿姨赶紧抱歉，把一勺稠粥倒在春春的饭盆里，"小姑娘，不够再来添。"

春春一分钟打完饭菜，坐下来和小满边吃边聊。

"为什么大家都叫你打铃呢？"春春问。

"因为我负责病房的作息打铃。"

"打铃也有'亲爱的'的意思。"春春说，"大家都这么叫你，肯定是你人缘不错。"

"嗯，我的优点就是不招人烦。"小满递给春春半个馒头，"唔……能不能问你多大了？"

"马上就二十。"

"二十？这岁数得病可是早了点儿。"

"可是我已经自杀过两次了，你信吗？"春春问。

"我信。"小满说，"咱医院儿童病房里有好多青春型精分，这些小孩都闹过自杀。"

"我可不是精分，我是重度抑郁。"

“不管精分还是抑郁，早治早好，兵来将挡，水来土掩。”

“你见怪不怪？”

“当然，我可是安宁医院的钉子户，真的见怪不怪。”

有一天，安宁医院组织康复期病人观看演出，据说是从台湾龙发堂来的精神病人表演武术。

演出地点在市内的剧场，由于是业内交流，所以观众大多是医学院学生和各个医院的心理科医生。当小满他们几十个病人走进观众席时，医学生们居然起立鼓掌。小满一兴奋，也挥起手臂跟学生打招呼。护士长赶紧跑过来制止：“小满别闹！别忘了你还穿着病号服呢！”

帷幕拉开，两排龙发堂的精神病人呼啦啦跑上舞台，开始真刀真枪表演武术操“宋江阵”。

小满猫腰溜过去，坐在第一排边看边鼓掌。没过一会儿，又一个人影溜过来，贴在他身边坐下，借着照过来的射灯，小满认出她是春春。

“你不怕他们冲下来？”小满诧异地问春春。

“我不怕。”春春说，“听说一会儿还有胸口碎大石，我想看清楚点儿。”

这可真是恶趣相投！小满再看一眼春春的侧脸，愈发觉得她的微笑神态很像晓丹，他的思绪一下翻滚涌起，想到十年前的那个午后，一个女孩的声音问他：“叫你没头脑，就生气啦？”他仿佛又嗅到了雨后西铁城的潮湿气息，推车上的拌菜味道。

“喂，喂，小满你怎么了？”看见小满像被施了定身术，春春连忙拍他脸问。

小满这才回过神来，说：“刚才一瞬间，好像穿越了十几年。”

“你才多大，就穿越了十几年？”春春问。

舞台上的病人们收了花枪，又换成了钢叉挥舞。春春看得津津有味，她问小满：“如果他们端着钢叉冲下来，我们应该怎么跑？”

小满拉住春春的手说：“右手是安全门，我拉着你跑。”

春春笑嘻嘻说：“那咱俩可得时刻准备好。”

两人手拉着手看完表演，等到散场大灯亮起，他俩才把手松开。

“今天的节目有点少啊，不精彩。”小满遗憾地说。

“可不，都没有胸口碎大石和红缨枪顶喉咙。”

“我是说，我拉手还没拉够，节目就没了。”小满歪过头，笑着对春春眨眨眼。

“那你还想怎么样？”

“有时间找你聊聊天。”

“聊什么呢？”

“什么都聊，只要和你多坐一分钟。”

“好吧，那就晚饭后，食堂前面的花坛，你送我一朵花，什么花都行，我给你讲讲我的故事。”

从剧院看完表演，小满回到病房时，老古正在往挂绳上晾被单。

“我后天就要出院了。”老古往被单上夹夹子，“但愿这是我最后一次住院，往后再不来安宁医院了。”

“我还有点舍不得你走。你不躁狂的时候，咱俩还挺谈得来。”小满说。

“是啊，双相就是这样，抑郁期折磨自己，躁狂期折磨别人。”

“对了，你能记得躁狂时说过什么吗？”

“那时候思维奔逸，具体的记不起来了，应该是我的研究心得。”

“当时你神神道道的，说什么意识决定现象。”

“这个推论是有点激进，但是我觉得，至少意识是可以支配身体的。”

“那你举个实在例子吧，我还真想听听。”小满问，“意识到底是个什么东西，支配这个又决定那个的？”

“那就说意识支配身体吧，我见过一个咱们医院的患者，你把枕头从他脑袋底下抽出去，他头还能悬在半空，不沾床。”

“是硬气功？”

“倒不是气功，而是他的意识出了问题。”老古说，“他的意识误以为枕头还存在，结果颈部筋肉强直，维持了一个空枕的姿势，医生说这就叫幻想性肌肉强直。”

“科学也这么玄乎？”小满觉得不可思议。

“科学、宗教、哲学，这些东西我研究了很久，可还是没搞清楚。”老古说，“但有一点是肯定的，宗教有宽慰个人精神的社会作用，因为不是每个人都愿意面对事实。”

“我明白了，是不是就像搞对象一样？有时女生会跟男朋友说，你永远不要骗我；有时又会说，哪怕你骗骗我也好。”小满问。

“你还行不行？我们是在讨论哲学和宗教，你怎么又扯到搞对象上了？”老古摆摆手说。

“我不知道啥是哲学，那太远了。”小满说，“我最近倒是碰到了搞对象的难题，觉得一个女生和十年前的另一个女生很像，这两个女生你都见过。”

傍晚时分，霞光满天，小满低头在安宁医院的花坛里找花。

其他的花朵都合上了花瓣，只有紫红色的地雷花在开放。小满只好采了几朵地雷花攥在手上，这种花虽然也很好看，可是花名实在太难听了。

“咳咳！”穿了一身新衣裙的春春悄悄站在小满身后，轻轻咳嗽了一声。

“好漂亮的花仙子！”看见春春的新衣，小满不禁赞叹道。

“我的花呢？”

“现在只有地雷花在开……”

“其实我就是想要这个呢。”春春从小满的手上接过地雷花，“这个花还有别的名字，也叫胭脂花和紫茉莉。”

“哦？还是你花仙子懂得多！”

“我认识很多很多的花，做过好多干花标本，”春春抚摸了一下花瓣说，“本来好端端的紫茉莉，却被你们叫成了恐怖的地雷花。”

“它的种子长得像小地雷，我们小时候就用它当弹弓子弹。”小满剥出黑色的种子给春春看。

“我们女孩子小时候是这么玩的，”春春把花瓣揉碎，涂在指甲上示范给小满看，“多鲜艳，要不我给你涂上试试？”

“可别可别，”小满把手缩回去，“我要是十指红艳艳回去，老古又该躁狂不出院了。”

“说实话，我倒是羡慕老古，至少他还有躁狂的时候，”春春说，“小满，你想听我的故事吗？”

“当然。我也一直在想，为什么你年纪轻轻的就抑郁？”

“一样的压力放在我身上，就被放大了好几倍。”春春回想说，“尤其是我在实验高中度过的那三年。”

“铁城实验高中？”小满惊讶地问，“老古以前就是那儿的老师，他说你们学校搞军事化管理，弄得学生老师都特别累。”

“不仅是累，还压抑，每一分钟都被填满，每个动作都被驱赶。”春春说，“为了打饭节约时间，食堂全是盖浇饭，吃饭时间只有十分钟，吃完就要跑步去教室，各个楼层都有电子屏显示高考倒计时，走廊里面都用铁栏封窗，因为每年都有跳楼的学生。”

春春说着眼神一黯，似乎又感受到了当时的恐惧：“我一到高三就坚持不动了，每到模拟考试都很焦虑，每写一个字都前思后想，生怕在卷子上落笔成误。到了周日晚上，一想到下一周还有无数的考卷等着我，我就害怕。同学都在废寝忘食地学习，我则是在废寝忘食地自责。到后来，自责越来越强烈，好像肩上压着全世界的重量，只有死掉才可以浑身轻松。那时我就开始盘算，是不是该勉强活着，还是干脆一笔勾销？”

“既然有了自杀的念头，那就不是单纯的情绪问题了，”小满说，“你当时应该早点去看心理医生。”

“可惜没有去，我只跟父母讲过，父母批评说我意志薄弱，辜负了他们的期待。我熬了半学期，实在找不到人商量，只觉得自己是这世界上多余的人。去年春天，我放学走在桥上，忽然想到既然没有盼头，干脆就此和世界告别吧，便骑在桥栏杆上，准备跳下去重新投胎了。”

“春天是很危险的季节。咱们医院的大夫说过，人的心理状态在春季最不稳定。”

“可当时的我并不知道，只觉得自己真的活着太累，不如跳河算了。”

“可别可别！要死也换个死法，没人比我更知道呛水的痛苦了。我这辈子两次差点淹死，闭气的感觉太难受了。要是我，宁肯换个死法也不跳河。”

“是啊，我当时太冲动，又没人商量，一时心里想不开，差点跳了下去。好在桥上开来一辆警车，跳下两个警察把我抱住。警察把我拉到派出所，打电话让父母来接我。派出所里出来进去的人，有酒驾的，有打架的，有街头诈骗的。我倒是羡慕他们，因为他们充满了生机，虽然是错误的生机。而我却像一块朽木，不到二十岁就成了朽木。”说到这里，春春的眼角垂下两颗眼泪。

小满赶紧伸手帮她拭去腮边的眼泪。

“你看你看，眼泪不争气，我的意志又不坚强了。”春春又开始自责。

“不，这可真不是意志的问题，精神上的障碍不能靠意志来克服，大夫说过，只能靠三种办法，吃药、住院和避免刺激。”

“是啊，那次自杀事件后，我爸妈才确定我需要治疗，之前他们一直给我讲保尔·柯察金，讲《钢铁是怎样炼成的》，我真没法听进去，只是觉得特别无助……”

“有坚强的人就会有脆弱的人。”小满开慰说，“石头和石头硬度不一样，人和人的承受能力也不一样，都很正常。”

春春点点头，止住啜泣。

“换个角度来想，你也得接受生病这个事实，这不是坏事。”小满又说。

“不是坏事？”

“对，这样你就能心安理得地放过自己了。你想，谁会跟一个病人谈金榜题名、事业成功、人情面子这些社会作业？这些作业都一笔勾销了！春春，你既然得病了，咱们就把人生路慢慢走好，慢慢走，累了就歇。”

“小满，谢谢你，我来安宁医院的最大收获，可能就是遇见你。”

“我建议咱俩搭个伴吧，”小满说，“如果哪一天咱俩都想不开，就一起搭伴去自杀。我以前研究过上吊扣怎么系，现在看来不够用，我得再研究研究双扣怎么系。”

“有你陪我聊天，我就不自杀了。”春春终于破涕为笑。

“那也行，那就剩一个扣我自己用，你到时得帮忙踹一下凳子。”

“真是奇怪了，本来是聊我自杀，怎么聊着聊着，倒变成你想死了？”

“就是，谁死都不好，都让身边的人难过，所以咱俩还是先好好活着吧！”

夜色来临，丁香树的花香笼罩着两个人，安宁医院的病房楼陆续亮起了灯，灯光照亮了花坛的这一角。

“小满，我想多和你在一起，有你在身边，我心里特别踏实。”春春的声音低得好像是自言自语。

“我也是这么想的。”小满看着春春，一字一字地说，“等你这个疗程结束，我想……陪你一起出院！”

“那真是太好了！出院后，我想开个花店，我喜欢花，也懂得花艺。”

“咱俩一起开吧，正好我手上刚有了一笔钱，可以拿来开店。”

“你一直住院，哪里会有钱呢？”

“那可是我拿命跳海换来的钱，等有时间，我给你讲讲我的故事。”

下 篇

第一章

故园将芜

台湾女老板被调走，夏雷迎来了新一任老板，孔生。

孔生是从美国商学院毕业的留学海归。他们这些喝过洋墨水，顶着国际 MBA 光环的职业经理人，一方面知道外国老板喜欢听什么口味的汇报，另一方面也懂得国内的深语境和潜规则。他们游刃于中国国情和外国老板之间，既会喝威士忌龙舌兰，也能喝五粮液老白干，既能打出政策的擦边球，也能避过合规的高压线。

上任前，亚太区董事会交给孔生一个高挑战指标：同比增长 45%，配套的承诺是他有机会成为中国区总经理候选人。孔生也开出了高度赋权的条件，索要到了绝对的人事决定权和财务支配权。就这样，孔生和老外彼此都把对方押在了赌桌上。

走马上任后，孔生毫不客气地赶走了原来的东西南北四个大区经理，随后招来自己的旧部接任，又砍掉了大部分的市场活动预算，将几百万费用腾挪出来机动。最后，他逼走了夏雷的顶头上司商务总监，省下了一年六七十万的人工费用。可怜夏雷工资不多，却顶着商务部的大部分工作量，压力全在他一个人身上。

对于夏雷，孔生观察了很久。照理来说，前朝之臣用起来有风险，能不用就不用。但从工作角度来看，夏雷的能力无可指摘，合作度又好，如果赶走的话，还真没有合适的继任人选。

一天午休时，孔生想起来该敲打一下这个年轻人了。他把夏雷叫进自己的玻璃屋子，一边回复电脑邮件一边问夏雷："你来公司几年了？"

"三年多，不到四年。"夏雷回答。

"我们行业的职位平均流动周期是四年，对吗？"孔生的话里有话。

"对，是四年，"夏雷笑一笑说，"不过也不是绝对的，因人而异。"

孔生停下打字，抬头看了看夏雷。

"四年也好，八年也好，对我来讲都不重要，我只想跟定一个好老板，哪怕换到别的公司都无所谓。"夏雷知道早晚会有这样的谈话，他提早准备好了表忠之辞。

"是啊，无论哪家的饭碗，都一样能盛饭！"说完这一句，孔生又低下头看着电脑。

"您说得对，饭碗没区别，好老板才难得，所以我想和您一直共事下去！"夏雷把表忠之辞说得有点急了。

"先说到这儿，"孔生最后挤出一丝微笑，"你去忙吧。"

回到自己的座位上，夏雷细细琢磨刚才的对话，觉得自己的表态已经到位。疑人不用，用人不疑，最终还要看孔生自己的判断。可孔生是职业经理人，连微笑都是职业化的，一般人看不透他的真实想法。

六点半钟，统计完库存，夏雷开始摘取数据撰写 PPT。等到八点钟，他眼睛有点花，就在办公室茶水间吃了外卖，然后又回到座位上继续加班。大概八点半，孔生从玻璃屋里走出来下班。他跟夏雷打个招呼，道声辛苦，准备坐电梯下楼。

等电梯的时候，孔生想了想又返回办公室，问夏雷会不会抽烟。

夏雷脑袋快速转了一下，起身说："会，会，正想抽呢。"

两个人走到吸烟区。夏雷接过孔生递来的烟，先帮孔生点着。两个人边抽边聊，说了点闲话，夏雷努力装出抽烟很熟练的样子。等电梯上来，孔生掐掉了烟头，转身上了电梯离开。夏雷也熄灭了还剩下半截的香烟。他心里悬着的石头落地了。虽然孔生没明说什么，但邀他一起吸烟这个举动就是明显的示好，说明孔生还不想赶他走。

看了看手上剩下的半支烟，夏雷记住了香烟牌子。明天他得备上几盒一样的，找机会主动约上孔生出来抽烟放松。职场既要靠业绩，也要靠人情。正是这种工作之外一来一回的互动，才可能建立起私交信任。

九点钟，夏雷核对完所有数据，正要关电脑，这时屏幕上的MSN响了一声，晓丹的头亮了，她发给夏雷一杯咖啡的表情。夏雷打字问：亲爱的，你在哪里？

晓丹：我在陪一个朋友加班。

夏雷：咦？怎么不来陪我加班？

晓丹：怎么，又不高兴啦？

夏雷：你不陪我，我就不高兴。

晓丹：好啦好啦。干完活早点回家吧，梦里有我就行了。

夏雷：我这就关电脑了，过一会儿下楼打电话给你。

等下了写字楼大堂，电梯门一开，夏雷迎面看见了笑吟吟的晓丹，他刮了刮晓丹的鼻子："嘿，你真能骗人，这哪里是陪朋友加班？"

"你不是我朋友吗？"晓丹递给夏雷一杯热奶茶。

"才不是朋友，是男朋友好不好？"夏雷打开奶茶杯盖，"你怎么知道我在加班？"

"看见你 MSN 一直在线，我就猜到你一定在办公室。"

"是啊，季度末，天天忙。"夏雷拉着晓丹走进大堂便利店，"亲爱的，等我买盒烟。"

"怎么？你……学抽烟了？"

"没办法，烟是敲门砖，陪新老板抽烟才能有机会拉近关系。"

"这可太难为你这个不抽烟的人了。"

"职场就是这样，一朝天子一朝臣，新老板已经算是对我开恩了。"

出了写字楼，两个人边走边聊，一直走到了江边的轮渡码头。夜风中，他们紧紧依偎，放眼眺望黄浦江对岸的外滩。夜色里的上海，灯火通明车流不息，像是一场喧嚣流动的珠光盛会。而此时，在他们的老家，千里之外的西铁城，大部分人已经进入了梦乡。

春春和小满正式牵上了手。

两个人没事就凑到一起海聊，从花坛边一直聊到食堂餐桌上，白天聊不够，晚上就拿手机继续聊。小满特意进城办了手机套餐卡，病房熄灯后他也不睡，躺在被窝里给春春发短消息。

小满："想起一个问题，地雷花的花语是什么？"

春春："以后别再说是地雷花，要说是紫茉莉，它的花语就是 L 和 H，你猜猜。"

小满："亲爱的，你是铁城实验高中的学霸，我是西铁城中学的学渣，我英语水平不行啊！"

春春："肯定是你会的单词，要是你猜对了，明天就奖励你。"

小满："Lucky（幸运）和 Happy（快乐）？"

春春："才不是，花语不是形容词，是名词。"

"名词？"小满从被窝里爬出来，翻出红双喜香烟盒，对着上面的英文打字，"是 Luck（幸运）和 Happyness（快乐）？"

春春："不准确，其实是 Love（爱）和 Hope（希望）！"

他俩的恋情很快轰动了整个安宁医院，大家都说天雷碰上了地火，打铃碰上了美龄。

连院领导班子也被惊动了，全院干部周例会上，大家讨论该不该隔离这对恋人。有人发言说，小满算是护工，跟患者谈恋爱就是违反工作纪律；也有人说，即便小满不算是护工，也应该禁止患者之间谈恋爱，恋爱这东西谈不好就会寻死觅活；还有人说，医院管理上有漏洞，应该将男女放风时间错开。

"倒不是我们的管理出了问题，"主持会议的黄院长最后定性说，"从积极的一面来看，这例患者之间的罗曼蒂克，正说明了我院的治疗康复水平，达到了一个新高度！"

会上说了自己都不信的鬼话，黄院长也不想留小满住院了。散会后，他把小满叫到了办公室商量："太岁啊太岁，你可真能给我出难题！这一次你能谈恋爱，说明你对人际交往有信心有能力，我建议你尽早出院，回归社会！"

"好吧，我也有这个打算。"小满倒是心里早有准备，"谢谢黄院长您这几年的关照，我也是该出去了。"说完，他从裤兜里摸出两支烟，递给黄院长一支。

“这可是我第一次跟患者在办公室里抽烟，”黄院长踌躇了一下，还是把烟点着了，“不过，现在开始，你小满也不算患者了，我最后抽你这一根。”

出院后，小满和春春把花店选址在春春家附近的巷口。两个人里里外外筹备了一个月，花店终于迎来开张，名字就叫“紫茉莉花店”。

常有客人问紫茉莉是什么花，春春就指指门口一丛的地雷花。客人说，这个花可是太普通了，满世界都是。春春一笑，搬出小满的名言：“普通有普通的好处，高贵有高贵的难处，各有各的活法。”

花店开起来还真是个体力活。顾客一臂抱走的浪漫花束，背后都是花艺师的心思和汗水。每周小满要从花卉市场扛回两立方米的花材，回到店里先要马上剪根去叶，玫瑰花还要额外撸掉花刺，然后是烦琐的贮存换水和加药保鲜。遇到加了农药的花材，小满胳膊上都是疹子。

春春把自己的电脑搬到了花店，她和小满一边听歌，一边洗洗切切剪剪。小满最喜欢哼哼《一天到晚游泳的鱼》：“一天到晚游泳的鱼啊，鱼不停游；一天到晚想你的人啊，爱不停休。”春春说，这首歌的歌词真好，简简单单又很有感情。小满说，那一年这首歌刚出来的时候，我十三岁。春春问，那你十三岁就开始喜欢女孩子啦？小满说，才没，我觉得这首歌唱的其实是无忧无虑。

花店门市分为里外两间，外间用来营业，里间当作杂物室和小满的卧室。每天打烊后，小满送春春回家，自己再回店上网。他有时去天涯社区看看“莲蓬鬼话”，有时去可乐吧打虚拟台球。再后来，百度的贴吧开始兴起，小满就开了一个“西铁城厂吧”。他打电话给夏雷，邀他来当副吧主。

“吧主可相当于厂级干部，你要不要换一个响亮的网名？”夏雷在电话里问。

“吧主一般都叫啥？”

“都叫什么创世者、盘古、梵天大神什么的。”

“名号太大我受用不起，”小满说，“我还是叫我的‘一天到晚游泳的鱼’吧。”

西铁城厂吧里很快汇聚了越来越多的工厂子弟，他们中有的已在异地安家，有的正在外出打工，也有的守着西铁城没出来闯荡。大家在论坛里打招呼，互通音讯，有人把工厂生活的老照片发上来，一起怀念当年的车间会餐、篮球比赛、厂运动会和元宵灯会。还有高中同学把毕业照发到了贴吧里。小满对着屏幕，指给春春看高三二班的毕业照。

“夏雷的眼镜可是够厚的，晓丹姐姐长得真是好看，”春春看了半天，又问，“咦？这张毕业照里咋没你呢？”

“嗐，别提了，那时候我正在少管所里踩缝纫机呢。”

又到了雨水稠密的七月，接连三天的大雨，使得花店生意冷清不少。

小满焦躁地看着屋檐的连珠雨幕，他知道大雨如果不停，西铁城厂又会泡在水里。每年西铁城都有洪水过境，最严重时漫过河堤，出过人命。等到中午雨还不停，小满跟春春打了个招呼，翻出雨衣，要赶往西铁城拾掇自己的小屋。

当他赶到铁城客运站时，不出所料，售票大厅已经挂出了停运通告。小满去调度室打听，得知司机都放假回家了，今天是肯定不会再有班车了。“还是来晚一步！”小满自言自语，只好去站前广场碰碰运气，看看有没有并客的出租车。

“西铁城最后一趟，西铁城最后一趟！”广场上只有一个黑车司机在扯着嗓子吆喝。

听到这熟悉的西铁城口音，小满心下一喜，他走到司机后面，给了他一拳：“王东东你这个财迷，风雨不误啊！”

回头见是小满，王东东大吃一惊：“大雨天的，你要往哪儿去？”

“回厂！收拾我的小屋，怕被水淹。”

“等我半个小时，再不上客，咱俩就走。”

“好咧，我也帮你张罗张罗。”小满用手拢成扩音器，亮出了大嗓门吆喝，“西铁城二十一位，最后一趟！西铁城二十一位，最后一趟！”

“我的亲哥！”王东东一把捂住小满的嘴，“这鬼天气哪能只要二十，得要五十！”

两人冒雨在站前广场吆喝了半天，还是一个客都没揽到。

“打道回府，开路！”王东东上车打着火。

“等一下，”小满钻进站前小卖店，买了两塑料袋的榨菜、矿泉水、方便面，“放车上，一人一袋，我怕像上回洪水时断水断粮。”

路上尽是泥泞坎坷，汽车颠簸得像醉了酒的野马。两人边开边聊，忽然“哐当”一声响，王东东身边的车门掉了下去。他俩赶紧下车，从泥水坑里捞出车门，仔细一看，门上的合页已经断了。

“你这破车哪儿淘来的？”小满问。

“二手市场，八千块，没想到钣金这么糟。”

两人把破车门塞进后座，王东东穿上雨衣继续开车，颠簸了一个半小时才把泥水车开回西铁城。临下车前，小满嘱咐王东东：“你千万要把车停在高处。不行就架个木板，把车开到花坛上去。”

“不至于吧？”

“你抬头看看！”小满一指远处的白马山，半山断崖垂下了一条雨瀑。当地山民有句谚语叫“山腰挂水，半天发水”。出现雨瀑是因为山体含水量过饱和，很快就要产生山洪。

告别王东东后，小满蹚水走回自己的小屋。他先把电视和被褥送到二楼邻居家，再把家具一件一件摞起来，衣柜和沙发都搬到了床上。弄好后，他又帮左邻右舍拾掇家什抬上搬下，最后大家一起在楼道口围上了沙袋。

小满的午饭是在邻居家吃的。刚吃到一半，家属区大喇叭就响起了广播：“居民同志们注意！请大家提高警惕，随时准备好撤离家属区。”

过了一会儿，大喇叭又响了起来：“防汛抗险队员们注意！请大家带上工具，前往河坝水闸集合。”小满不是队员，可他还是放下了筷子，跟邻居借了雨靴和铁锹，往河坝赶去。

到了河坝上，他放眼一看，眼前的洪水猛过历年，奔腾的黄泥水像是撒缰的野马，水面上不断漂来连根拔起的大树。

赶到坝上的抗洪队员只有二十几个人，穿防汛红马甲的队长一边点名，一边来气：“就来了这么几个人？这年头的觉悟都变低了？”

“觉悟没出问题！”有队员反驳道，“是钱包出了问题，咱们抢险队好多人在外面打工，赶不回来！”

好在赶来帮忙的家属越来越多，人手不全的问题很快就解决了。大家七手八脚地挖土填沙袋，干得热火朝天。河坝下的水位也慢慢升上来了，等升到一米线时，队长怕万一溃坝，就让家属们都先离开。

小满不是队员，也没有救生衣，他跟抗洪队里的一个老工人商量："叔，你把救生衣脱下来给我，你年纪大赶快回家。"

"我不能走，水火无情，你们年轻人没经验，容易犯虎。"老工人不同意。

两个人正在争论，忽然听见有人呼喊救命。大家循声一看，原来是远处的水泥桥塌成三截，残桥上的一个人被两股洪水围在了中间。队员们赶紧往桥头跑，小满也拎着铁锹跑过去，离近一看，喊救命的人正是许大马棒子。

"许大马棒子！你下雨天瞎他妈溜达啥？"队长急得一边转圈一边骂，"这下好了，过一会儿龙王爷就来收你！"

抢险队和残桥之间隔着一道急流，人根本走不过去。大家试着把游泳圈绑上绳子扔过去，可惜扔了好几次都到不了对面。谁也不知道残桥还能坚持多久，等洪峰一来，许大马棒子就真得和残桥一起报废了。

时间一分一秒过去，洪水逐渐逼近残桥的桥面，许大马棒子吓得站不起来，这世界上比死更可怕的，便是眼睁睁一分一秒地等死。"老天饶我啊！我以后肯定积德行善！"他边哭边喊。

小满看了看桥旁并行的暖气管道，忽然想到一个主意，他大喊一声："把绳子捆在我腰上！我从暖气管道上走过去！"

"不行，你肯定过不去！"队员们都摇头说，"这管道又圆又细，猫走在上面都打滑。"

"让我试试吧！小时候走上面没问题。"小满从小就在暖气管道上走来走去，整个西铁城也只有他这个没妈的孩子才敢这么野。

在小满的坚持下，大家给他腰上捆了两股绳子，刚才和小满争论的老工人脱下救生衣给他系上："慢慢走，稳当当，别犯虎！"

小满跨上暖气管道，试着走了两步，感觉从前的平衡感还在。

他边走边念叨着儿时的顺口溜:“我是克塞，前来买菜，土豆五毛，青菜一块！一块不卖，连踢带踹。”一米，两米，三米，四米，五米……所有人手里都捏着一把冷汗。

艺高人胆大，小满顺利走了过去。他跳到残桥桥面上，赶紧把手上的绳子挽成双结，从许大马棒子的大腿根和腋下套了进去。

“你是……”许大马棒子看着小满面熟。

“少废话，我是你祖宗！”小满给了许大马棒子一个耳光，“快点套，不听话就淹死你！”

最后，小满将绳子搭在暖气管道上绕了一圈，把许大马棒子悬吊在管道上，桥那边的队员们拉一米，小满这边就松手放出一米，两股合力硬生生将许大马棒子拖过急流上方，一米米靠近岸边。“一，二，三！”队员们最后一鼓作气，把许大马棒子拉到了终点。

这边残桥上只剩下小满，他手心上都是血筋和冷汗，桥面这时已经摇摇欲坠。他赶紧跨上管道往回走，对岸的队员们都紧张得不敢喘气，只听见桥下的急流水声溅溅。

“我是克塞，前来买菜……”小满继续念起他的平衡咒语。当他稳稳地走回岸边，队员们抢着上来和他拥抱。差点没被龙王爷收走的许大马棒子分开众人，“扑通”一声给小满跪下，大喊道:“谢谢祖宗！谢谢克塞！”

这一年是西铁城建厂以来最大的灾年。除了洪水，暴雨还引发了泥石流和山体滑坡，不少厂房被滑坡推平掩埋。小满和工友们赶到硝化车间时，只见砖混工房早已被土石方压塌。大家好不容易从一人高的土石里挖出了卧螺离心机，发现里面的转鼓已经折断。小满还想继续挖出反应釜，工友们拦住他说算了，转鼓都能压折，反应釜肯定也报废了。

“为啥厂房不盖得离山脚远一点？”小满放下镐头，问师兄大史。

“没办法，窄沟的山脚就是沟底，”大史说，“要是在沟底赶上牤牛水，那就更吓人了。”

“啥叫牤牛水？”

“就是泥石流，当地老百姓都叫牤牛水。”

“那他们怎么叫滑坡？”小满又问。

“好像是叫山崩……”大史想了想，改口说，“不对，是叫山剥皮。”

除生产区外，厂区家属区也遭了水。遭水的一楼住户都被临时安置进了子弟中学。

小满家也被透进来的积水浸泡了，他扛上被褥住进了从前的高三教室。那晚全厂停电，小满摸黑嚼完一袋方便面，正要将四张课桌拼在一起准备睡觉，就看到教室外手电筒光亮晃动，是丁师傅特意邀他去家里吃住。

小满拗不过丁师傅，只好跟着他回家。进了家门，师母在餐桌上点了一根蜡烛，又端来一盆洗好的蘸酱菜。“这可是你师父在厂区里种的，好在收得早，要不就得被泥石流埋了。”

师母拣起一片心里美萝卜让小满先尝，小满一边嚼着，一边回忆当年跟着丁师傅在工房山坡上学种菜的情形。

丁师傅翻出了一瓶边疆白酒，坐下说：“有酒有菜，咱爷俩儿慢慢溜着。这几天你忙得够呛，歇歇。”

“可惜只挖出来个离心机，大家看见转鼓断了，就没再继续挖了。”小满跟师傅汇报灾情，“大史说咱们工房肯定毁了，一眨眼就报销了。”

“土石方的力量可不比夯锤小。”丁师傅点点头，“先不说水电气动设备，单说塔罐槽釜这些静设备肯定都得报废。七六年唐山大地震，工厂就闹过山体滑坡，埋了好几个车间。”

“咱们厂是不是选址有问题？干吗要把厂房建在窄沟里？”

“三线的建厂方针就是‘靠山，分散，钻洞’。”

“师傅，看这架势，咱们厂这次可能真撑不住了。”

“看看吧，要是这次洪水后没有重建计划，那就是要关停并转了。”

“假如工厂黄了，师傅你下一步准备干啥？”

“据说破产的厂子分流可以办内退也可以办买断，我和你师母商量过了，如果厂子黄了，我们就内退。”

“内退？”

“对，办完内退，我就回黑龙江农场。”丁师傅啁了一杯酒，哈了一声，“一晃三四十年，我从农村报名参军，接着上前线打越南，然后复员到辽西当工人，再内退回农场老家，这一辈子算是画了个大圈圈。”

“农场效益能好吗？”

“北大荒农场还可以，翻地、播种、秋收都是农机上阵。”丁师傅放下酒杯，展开自己的手掌给小满看，“你看我这双手，抡过锄头，扛过机枪，握过扳子钳子，没想到，最后还得开收割机。”

“你这双手还捞过我呢。”小满笑着说。

“好在捞过你，要没你替我顶缸，这双手就差戴手铐子了。”丁师傅呵呵大笑。

“不至于戴手铐子，多说也就拘留十天半个月，”小满也笑，

“对了，当初要抓你的那个副市长，后来也进了安宁医院。”

“真的吗？我没听错吧？”

“真的，那个副市长后来精神出了问题，我在安宁医院总和他一起抽烟聊天呢。”

“他疯了？住院了？”

“对，住了半年，临出院还给我写了几个字，‘难得糊涂’。”

“这可是天大的讽刺！”丁师傅感慨，“人这一辈子，三十年河东三十年河西，不到最后，都说不准是啥下场。”

洪水过后，西铁城一片狼藉，方圆十里的厂城变成了烂泥地。家属区里的铁管子和单双杠上全是各家晾晒的被褥，人们往大坑小坑的积水里撒上石灰，防止蚊孽滋生。也有人家在院子里点燃干艾蒿叶驱虫，小区里飘荡着烟气和消毒液混合的呛人气味。

小满把房间里的烂泥刮掉，四壁重新刷上白浆。等到公路重新通车，他才搭上车回到城里花店。春春看他瘦了，就给他做了一盘清炒肉片，小满边吃边讲西铁城的洪灾见闻。

“就算你们厂子黄了，也不是坏事，总比憋在山沟里半死不活的强。”春春给小满夹了一片肉。

“道理是这个道理，可我还是舍不得，那可是我从小长大的地方。”

“城里的吃穿住行怎么都比山沟里强，西铁城人应该早点闯出来。”

“我们这个年纪还好办，”小满摇头说，“可好多人都四十多岁了，上有老下有小，你让他们怎么闯？怎么重头再来？”

花店不忙的时候，小满就在西铁城厂吧里关注工厂的动态。

贴吧里一直没有工厂要重建的消息，倒是贴出了好多受灾的照片，很多人发文讨论工厂的前途，大部分人都觉得工厂没有希望了，但又不希望西铁城就此废弃。

这样的争论直到秋天，贴吧里有人贴出了“职工分流安置摸底统计”的草拟表格，声称工厂将在明年拆分搬走，西铁城将在下一个夏天废弃。

这天小满正在店里切花，厂办大徐打来电话说厂机关要办个捐赠仪式，需要定制几个花篮。

“工厂都穷得快黄了，怎么还往外捐钱呢？”小满问。

“不是往外捐钱，是老职工要给工厂捐钱。”大徐在电话里说，“财务科的老孙阿姨前段日子去世，遗嘱里要把十万块捐给工厂灾后重建。”

“明白了，那这次的花篮我就不要钱了，也算为工厂重建出一份力。”

“一码归一码，你正常收你的花篮钱，这都是对公的。”

“真不能收！这个事儿上，我必须发扬风格。”

等到捐赠仪式那天，小满找王东东开车拉上花篮，赶到了厂机关楼的大会议室。

这曾是他们当年入厂培训的地方，小满走进去一看，只见讲台上挂着条幅“西铁城厂助学基金捐赠仪式”，大徐正在台上调试麦克风，台下坐了二十几个身穿校服的小学生。

小满上前问大徐：“不是说捐款用来灾后重建吗？”

“也是刚刚得到的准确消息，工厂肯定不重建了。”大徐说，“这些学生都是工厂最小的子弟，父母不是下岗了就是外出打工。

老孙阿姨的儿子说了，即便工厂不重建，这钱也要花在西铁城人身上，就当助学金发下去。”

这时厂领导和老孙阿姨的儿孙们走进会议室，大徐把小满介绍给大家，说仪式用花是小满赠送的。

小满连忙摆摆手说：“别别别，我出的这点儿小力，跟老孙阿姨比，简直不值一提。”

老孙阿姨的儿子大吴问小满：“我想起来了，你是不是在厂新春晚会唱过歌？”

“对，我唱过。”

“真巧！快给小满叔叔行礼！”大吴赶紧让身后的儿子鞠躬，“这就是当年和你同台的小龙人，现在都快上初中了。”

很快，捐赠仪式开始了，大吴上台致辞。

他照着讲稿念到一半，忽然停了下来，从怀里掏出一张泛黄的硬板票：“问问在座的老领导，老师傅，谁还能记起这张火车票？”

老书记从观众席里站了起来，他戴上老花镜接过火车票仔细辨别：“票上还印着‘加强纪律性，革命无不胜’的口号，这……是咱们厂当年搬迁专列的车票？”

“对，我母亲直到去世都保留着这张火车票。三十五年前，就是这些保密专列把我们全厂搬迁到了西铁城。”大吴把讲稿丢到一旁，哽咽着回忆，“那年我九岁，记得很清楚，保密专列是客货混装，中途除了在四平加水，沿途全不停靠，连铁路职工都不知道车上装的就是我们东北第一火药厂的全部人员和家当。

“家母生前立下遗嘱，说要支持工厂的建设。西铁城的每一砖一瓦都有父辈们的汗水，都有两代人的童年回忆，很多家庭三代都和工厂六十年同呼吸共命运，这里就是我们的根，我们真的不想被连根拔起！”

说到最后，大吴拂掉眼泪，对着台下抱拳作揖：“我发言的最后一句话，就是求求在座的厂领导，看看能不能再尽最后一把努力，保住我们的根，我们的西铁城厂？”

第二章
衡山路啤酒屋

夏雷的办公桌上摆着一个小小的地球仪，木质底座上刻着几个小字，“高一二班麦哲伦赠”。有次老板孔生随手拿起地球仪把玩，发现上面的刻字，就问他：“难道真有人叫麦哲伦？”

“其实是中学同学的笔名。”夏雷赶紧起身解释道。

“这个麦哲伦……是女生？”孔生猜到了七八分。

夏雷笑着点了点头。

“明白了！”孔生装作恍然大悟的样子，“那你们的关系肯定不一般。”

“也是刚刚开始不一般。”夏雷不好意思地说。

“加油，早结连理！”孔生拍了拍夏雷的肩膀。

孔生是资深的外企职业经理人。说来职业经理人的另一层意思，就是他们仅对一段时间内的业绩负责，再往后的长远规划并不在职责之内。

外企产品通常借助各地分销商渠道卖给终端用户。在流通过程中，分销商从厂商进货的货值叫作“Sales In”，分销商卖给终端用户的出货值叫作“Sales Out”，一进一出的差值就是理论库存。孔生这些职业经理人站在厂商的角度，最看重的是 Sales In 数字，毕竟这是厂商产生利润的环节，也是亚太区对于孔生的考核标准。

掌权的第一年，孔生搞了一番人事大换血，伤筋动骨耽误了不少业务机会，市场开拓不甚理想。到了年底，孔生强迫分销商们大批吃货，在常规库存基础上又多压了半年的货，才算是达成了 Sales In 数额，度过了第一年年关。

时间到了第二年春节前，新一年的指标压力与日激增，还没来得及喘息的孔生又开始头疼。拆东墙补西墙，最怕的就是欠债陈陈相因。他把办公室门反锁，独自坐了半个中午，最后决定剑走偏锋。新一年他必须赢，不择手段也要去赢。

春节后的月例会上，孔生问在座的几个大区经理，还有什么增加 Sales In 的好办法，众人都摇摇头默不作声。大家心想都怪孔生接的任务太重，同比增长 45%，这可是要一年走完两年的路，寅吃卯粮总也不能太过分。看到大家都没主意，孔生就收尾做了会议总结，他讲话的风格一向是土洋结合：“大家要 Brain Storming（头脑风暴），要发散思维，形势这么严峻，我们必须考虑非常规手段，沉疴用猛药，散会！”

下班后，孔生约上夏雷去衡山路酒吧喝一杯。

两个人在马路上边走边找店，走了半条街，孔生在一家音乐嘈杂的酒吧前停住步伐，说，就这里吧，看上去气氛不错。夏雷心里奇怪，今天的例会气氛不好，照理孔生应该没有兴致喝酒，可他又偏偏选了这么吵的地方，谈事情也几乎不可能。

坐下后，孔生点了两瓶精酿啤酒，再点上一根烟，开门见山地问道：“周例会上，大家对于继续增长45%都没信心，你怎么看？”

“今年的开年形势的确很严峻，”夏雷性格严谨，一向用数字代表立场，“九个月的库存已临近饱和，留给分销商的保质期内出货期限只有三个月不到，腾挪不力的话，最早的一批货年中就要过期作废。”

“这个我早就知道，那你有没有什么备案？”孔生掸了掸烟灰，问道。

“Sales Out还得加强，分销商也是量出为入，只有出货多了，才能多进货……”

“我们等不及他们的慢慢消化，他们还得抓紧进货，哪怕是堆了一库房库存。”孔生顿了顿，又说，“如果他们进货不达标，我们就取消授权让他们腾出位置，让给新分销商进场接盘。”

“可是，我们和分销商的合作合同也有规定，凡新分销商接手市场前，都要先承接上任分销商的库存。新分销商一旦接手了饱和库存，也会面临同样的困境。所以说，库存饱和都是个绕不开的包袱难题。”

“商业是有技巧的，你也知道，分销商库存管理系统其实就是一个Excel表格，这么多年早已经不准了，饱和库存只是个数字，它既然能在理论上存在，就能在理论上消失。”孔生吐了一口烟圈。

在酒吧嘈杂的音乐声中，夏雷沉思半晌，依然不得法门。

“减少账面库存的办法，如果事实上达不到，我们就在数字上想办法达到。”孔生进一步提示道，“混乱有混乱的好处。我们和分销商都是只对账面库存负责。账面库存是把双刃剑，平时分销商能用它来糊弄应付我们的核查，关键时刻我们也能用它来反攻倒算！”

夏雷这才明白过来，孔生是想诱导经销商夸大虚报 Sales Out 数字，虚报之后，账面库存就会相应减少。如果少到没有账面库存，就算是勾销了孔生之前的寅吃卯粮。想到这里，他问孔生：“可是怎么才能让分销商心甘情愿虚报数据呢？”

“毒药都是要配上蜂蜜的，我们画个圈，让他们自己往圈里跳。”孔生吐了一个烟圈，“下个月我们就把进货价上涨 10%，然后根据 Sales Out 的出货统计，给予代理商 20% 的达成返点奖励。20% 的返点相当于利润率翻两倍，如果你是分销商你会怎么做？”

“这个诱惑的确不小。我如果是分销商，可能会多多虚报销量，把这 20% 的返利先拿到手，入袋为安。”

“虚报数据难吗？”

“不难。数据么，无非就是盖了公章的发票复印件，分销商自己动动手就能虚报。”夏雷说。他每月都要审核统计这些数据，经常看到有分销商虚报，只要不太过分他都不管。

“如果是你虚报，你想拿几个月？”孔生问。

“我恨不得每个月都拿。”夏雷笑笑说。

“对！这就是人性，贪婪让人上瘾。”孔生又点上一根烟，“分销商连续翻倍虚报三四个月 Sales Out 数据，账面上的库存就会大幅度降低，甚至清空！”

“如果账面库存清空，我们也就卸掉了饱和库存的包袱。”夏雷顺着孔生的思路往下推测，“到时再更换分销商重起炉灶，新入场的分销商就不必接手库存，我们就可以再给新分销商摊派压货了。”

孔生想考考夏雷的推理，问：“如果我们金蝉脱壳了，而那些真实库存就只能烂在分销商的仓库里，分销商会哭闹吗？”

“我想不会，毕竟虚报的出货销量都是他们自己盖章确认的，他们总不能举证自己弄虚作假。”

“对，他们是自作自受，搬起石头砸自己的脚。我们赌的就是人性，贪婪是人性的一部分，作茧者难免自缚。”

“那我算算这部分的增量。”夏雷掏出了纸笔，“假如全国范围都换一茬老分销商，消灭一批账面库存，差不多半年时间就能增加 40% 的进货增量。”

“也不是要你把全国的分销商都换掉。”孔生笑了笑说。

夏雷这才想起，江浙沪一带的分销商和老板孔生是旧交，应该有利益输送。对于这部分分销商，孔生会暗地知会他们避开这个死亡接力游戏。

“有些区域搞不好就得换两茬分销商？”夏雷担心地问。

“来得及就换两茬，动作快一点，不要有妇人之仁！”孔生掐灭烟头说。

谈话到了这儿，夏雷彻底搞懂了孔生的算盘：把库存包袱甩给老分销商，转嫁风险之后再分手另起炉灶，重新一轮压货。孔生不愧是商学院出身，把产品实体营销换成了金融界的击鼓传花套路。只不过他传的不是花，而是定时炸弹。这个陷阱的布局简单而阴险，合法性也是无懈可击。

夏雷端起啤酒杯，毫无知觉地喝了一口。他能预想到此举一定会重创公司的信用，多年合作的分销商伙伴会被坑得吐血，整个产品价格体系也会失控，耕耘多年的市场口碑一败涂地。但另一方面，他也能想象到，在年终述职的时候，瞒天过海的孔生会向亚太区老外讲述一个虚拟的丰收故事。想到这儿，他忽然感到胸腔不适，剧烈地咳嗽了几声。

“今年必须完成这45%的增长任务。”孔生举起酒杯说，“年底总经理可能要退休，目前董事会支持我接任的呼声最高，我不能坐失这个机会。等我接下总经理的位置后，会把所有事业部的业务打乱重组，你明白的。”

看来孔生早算好了赌局，打乱重组的重点不在于“重组”，而在于“打乱”。只有打乱才能把水搅浑，把旧债窟窿掩盖，把从前的危机泡沫冲销、转移。“预先恭喜您更上一层楼！老板！”夏雷脸上勉强露出假笑，跟孔生撞了一下酒杯。

“今天来找你喝酒，还有一件大事要庆祝。”孔生适时亮出了收买人心的胡萝卜，“你的留才奖金，我帮你争取到了，流程已经走到了财务部，下个月随工资到账。”

这可是天大的福利，夏雷连忙站起来，双手合十表示感谢。

亮完了奖金胡萝卜，孔生又亮了一下大棒：“公司内部有人说我爱拉山头搞小圈子，没错，我就是喜欢水泊梁山，活着，大伙就要一起打劫一起吃肉，死了，大伙也要坟头挨坟头。”

前有利诱，后有威逼，夏雷知道自己别无选择，只能被孔生捆绑，他举杯跟孔生说：“老板您放心，我心里有数了。”

“成交！”孔生对自己的部署很满意，他将杯中酒一饮而尽，“好好干吧，夏雷，早日搬出颛桥，换个市里的大房子，加油！”

送走了孔生，夏雷继续留在衡山路，他等着晓丹赶过来会合。按习惯，每个周末的晚上他们都会约会逛街。

等到晓丹走出了衡山路地铁口，夏雷迎上前，拉着她走过马路。

“你和孔生吃过了吗？”晓丹问。

“没吃，主要谈了点工作。”

“怎么到这里谈工作？”晓丹问，“希特勒才在啤酒馆谈工作搞政变。”

“差不多，孔生找我谈的还真不是什么阳谋。”夏雷说，“但愿都是马歇尔计划，永远得不到实施。”

“哦？什么阴谋？”

“逛街就不谈工作了，别影响心情。”夏雷说，“对了，今天小满给我打电话了，他让我们有时间回去再看一眼，工厂很快就要搬迁，西铁城以后就要废弃了。”

“唉，没想到工厂还是走到了这一步……”

两个人边走边找餐厅。此时的衡山路酒吧街上，华灯初上，四下都是红男绿女的浮华世界。

最后他俩在一家餐吧的靠窗餐位坐下。等点完菜，晓丹高兴地说：“一个好消息，我父母的一大笔存款就要到期了，爸爸说银行卡就交给我们，房子由我们自己选就好了。”

“好是好，可是我颛桥的老房子还没挂出去卖呢！”夏雷说。

“那就不卖了，留给你爸妈继续住吧，爸爸给我的钱是七位数，足够新房首付了。”

“太好了，今天真是一个好日子！我也有一个好消息，孔生帮我申请的留才奖快发下来了。”

“留才奖是什么？”

“是公司留住优秀员工的福利手段，第一期二十万，但要我签协议两年内不得辞职，否则就要退还给公司。”

“是不是这样一来，猎头就很难挖动你跳槽了？”

“除非下一家公司肯出这二十万，但一般公司做不到。”

“这个留才奖比期权实惠，真金白银先发给你入袋为安，对吧？”

“对，很快就到账，扣税有点多，不过还是很实惠的，”夏雷说，“加上你爸妈的帮忙，我们终于可以看看长宁的新盘了。”

“现在的房子……唉，我出国前，中环还不到一万块呢。”

“我来上海上学那一年，古北的商品房才四千块，浦西还没盖好恒隆，浦东的金茂刚刚封顶。”夏雷也说。

“给你讲个今天的故事，”晓丹想起发生在自己身上的笑话，“我总去单位楼下的7-Eleven超市买东西，一个认识的收银老阿姨今天忽然问我有没有男朋友，我开玩笑问她是不是要给我介绍，老阿姨说，对啊，我儿子蛮不错的，小姑娘你要不要见一见。”

“我赞成见一见，万一是个帅哥呢。”夏雷一脸坏笑。

晓丹瞪了他一眼，继续说：“老阿姨讲，小姑娘你别看我在超市打工，其实我是闲得没事来散心，我家里面三四套老房子动迁，多少钱你晓得伐啦，八位数！”

“这么好？你帮忙再问问老阿姨，她还有没有女儿待嫁？”夏雷显出急迫的样子。

“老阿姨说她有一个五十多岁的女儿，更年期才过。”晓丹也装出很认真的样子。

“我才不要更年期的！”夏雷没憋住，笑得眼泪流了出来，“我还想要生儿育女，传宗接代呢。”

转眼到了三月中旬，阴冷的冬季终于过去，上海街头的迎春花和樱花次第绽放。

夏雷去虹桥火车站接严总两口子。他先把严总的包接过来背在身上，然后挽着严妈妈边走边说：“晓丹过一会儿就赶过来，我刚预定好了一家日本料理，我们先去饭店等她。”

严总建议说：“换一家吧，我倒是好久没吃东北菜了。”

夏雷说：“也好，我常去一家东北餐馆吃饭，只是环境很一般。”

严总说：“没关系，东北菜要是做得精细就没味道了，我们就是吃家常菜才过瘾。”

等到了饭店，严总也不等晓丹来，就端起菜单开始点菜。

严妈妈跟夏雷解释：“你严叔叔以前在东北总惦记苏州菜，可是回到苏州后，又时常念叨东北菜。你说奇怪不奇怪？”

“这没什么好奇怪的，”严总放下菜单，扶了扶老花镜说，“主席是湖南人，在陕北革命了十几年，他老人家建国后唯一一次下饭店，是去北京新街口的西安饭庄，吃了一碗陕北的羊肉泡馍。我在西铁城生活了二十几年，口味变化也很正常。”

“听说西铁城很快就要搬迁了，要不，叔叔阿姨我们回去看一眼？”夏雷说。

“工厂早就该黄了，能坚持到今天也不容易，”严总摇摇头说，“这次我们就不回去了，你和晓丹抽空回去看看吧，记得多拍些照片拿回来。”

三人等待上菜的工夫，晓丹也赶到了饭店，她刚一进门就要跟爸妈亲热。严总拦住说：“晓丹把包房的门关好，我有话要跟你和夏雷讲，讲完我就可以放松喝酒了。”

等晓丹关上房门，严总从皮包里取出一张银行卡，交给夏雷说：“这是给你和晓丹买房子的首付钱，多不多少不少，七位数，你们两个要保管好。至于房子，我和你阿姨就不帮你们看了，你俩自己看好就行。我的建议就是，晓丹要多听夏雷的意见，大事上让夏雷拿主意！”

“爸爸你真偏心，我还没摸到银行卡，你就交给夏雷了？”晓丹开玩笑说。

“夏雷是我和你妈看着他长大的，怎么能不放心？当年人家要不是为了帮你中考，现在早就清华北大留校了。”严总说。

夏雷要站起来跟严总行礼，被严妈妈拦住：“一家人客气什么，今天不要行礼，陪你严叔叔把酒喝好就行！”

“嗯，我的话讲完了，现在可以放松跟夏雷喝酒了，”严总说着把茅台酒包装拆开，举起瓶子看了看瓶封，“闲说一句，你们都不知道，最早的茅台酒瓶封用的是木头塞子，后来有段时间用过我们厂的红皮子胶帽。”

“可惜啊可惜，西铁城这么多年只有一个好民品，还被淘汰了。”严妈妈也说。

“严叔，您刚才讲的西铁城早就该黄了是怎么回事？”夏雷问道。

“这个得说回好多年前，当时国防工委提出全国三线工厂的调整计划，停产一批，迁址一批，合并一批。本来我们厂子是在关停并转名单里的，几个厂领导想办法往后拖了拖，才让工厂延续了几年。不巧的是，去年的洪灾终于成为压死西铁城的最后一根稻草。”

“我记得小时候工厂也经常发洪灾，只不过很快就开始了重建，大喇叭总是广播重建家园，抗洪模范什么的。”

“在计划经济时代，我们厂的使命是备战，所以重建都是不考虑成本的。一九七六年地震后那次重建，我也抡过镐挥过锹，担过扁担提过土篮，西铁城就是我们一砖一瓦垒出来的作品。”

“那个年代，你爸爸工作起来都不要命的。”严妈妈侧头跟晓丹说，“等完成了对越反击战的生产任务，我和你爸爸才商量生个小孩，这才有的你。”

“啊？没想到对越反击战和我居然还有联系。”晓丹惊讶地问。

“当然有联系，”严总说，“你看看西铁城厂第二代有多少人名字叫援朝援越，第三代有多少人叫璐璐，这些都是时代的印记。西铁城好几代人以厂为家，这里面有很深的情感依托。工厂这么一黄，大家肯定都发蒙。”

“我可不希望西铁城废弃，那样的话，我就没有故乡了。”晓丹喟然说。

“是啊，人非草木，孰能无情，”严总也感慨说，“我在西铁城二十三年，壮年都留给了军工厂，我也舍不得工厂黄掉。”

四月份，孔生按计划张开了猎网。刚进月初，他就授意夏雷将返点奖励通知发给各地的新分销商。

夏雷替这些分销商担心，但他又不想辜负孔生的信任，只能作壁上观各地分销商的反应。等到月底，关于终端销售的 Sales Out 统计数据陆续出来了。果然，每个分销商都是超额完成月度任务，最夸张的达到了 300% 的超额。

夏雷给几个大区经理打电话调研实际情况。大家都反馈说实际上不可能有 300% 超额，甚至超过 50% 都达不到。最重要的市场促销、政策利好和政采大单这三样天时地利全没有，关上门来讲，到底有没有增长都不好说，遑论什么 300%。

放下电话，夏雷心里明了：这些自作聪明的分销商已经走进了伏击圈。庞氏骗局来到世间近百年了，花样翻新不断，各种造林养殖借贷养老，不变的诱饵就是让人相信高额回报的合理性。孔生说得对，贪婪是猪油，蒙蔽聪明人的心。

到了周末，夏雷和晓丹相约去看楼盘。

售楼处的接待厅里坐满了看房客，连自助咖啡都告罄。售楼小姐每次只带五个家庭参观样板间，其余人则在楼外排队领号等候。夏雷和晓丹坐在临时增加的座位上等着叫号。夏雷呆坐着，眼睛发直，一声不吭。看见他情绪不太饱满，晓丹就问："是不是你觉得新盘的房子太贵了？"

"倒不是这个原因，是工作上遇到了问题。"

"是上次你提到的那个问题？"

"嗯，我觉得孔生的想法不在正路上，"夏雷边说边摇头，"他不求实干只想玩销售泡沫，而且……有点不择手段。"

"你们实体行业怎么能玩出泡沫？"晓丹不解地问，"那不是金融圈才玩的吗？"

"孔生是个做局高手，他的促销方案跟华尔街的金融骗局差不多，"夏雷说，"分销商赚时一粒豆，亏时一栋楼。"

"那分销商会不会察觉到这是个陷阱呢？"

"我一看这个月的销售数据，就知道他们全中招了，金融圈带来的玩法向来都是杀人不见血，他们肯定从没见识过。"

"那……这件事和你的职责有多大关系？"

"孔生需要我在商务上的配合，我是名义上的操刀人。"

"要是你拖着不配合呢，能拖多久？"

"孔生上次在衡山路已经把窗户纸捅透了，胡萝卜也给了，大棒也预备好了，我不干就会被挤走，很快。"

"那……就换一家公司。"晓丹建议。

"不可能换。"夏雷摇摇头说，"其他公司不可能给我这么好的职位和待遇。再说，要跳槽的话，我还得退回那二十万的留才奖。”

“有没有折中的办法？”晓丹也跟着发愁。

“可惜没有。”夏雷叹了口气，“孔生信奉路易十五的那句话：‘我死后，哪管它洪水滔天。’他是铁了心要杀鸡取卵，马上就会动刀。”

“先别着急，再想想看，也许船到桥头自然直呢，”晓丹安慰说，“大不了你辞职，我们晚点买房子。”

这时售楼小姐喊到夏雷手上的号码。他俩和另外四个家庭一起站起身来，跟在售楼小姐后面，气喘吁吁地爬上高楼的样板间。

八十平方米的三居室里一下子站了十几个人，顿时显得局促拥挤。夏雷看完房型格局，正在比量朝向和光线进深，售楼小姐就不耐烦地催促大家离开。他们这一组刚刚走出样板间，便听见售楼小姐大喊“下一组进来”，等在门口的十几个人又挤了进来。

“卖电视的还让换几个频道看呢！”夏雷一边下楼一边抱怨，“卖楼怎么就给看三分钟？”

“会不会是商家的炒作？没准看热闹的多，真正买的少呢。”晓丹说。

吃完午饭，他俩又走了两家新楼盘，每个楼盘都是人头攒动。两人开始感觉这景象不像是商家的炒作，更可能是房产的牛市渐起。最后，他俩一商量，都觉得房子再看下去也是大同小异，从地段上来讲，还是第一处楼盘更有优势，便决定明天就去交定金。

第二天一早，夏雷和晓丹带着银行卡赶到售楼处。售楼小姐已经忙得发髻都散了，她抱歉地告诉他俩，这一夜之间每平方米上涨了五百元。

“怎么会这样？”夏雷几乎不能相信自己的耳朵。

“这次真不是炒作。我也没必要给你看什么销控记录，你也没必要去交易大厅查备案，这些数据全可以掺水作假，要唬你们，你们也是防不胜防。”卖楼小姐说话的时候没啥表情。

夏雷和晓丹心里暗暗点头，这些应该是实话。

“现在是房市大盘向上走，我呢，卖谁都是卖，卖谁都挣一样的提成，说句实话，老板都没想到开盘就排队，准备的托儿都没用上，培训的话术也没用上。你们可能不信，老板一夜之间变脸，还要给我们售楼员降提成呢。”

“明白了，多谢指点！”夏雷掏出钱包里的银行卡，“来吧，刷定金！”

第三章
劝君更饮一杯酒

时间来到了六月份，西铁城历史篇章的最后一页。

这次的万人大厂搬迁，成为铁城市废品行业的超级嘉年华。收废品的大小老板悉数云集西铁城，据说累坏了一个收废品的大哥，突发心梗倒在了自己的三轮车上。厂区的各个家属区都自发形成了旧货市场，住户们倾巢甩卖陈年的家什：老掉牙的红灯牌收音机，苏式火药箱子改成的实木床，一摞一摞的全套《化工基础手册》。

小满领春春回到西铁城，他俩从旧货市场穿过，听见一群小孩在市场里边跑边唱："星期天的早晨白茫茫，捡破烂的老头排成行，队长一指挥，冲进垃圾堆，破铜烂铁捡了一大堆，风一刮纸一飞，捡破烂的老头满街追……"这可是小满儿时就熟悉的顺口溜，没想到竟然一语成谶，风光几十年的西铁城终于倒闭在破铜烂铁堆里。

小满和春春深一脚浅一脚地走进家属区。家属区满目都是颓败的气象：无人收拾的瓦砾和垃圾，阴暗潮湿的违建偏厦，探出半空的阳台厨房，楼间胡乱私拉的电线，摇摇欲坠的贴墙水管。与外面欣欣向荣的城市建设相比，这里几乎已经被世界遗忘。

楼间的变压器上贴着巨大的布告《严厉打击偷盗化工厂国有资产的犯罪活动》。小满看完刚转身，不巧和迎面走来的一个头缠纱布的人撞了个满怀。

“你是……小满？”白纱布男人问，“你这大神仙都回来了啊？”

“刘叔？”小满认出是工会群工部的刘部长，赶忙握手说，“工厂渡劫，我得回来看看，怕你们把我忘了。”

“你手续都办好了？”刘部长问。

“我总共也没几年工龄，手续简单。”小满望向刘部长的白纱布，“刘叔，你这咋还受伤了？”

“嗐，别提了，买断工龄政策下来后，有的工人不满意，让我这个群工部长出头领大家去上访，我说我就一个管发福利搞活动的职员，我有那个能耐吗？”

“对啊，您以前也就管管文体活动。”

“可不！他们要是有你这么明理就好了。当时我正站在椅子上拿着扩音器跟大家解释，一个工人冲上来把椅子踹翻了，我这脑袋就戗在水泥地上了，脑震荡，一摊血。”

“我听说工厂前段时间挺乱套，护厂队巡逻把警犬都牵出来了。”

“其实还算好吧。”

跟刘部长告别后，小满带着春春七拐八拐走到了家门口。小满一边开门一边开着玩笑：“亲爱的，我家可是贫下中农再教育基地，你要是后悔还来得及。”

“哪里哪里，看你窗前这几棵丁香树，吹进屋子里的风都是香气，这就是城里高楼没有的福利。”春春进了房间东摸西看，“好奇怪，你家的床板怎么涂着绿漆呢？”

“西铁城每家的床板都是这样，木料就是工厂的弹药箱子，防潮防虫特结实，比家具市场那些压胶薄板强多了。”

春春又端起小满的笔筒：“这个原来是炮弹吗？”

“对，57炮弹壳，”小满敲了敲筒沿，“听听，这就是覆铜合金钢的声音。”

两个人先擦掉了家具上的浮灰，再拾掇厨房。眼见油盐罐子都空了，小满就拎着篮子上了街。

街上只有大史食杂店还敞着门，师兄大史正在柜台里全神贯注地看电视剧《京华烟云》。这台黑白电视破旧不堪，频道旋钮早就不见了，露出的光溜溜螺杆被一个扳手卡住了。

“你换频道用扳手？”小满抻长脖子凑过去问。

大史这才抬起头，一脸惊讶：“小满你可算回来了，再不回来工厂就没了。”

“对啊，回来看看大家，”小满指着电视说，“我说师兄，你这电视连捡破烂的都不能收！”

“破席烂罐家中宝，我的手机更破，你肯定想不到。”大史说着掏出了一个手机套，里面是一块绿色的电路板，上面的覆铜镀锡都能看得清清楚楚。

“这还能用吗？”小满问。

“没外壳一样用，不耽误打电话，不信我给你打一个。”

“可别打了，我信。”小满摇摇头，“我给你跪下了，你赶紧换个新手机吧。”

“凑合用吧，”大史也摇摇头，“你是不知道这几年西铁城人有多穷……”

店里货架上没剩啥日用品，倒是摆了一堆锁头绳子和胶带。小满转了一圈货架才找到油盐挂面，他问大史：“干吗摆这么多锁头卖？”

“大伙总觉得还有机会回来，上了锁就说明家还在。”

“根本不可能再回来！断水断电，废墟没法住。”

“道理是这个道理，”大史点头说，“可大伙心里还是转不过来这个弯，算是个念想吧。”

出了大史食杂店，小满没着急回家，他拎着篮子在街上闲逛，看看会不会遇见熟人。他先走到台球社，推门一看里面空空如也，只剩下一张脏兮兮的球桌和满地烟头。

小满伸手拂了拂球桌绿呢上的尘土，想起从前呼朋唤友一起消磨掉的时光，曾经洋溢的戏谑欢笑和缭绕烟气。

而此一刻，只有他一个人。

“难道西铁城就这么黄了？上万人生活四十年的地方就这么消失了？怎么证明我们在这里生活过呢？”小满自言自语。

小满打电话给夏雷，问他和晓丹的到达日期。夏雷在电话那边说，得等请好年假才能订机票。小满说，订好了就早点告诉我，我要亲自下厨安排接风。夏雷说，何必这么麻烦呢？我们去城里找家饭店吧。小满说，不行不行，西铁城人得回西铁城吃饭，家乡的味道才地道。

放下电话，小满摊开了一张便笺，和春春商量接风的菜单。

“第一道菜当然是小鸡炖蘑菇，”小满说，“夏雷和晓丹在上海吃不到正宗的味道，据说外地的东北菜馆用白条鸡和香菇来糊弄食客，那味道怎么比得上溜达鸡和榛蘑？”

春春拿笔记下了。到了第二个菜，小满问春春：“亲爱的，你吃过雪绵豆沙没？”

“只听说过，没吃过。”

“没吃过雪绵豆沙的也不算东北人，这次我帮你补上这一课。”

两个人继续商量，定下来另外两个菜，一个是鲶鱼炖茄子，一个是尖椒炒拉皮。

“四个菜，还差一个汤。”春春说。

“那就老黄瓜种蛋花汤吧，这可是快要失传的年代汤。”小满说，“溜达鸡和老黄瓜种，前楼胡师傅家里就有，咱们这就去看看。”

胡师傅曾在子弟中学当过校工，他家一楼小院里散养了几只鸡，每天天不亮就打鸣。

走到胡师傅家大门口，小满推门就进。春春拉住他说：“你怎么不敲门，多没礼貌。”

“我们西铁城白天都不锁门，楼前楼后都是熟人，几十年都这样。”小满说。

正巧胡师傅在小院里拌鸡食，一群芦花鸡抻着脖子在等。小满进院就问：“胡师傅您搬家，这鸡能带走吗？”

“猫狗能带走，鸡鸭带不走，过几天就杀了吃肉。”

“给我留一只活的吧，我有个最好的朋友过几天要回厂。”

“是你们那届的高考状元吗？”胡师傅问。

“对，您真好记性！”

“怎么不记得，这孩子那年出走的时候，全厂的大喇叭广播寻人，几十人晚上打着手电找他，我当时值夜班，也把教室挨个找了一遍。”

“胡师傅，小满还有一个同学叫严晓丹，这次也回来。”春春在一旁忽然插嘴。

“严总的宝贝闺女？嗯，她我也记得。”胡师傅打开了话匣子，“这姑娘摊上了个好爸爸，严总可是工厂最聪明的，当年神不知鬼不觉提前办好了调令，等孩子高考一结束，一家子就马上跑去苏州上班了。有人说他在苏州开了一家过账公司，工厂后期的钱都去苏州转了一圈才回来……”

“那个……咱说点眼前的吧，”小满赶紧打断，“胡师傅你家下一步准备搬去哪儿？”

“其实我哪儿也不想去。”胡师傅叹了口气说，“我都七十多了，拿厂当家五十年，就想老死在西铁城。自从咱厂在黑龙江点火投产，到三年困难，再到搬迁辽西再建厂，‘文革’、地震、爆炸、洪水，我这一辈子都跟着工厂走，千难万险都没掉队，没想到最后队伍就这么散了。像我这批建厂的老战友，过世的上百人都埋在后山了，你们说，西铁城厂是不是我的家？”

万人大散伙，是西铁城人生老病死之外经历的最大变故。工厂五千户家庭有的被合并去其他军工厂，有的被安置去沿海城镇落户，还有一部分选择投亲靠友，从此散落全国各地。在搬迁之前，成百上千个家庭来到厂机关楼前，在毛主席塑像下拍全家福。

三十多年前，这座铝制塑像随着职工一起南下迁到了新厂西铁城。当年意气风发的建厂小伙子们在塑像新址前留影，把照片寄给远在北方的亲戚。三十多年后，小伙子们已成了满头白发的爷爷，离开西铁城之前，他们领着全家在主席塑像下最后合影，一旁是相濡以沫半辈子的老伴，身后是开枝散叶的儿孙。

除了合影，还有很多人来塑像前献花告别。小满也陪着佟老师老两口来献花。佟老师和徐老师两个人三十多年前师范毕业，分配到西铁城中学，工作恋爱，结婚生子，临近退休却赶上了西铁城大散伙。在塑像下，徐老师摘掉帽子鞠了一躬，喃喃道：“主席您当年说过，没有三线建设您就睡不好觉，如果三线建设没钱，你宁愿捐出稿费。

现在国际环境变了，时代发展也变了，咱们三线工厂跟不上形势，我们也要离开这里了，今天来最后看一眼您老人家！再见！”

佟老师和徐老师要搬去沈阳投奔儿子。小满帮老两口整理出好几箱子的经年老物件，光是书本就有上百本。徐老师儿子打来电话，说要轻装简行：“缝纫机就别带了，大城市根本用不上。洗衣机也不用带了，现在没人用老式洗衣机，坏了都没地方修理，枕头也扔了吧，现在都睡乳胶枕头……总之，旧的不去新的不来。”

徐老师在电话这边不同意：“我不想要新的，我就睡我的荞麦壳子枕头舒服，不想要什么乳胶枕头！”

儿子那边不高兴了：“你和我妈这是迎接新生活，别弄得跟逃荒似的，甩掉历史包袱才能前进！”

徐老师“啪”地挂掉电话，转身跟小满发牢骚说：“我儿子看什么都是历史包袱！等这小子变老那一天，没准还赶不上他老子我！”

小满帮佟老师和徐老师老两口重新打了包，然后又赶去丁师傅家帮忙。

丁师傅说，家里能卖的破烂都卖完了，其余的也打包好了，只是这一走，还有点儿舍不得西山上埋的那些工友，想改天去祭奠一下。小满说，正好我们一道去，我给爷爷奶奶上个坟。丁师傅说，你回城帮忙买点烧纸。小满说，我带些白菊花来吧，花店里有得是。丁师傅说，那就花也带上，烧纸也带上。

几天后的一个下午，小满拎着一袋子烧纸和白菊花，会上丁师傅带了几瓶边疆白酒，一起爬上了西山。

西山的向阳坡是工厂公共墓地。小满找到爷爷奶奶的墓碑献上了一束白菊花。丁师傅说："献花归献花，烧纸也不能缺。"小满就用树枝在地上画了个圆圈，准备点火烧纸，丁师傅又指点："坟前烧纸不用画圈，烧完了要磕头。"

等小满这边祭奠完，丁师傅已经在墓地走了一圈，回来说："这一圈看过来，有十几个墓我都得拜拜。本来都快忘了的老同志，今天一见到名字就又想了起来。小满你把烟给我，我在每个坟头点上一根，就当是跟他们打个招呼。"

小满把一盒烟交给丁师傅，跟在他身后。丁师傅在坟间走来走去，又是点烟又是倒酒，指点说这个是老车间主任，那个是老段长，这个是同期入厂的战友，那个是当年的师弟。走到最后，丁师傅一屁股坐在地上大哭："老哥们儿啊，不好意思，厂子黄了，活人撤了，只留下你们待在山沟里……"

"人是清风肉是泥，师傅你别难过了。"小满劝丁师傅。

"怎么能不难过呢？"丁师傅老泪纵横，"小满你看到的是一个一个不认识的墓碑和名字，可我看到这些名字，想到的是一个一个大活人，总觉得他们好像昨天还在，上个星期还一起打过篮球。"

日头西斜时，师徒二人这才动身离开。没走多远，丁师傅停下了脚步："哎呀，我把一个小兵给忘了，咱们得回去跟他告个别。"

"这儿怎么会有军人的坟？"小满问。

"当年要修通工厂的战备铁路，开山时一个工程兵被飞石砸死了，就埋在咱们工厂的墓地。"

两个人于是又返回墓地，找到了工程兵的墓碑。丁师傅拂了拂上面的尘土，露出几个刻字："沈阳军区七〇三工程因公殉职"。

"这个七〇三是啥？"小满问。

"就是咱们西铁城建厂的工程代号，当时是保密工程。"丁师傅边说边蹲下去看碑文，“喏，这碑上写着，小兵老家是四川的，死的时候才十八岁。”

“这么小啊，太可惜了。”

“是啊，还是个孩子，”丁师傅从小满手里抽出一枝白菊花，“就不给小孩献烟酒了，送他一朵白花吧。”

小满第二天睡到中午才被手机铃声吵醒。打电话的是王东东，要约他和小白晚上一起吃烧烤喝酒。

“我都连上轴了，”小满趴在被窝里伸懒腰，“昨天和丁师傅上坟回来喝了不少，要不改天？”

“就今晚吧，咱们三个少喝多聊。”王东东在电话那边说。

“好吧，就这么定了！”小满答应后把手机一合，准备赖床再趴一会儿。这时手机又响起，是春春打过来的。

“懒虫，昨晚在丁师傅家你喝了多少？”春春在电话那边问。

“是喝多了一点儿，”小满说，“过几天师傅就要搬回黑龙江了，往后没啥机会见面了。”

“我知道这几天你应酬多，记住一定要少喝，早点回来。”春春在电话那边叮嘱。

“遵命！今晚最后一顿酒，明天就回去。”

夜幕降临，西铁城街道上黑乎乎的没了路灯，只有几个烧烤摊子生着炭火，冒着白烟。拾掇一天家当的人们，晚上出来和三五好友在路边摊上喝顿散伙酒，有人喝哭了，也有人吵吵闹闹摔酒瓶子。

王东东和小满坐在关师傅的烧烤摊上等小白。几年没见，小白变得更胖了，夜色里远远地看见一张大白脸走过来。

“你怎么胖成这样，腐败啦？”小满见面就问。

“这一年没正经班上，成天吃了睡，哪能不胖？”小白说。

“咱技校的同学都怎么分流的？”小满开了一瓶啤酒递给小白。

“一多半同学买断了，一少半跟我一样，跟着生产线合并到辽东厂。”

“听说那边的厂子离城区不太远。”王东东问。

“也是山沟，家属去了也不好找工作，搞不好就得两地分居。”小白说，“对了，东东你买断后下一步干啥？”

“我准备去海南开出租车。”

“这也太远了吧？”小白惊讶地问。

“这你就不懂了，三亚有好多东北人。”

“算了，先不说这些了，咱哥仨先干了这杯！”小满举杯说，“月儿弯弯照九州，几家欢乐几家愁，不管是去辽东，还是去海南，都是背井离乡的人。西铁城这么一黄，我他妈的心里不好受。”

“我也不好受。”小白举杯说，“想当年都是好人好马才能上三线，父母一代都讲觉悟，组织一声令下，工厂就钻进了山沟几十年，结果呢，就像是最听话的长子，混得却最穷酸。”

“虽然咱厂子穷了，倒闭了，但咱们西铁城人不是丧家之犬，咱们顶天立地过！”王东东举杯说，“西铁城厂，牛×，光荣！”

“牛×！光荣！”三个人一齐撞杯再饮尽。

他们刚放下杯子，忽然听见身后有人问：“同学们，你们自己顾着喝酒，怎么忘了老师？”

三人回头一看，正是戴老师和他爱人。戴老师拎着酒瓶子，哆里哆嗦直打晃，一看就是喝多了。他爱人搀着他，跟小满解释：“你们戴老师在旁边的酒局刚喝完，正巧又看见了你们。”

小白和王东东赶紧扶着戴老师坐下，小满给他斟上一杯酒。戴老师举起杯子一饮而尽，又要倒酒。

“老戴差不多了，说说话就行了。”爱人劝阻说。

“劝君更饮一杯酒，西出阳关无故人。”戴老师摆摆手不听，卷着大舌头说，“来来来，都满上！”

小满只得又给戴老师满上酒。

“一当老师十五年，子弟学生成百千，往后桃李难再见……我下周就要去外地私立学校打工了。我最听话的学生小白，最不省心的学生王东东，最不爱听课的小满，我们以后可能再也见不到了，我心里特别难过。”

“戴老师，其实我最喜欢听您的课，您教的我都记得。”小满赶紧宽慰戴老师。

“好！那小满你就给我背一首余光中的《乡愁》吧！”

“我试试，”小满绞尽脑汁地回想，“小时候，乡愁是一张小小的邮票，我在这头，母亲在那头……”

“好，继续背！”

“长大后，乡愁是一张什么火车票……”小满实在想不起来了，“得了，我自罚一杯。”

“也不怪你们记不住，当时你们是少年不识愁滋味。”戴老师说，“今晚我再教你们另外一首乡愁诗，你们愿意学吗？”

“愿意！”小满三人奋力鼓掌。

“好！等到你们人生过半的时候，就会知道什么叫安土重迁。”戴老师说着站起来，张开双臂开始朗诵，“葬我于高山之上兮，望我家园；家园不可见兮，只有悲泣。葬我于高山之上兮，望我故乡；故乡不可见兮，永不能忘……”

第四章
四人晚餐

夏雷把《分销商奖励统计表》整理完毕，交给孔生过目。

孔生仔细看了一遍，给虚报明显的分销商画上蓝圈，再把保守观望的画上红圈："下个月，我们要有更多的蓝圈，争取消灭红圈。"

夏雷点点头，他知道分销商们已被返点奖励的诱饵吸引到了赌桌上，或多或少抛出了第一批赌注，但庄家孔生嫌少，想诱导他们下个月抛出更多的赌注。

"第一期的奖励返点是 20%，对吧？"孔生自问自答，"看这情形，第二期需要调整了。"

"那就加大力度，把第二期改成 25%？"夏雷问。

"恰恰相反，要改成 15%！"孔生往椅子背上一靠，摇着手说。

"怎么能调低奖励？"夏雷怀疑自己听错了，"调低后他们就不会再踊跃了。"

"不要看数字，要看数字后面的逻辑，看释放的信号。"孔生转了转手上的记号笔，"很简单的道理，大家都是在判断预期。第一期已经是 20%，如果第二期是 25%，那分销商就会心想第三期会不会是30%，越往后越有利，反而在第二期就不着急加注了。”

“反过来，第一期是20%，第二期变成15%，大家可能预判第三期会是10%，越往后越利薄，不如干脆就在第二期把筹码全交割了。”夏雷顺着孔生的思路推论说。

“对，追涨杀跌。”孔生说，“商场上的博弈，赌的就是人性，很多饥饿营销也是这么玩的。”

“听您这么一说，我想起了新楼开盘，上周我去看房子，售楼小姐只让看了三分钟就把我们赶走了，莫非是在搞饥饿营销？”

“具体问题还要具体分析，”孔生建议说，“你先看大盘和政策，很快上海就要限购，这是根本的原因。对了，你买房可要抓紧，好多消息灵通的专业炒家都在囤积房源。”

“谢谢老板指点！”夏雷佩服孔生的洞察能力，很多问题上孔生一眼就能看到本质。

临近工作讨论结束，夏雷最后说:“老板，我想下周把年假休了，最后回一趟老家。”

“为什么是最后一趟呢？”孔生不解地问。

“老家的军工厂破产了，很快就要被废弃，职工正在分流搬迁，”夏雷说，“我最后回去看一眼老师同学，还有一起长大的朋友。”

“看出来了，你很讲情谊的，”孔生说，“那就尽快休假吧。”

订好机票后，夏雷和晓丹去商场给小满和春春买礼物。两个人逛得累了，就在水吧里坐下喝果汁，歇歇脚。

“最近工作上顺利吗？”晓丹问夏雷。

“倒是不焦虑了。”

“怎么？孔生的坑人计划搁浅了？”

“正相反，计划进行得很顺利。”夏雷说，“我觉得孔生看问题的角度很准，之前可能是我误解他了。”

“完了完了！斯德哥尔摩综合征。你浸淫阴谋太久，反而觉得合理。”晓丹担心地说。

“我觉得，孔生的方案首先是合法的，他只是利用人性的弱点，这一点可以理解为商业技巧，兵不厌诈，愿者上钩。”夏雷解释说。

“看来，我要不把你拉出来，你就真的陷进去了。”晓丹笑着摇摇头。

“不如这样吧，我们两个模拟一下辩论，我站在孔生的角度，看看能不能说服你。”夏雷喝了一口西瓜汁润润嗓子，“辩论题目就是：合法的商业行为要不要加入道德判断。”

“好，放马来战。”晓丹举起吸管，“杀你个片甲不留。”

“首先说，如果只讲道德判断，那不如回到中世纪的教条时代。饥荒、火刑、十字军东征、黑死病……正是商业的发展，才有了文艺复兴和现代文明，才有了楼上楼下电灯电话。所以说，有了商业，才有人类进步。”夏雷说。

“哇，夏雷你行啊，辩论的开局这么大？”晓丹感叹道，她想了想又说，“那我举个简单的反例，鸦片战争和奴隶贸易，怎么说？”

“好吧，这轮算我输，”夏雷很快就投降，“请对方辩友陈述。”

“你看，莎士比亚的《威尼斯商人》里，没道德的高利贷商人是被全社会谴责的，”晓丹陈述道，“弱肉强食的社会达尔文主义，早就被批判无数次了，好的商业必定不作恶。”

“这个也不矛盾，其实是两个范畴。在生死温饱这个范畴里，讲道德无疑是正确的，但是温饱之上如何吃好穿好，是在发展问题的范畴内，讲的是能力和竞争。商人在商业问题面前就是商人，不是圣人，不能像宋襄公一样假仁失众。”

晓丹想了想，让了一步说：“这场辩论的基调，如果拔高了就是圣母，放低了就是动物，最终还是因人而异吧。”

“怎么叫因人而异呢？”

“具体在孔生这件事上，你就依照自己的本性选择吧，只要你能合理自洽就好。”

夏雷听懂了，他叹了口气，说：“立场决定观点，如果我不是其中的受益者，可能我也不会为孔生辩护。”

“你也可以选择退出这个游戏。”

“不能退啊，新房子还要还贷款呢。”

“那咱们就不住大房子，小房子我也能住，住得心安理得。”

“嫁给我的人怎么能住小房子？”夏雷说，“住得不好，就是最大的不自洽。”

喝完了果汁，两个人沉默了一会儿，都觉得对方论点也有道理。到最后，晓丹收场说：“算了，别辩论了，咱俩歇歇脑细胞早点休息，明天还得长途跋涉呢。”

夏雷也点头说：“照理明天才回西铁城，可我现在就觉得近乡情怯了！”

第二天中午，夏雷和晓丹的航班降落在沈阳。他俩出了机场就赶往火车站，到达铁城时已是下午四点。站前广场正有出租车司机招揽并客。晓丹上前讲价：“去西铁城，六十元包车好不好？”

“不行，咋也得七十。”

“干哈七十啊？”夏雷拨开晓丹，换成西铁城厂口音，“俺们这是要回家，就六十，走不走？”

"OK，走！"

等车开进西铁城厂界，从车窗望去，街道上行人稀疏，店铺全是关门，很多楼房窗户的玻璃已经破碎了。虽然他俩早有准备，可心里还是泛起一阵阵苍凉。

"我回来了！"晓丹禁不住开始流泪。

出租车转了两个弯，路前方站着迎候他们的小满和春春。晓丹抬起眼盯着越来越近的小满——曾经的恋人今天头发有些蓬乱，一条白毛巾系在颈上，风霜已给他的脸上平添了些许皱纹，好在微笑还是和从前一样亲切。想起这些年小满经历的孤独坎坷，晓丹连忙用指节轻轻抵住自己的眼角，不让眼泪再次滑落。

等车停了下来，夏雷先下车和小满热烈拥抱，又转身挽着晓丹下车。小满上前握住晓丹的手，侧头问夏雷："我多握一会儿，你没意见吧？"

"罚款罚款！"夏雷笑着说。

"罚款你得有收据！"小满也开玩笑，回身把春春介绍给晓丹，"我家主公，春春。"

"晓丹姐姐好！"春春兴奋地伸手拉住晓丹的手，"你可是比照片上还要好看呢。"

"哪里哪里，看你这张少女脸，多让我羡慕啊。"晓丹搂着春春的腰说。

四个人说说笑笑走进小满家，厨房里已经提前炖好了菜，鱼和鸡都在锅里飘香。晓丹自告奋勇系上围裙，切好拉皮和尖椒，然后和春春一起看夏雷和小满做雪绵豆沙。

打蛋泡糊是雪绵豆沙的第一道工序，小满家里没有打蛋器，就用筷子代替。中间春春上手试了试，没到一分钟就手腕酸麻。"打蛋清得一气呵成不能停，否则容易泄水。”小满边说边撒生粉，继续搅打直到蛋清变成半固体的蛋泡糊。这边夏雷已经把豆沙搓成了元宵大小的丸子，递给小满蘸上蛋泡糊，放进油锅里小火慢炸，直到蛋泡糊均匀膨大成雪绵。

“这道菜可是夏叔叔亲手教我的。我从小没少去夏雷家蹭饭。”小满跟春春说。

“想当年小满在我家摆折叠桌的速度，世上第一快！”夏雷笑着回忆。

“想当年小满的书包里不一定有钢笔，可一定会有筷子。”晓丹也笑，“那时我们都叫他西铁城之子。”

全部菜肴都摆上了桌，春春帮大家斟上酒，她问夏雷：“小满说你俩初中就偷着喝白酒，有这事儿吗？”

“有，我记得是初二吧，对了，就是在这张桌子上。”夏雷说。

“你们那时有下酒菜吗？”晓丹问。

“好像没有菜，是拿什么下酒来着？”夏雷想不起来了。

“给你个提示。”小满站起身去晃了晃房门。

“核桃！对，是核桃！”夏雷恍然大悟，“那年冬天我和小满用房门挤了上百个核桃，把门合页都整松了！”

“君回故乡来，当饮故乡酒，”小满举起酒杯，提议，“来来来，第一杯，敬给我们从前的时光！”

晚饭后，小满陪夏雷去第一家属区看老房子，留下晓丹和春春在房间里休息敷面膜。

小满房间的家什摆放和从前没啥变化。晓丹在书架上找到了小小的地球仪，那是她送给小满的礼物，底座上的刻字“高一二班麦哲伦赠”依然清晰。

春春也凑近看地球仪，好奇问：“这个麦哲伦是你们同学吗？”

“麦哲伦就是我啊。当年我送给小满和夏雷一人一个，约好了长大一起环球旅行。”

“你们从前好浪漫啊，小满都没提起过。”

“可能是小满他自己也忘了吧。”

“晓丹姐，能不能冒昧问你一个问题。”春春欲言又止，最后还是说出了口，“你从前真的喜欢过小满？”

“是的。”晓丹笑笑说。

“如果时光能倒流，你还会不会和小满分开呢？”

“我想也会的。”

“我再冒昧地问，那个时候，你为什么喜欢的不是夏雷哥？”

“傻妹妹，时间不一样，心境也不一样，”晓丹刮了一下春春的鼻子，“只要你每一次的喜欢都是发自内心的真诚，这就足够了。”

“时间真的会让人改变这么多？”春春惆怅地问。

“会改变很多的，当然，也改变不了全部。”

小满和夏雷骑车穿过空旷的西铁城。马路上已经没有了路灯，夏雷举着手电筒，一边蹬着脚踏一边问小满：“你和春春有没有谈婚论嫁？”

“春春还小，我再等等。”

“你们是怎么开始的？”

“说来奇怪，见到春春的第二面，我就觉得除了喜欢，还有怜惜。”

“为什么呢？”

“她的处境别人不能理解，我却能，这大概就是同病相怜吧。”

两个人骑到第一家属区，从前熟悉的楼群破败倾颓。夏雷家的窗户栅栏上长满了藤蔓，自从父母搬去了上海颛桥，老房子就一直上着锁。

“我总觉得等自己老了，还会回来住的。”夏雷挽起袖子，一边清理藤蔓一边说。

“到那时，房子不是拆了就塌了。”小满边说边往暖气管道上爬，“你别收拾了，咱俩还是再爬一次暖气管道吧。”

“是啊，这可能是最后一次站在这里了。”夏雷停住了手。

“坐在这里，我能想起从前的所有灯光。”小满像儿时一样耷拉着腿坐在管道上，凭着回忆指点各处，“胡同第一家冯劳模家的李子树，第二家老陈家搭的地震棚，二楼王大哥新房窗户上贴的喜字，楼梯旁始终放了个酸菜缸。这些家的灯光，我全能想起来。我还记得二楼中间吴劳模家不怎么挡窗帘，旁边老四家两口子一打架全楼都听得见，老四媳妇气急了把电视从窗户往外扔。”

“我也能想起来，”夏雷也爬上暖气管道，背对着小满坐下，“后面的胡同，那里有油毡纸盖的仓房，南少林的泵房，我们偷过葫芦的杨家菜园子。半山上的老毛家盖过一个羊舍，我们经常去屋顶上看星星，学狼叫。”

“今晚的星星，又和小时候一模一样。”小满抬头说。

“真难得，在上海根本看不到这么多星星。”夏雷也说。

夜空里星汉流转，银河依稀可见，他俩好像又回到了童年。

“常听说地上一个人，对应天上一颗星，我们对应的星星在哪里呢？”夏雷问。

“你和晓丹都在银河里。”小满说，“因为北京、上海就是全国精英聚集的银河。”

“我哪里算什么精英？不过是资本机器上的一颗齿轮而已，每天都是压力和磨损……这次回来，我还带着工作上的一些烦恼，好在今晚和你一起看看星星，想想从前最单纯的快乐，我终于有点儿想明白了。”

“想明白了什么？”

“你看，同一星座里相邻的星星，可能真实距离非常远，而遥遥相望的两个星星，却可能真实相距很近。”

“因为星座……是平面的错觉？”

“对，人生也是一样，容易产生平面化的错觉，”夏雷说，“很多人把自己局限在坐标平面里，被物质测量，被虚荣捆绑。他们忘了生而为人的内心自由，忘了立体的星空。”

第二天，小满四人一起去探望佟老师老两口。佟老师和徐老师还有最后一个心愿，想再爬一次白马山。

白马山是西铁城四周连绵山峦的主峰，站在山顶可以俯瞰整个西铁城。六个人说走就走。小满把佟老师家最后两个拖布拆掉，取下木棍给老两口当登山杖，一行人沿着盘山道爬爬停停一个小时，终于站到了山顶。

大家放眼俯瞰厂区，在群山的拥抱中，西铁城像是母亲臂弯里的孩子。佟老师给春春逐一指点：山脚下是第五家属区，不远处是燕北商场和文化宫俱乐部，再远是第四家属区，以及曾经的粮店、副食店、雪糕厂、子弟中学、单身宿舍、厂部机关楼、外宾招待所，更远处是第二家属区、体育馆、技校、职工医院、子弟第二小学，还有路南浴池、路南幼儿园、劳动服务公司。极目最远处，是西铁城厂的生产区，那里被一层层铁丝网和高墙包绕，烟囱和厂房若隐若现。

一阵凉爽的山风吹过松林。听见难得的夏日松涛，大家都很兴奋。佟老师看见一块突兀的磐石，像是发现了老朋友，她欢欣鼓舞地招呼徐老师：“老徐来，就是这儿，我们俩再一起坐坐，让晓丹给我们拍张照片。”

“这个大石头是古迹吗？”晓丹端起相机，好奇地问。

“倒不是古迹，我们年轻时经常坐在这块石头上，”佟老师不好意思地说，“当时刚刚分配到西铁城厂，住在单身宿舍，我和徐老师经常周末爬山，在这块石头上面看日落，吹口琴，背诗唱歌。”

徐老师站在石头上，用木杖指着山下说：“那时刚建厂，条件艰苦没啥娱乐，甚至都没澡堂子，大卡车每周把我们拉到铁城市里去洗澡，往返上百里只为洗上一个澡。后来，我们亲眼看着西铁城一天天长大，有了公路和铁路，起了厂房和烟囱，亮了楼群和路灯，入厂的姑娘小伙们结婚生子，小孩子满街跑，然后上子弟学校，再考学工作，一晃这么多年，青山依旧在，几度夕阳红！”

离开西铁城的前一晚，晓丹和夏雷想再听一次小满吉他弹唱。晓丹提议去中学走廊，说那里空荡荡的回声特别好。于是他们四个就扒着墙头跳进了子弟中学。

晚霞里的校园泛着金光，自行车库、领操台、单双杠、锅炉房、旗杆、铁架子看台都历历在目，好像刚刚放假一样。

教学楼大门紧锁。小满问大家信不信他有教学楼的钥匙，晓丹不信，夏雷也直摇头。

“那你们可是输了。”小满笑着说，他走进锅炉房，在煤渣里摸出一把大号钥匙。

“天哪！”春春恍然大悟，“一定是校工胡师傅告诉你这个秘密的！”

小满打开门锁，大家走到三楼的高三二班教室。

“我们又回来了。”三个人一起张开双臂感叹，他们找到从前的座位坐下，浮想起记忆深处的碎片瞬间：曾经从书中掉出来的纸条，曾经被微风带起的窗帘，曾经从窗外飞进来的一只蝴蝶。他们又仿佛听见了钥匙串和饭盒叮当摩擦作响，风吹蓝色窗帘扑动哗啦啦，时钟指针走秒咔咔咔，笔尖划过纸面沙沙沙。那些曾不以为然、日复一日的无聊时光，在回忆中，温暖又明亮。

“来，我们开始吧。”春春给小满挎上了吉他，“下面我宣布，偶像巨星小满同学的‘西铁城岁月之声’演唱会开始。”

“加油，小满！我们爱你！”夏雷和晓丹一起欢呼大喊。

“感谢三位最最亲爱的！再见青春！再见西铁城！”小满将手扪心，开始拨弦唱道：“乌溜溜的黑眼珠和你的笑脸，怎么也难忘记你容颜的转变。轻飘飘的旧时光就这么溜走，转头回去看看时已匆匆数年……”

第五章
空城记

西铁城大搬迁正式开始。

像是蜗牛驮着背壳离开草丛，人们带上几十年的家什彻底搬离家乡。军工厂小镇将很快断水断电，五千家灯火就此熄灭。从太空俯瞰，地球夜景上将消失一个不起眼的光亮点，西铁城即将完成它的历史使命，沉入茫茫夜色和浩渺历史中。

第一批五十辆搬迁卡车驶进了西铁城，停在家属区的各个楼口。四十年前，卡车拉着上万军工人来到了这片土地，四十年后，他们的后代子孙又要从这片土地离开。

佟老师家的卡车将率先发车，赶来送别的学生同事老街坊里三层外三层，穿工作服的小满在车上爬上爬下，一遍一遍检查绳子，加固苫布。佟老师含着泪和大家一一握手告别。小满强忍住哽咽，最后深深地鞠了一躬。

“小满要常给佟老师打电话，有机会来沈阳老师家坐坐，”佟老师抱了抱小满，“你永远是我的学生，我永远是你的老师。”

卡车终于开动，小满一边流泪一边挥手。这时一个小伙子手拿铁城电视台的话筒迎上来，旁边的摄像师也把镜头对准了他和小满。

“您好，我是铁城新闻的记者，”小伙子先跟小满自我介绍，“今天特意来报道西铁城大搬迁，刚才我们拍到了您和老师挥泪离别的一幕，我想采访您一下，可以吗？”

“可以，那个……我哭的时候，你们把我录下来了？”

“是的，这一幕非常感人，我们会在今晚新闻里播放，您没意见吧？”记者问。

“男儿有泪不轻弹，今天也是没忍住。”小满解释道，“好吧，没意见，可以播。”

“下面我们开始对您的采访提问，可以吗？”

“是不是要我照着稿子念？”

“我们是随机采访，您即兴回答就可以了。请问您刚才为什么哭得这么伤心？”

小满回答：“六十年军工厂，四十年西铁城，没想到上万人就这么散了。佟老师是我的恩人，工厂的很多父老也都是我的恩人，他们看着我从小长大，给过我很多支持和帮助。我们西铁城这里是熟人社会，尤其子弟校长大的孩子，对工厂有很深的感情，我非常舍不得这些家乡父老。”

记者：“请问您是在这里出生的吗？关于三线工厂的生活，您有什么感受？”

小满回答：“是的，我就是地地道道的军工第三代，就在工厂的职工医院出生，在厂幼儿园长大，在子弟小学和中学念书，随后是职工技校，再入厂当工人。感受么，怎么说，每个时代都有不同的主题，首先讲，我感到非常骄傲，我们军工厂曾经为国家做出了巨大的历史贡献，当然这也牺牲了两三代人的青春。当年的口号是

‘好人好马上三线’，工厂的职工素质都非常高，可是山区里太闭塞，条件也艰苦，我们远离城市，也错过了很多的时代机会。比如说我们子弟中学没有文科班，也没有艺术生，很多有天赋的孩子得不到成长的机会，最终只能下厂当一名普通工人……”

记者问：“对于工厂的这次搬迁，您能不能谈一下感受？”

小满说：“你说的搬迁其实不准确，应该说是分流解散，这里马上就要成为一座空城了。生产线停了，包括子弟中学、职工医院也全部废弃。医生和教师要么并入地方机构，要么拿到遣散费去私人医院和私立学校打工，这些变动都是没办法的下策，大家是发自内心不愿意寄人篱下，至于工人，就不用提了……”

记者说：“这是您的个人感受，还是大家的感受？”

小满说：“当然是大家的感受，我讲两件事，第一件事，工厂的七条分流措施一出来，就有老工人找工作组说他选第八条，宁肯跳楼也不让厂子黄，还有病重的老工人要回厂再看一眼大烟囱冒烟；第二件事，工厂停产时搞了个停产仪式，很多工人都是揣着父母的相片去参加活动的，因为这是他们父辈一砖一瓦建成的工厂。”

看到小满越说越激动，记者为难说：“看看您还能不能提出一些建设性的观点？”

小满说：“建设性？我们工厂一直很积极地建设，深山老峪里经常有自然灾害发生，动不动就山洪塌方泥石流，每隔几年就得重建厂区。我们三线厂都有先天缺陷，地点在深山里面，维护成本和运输成本太贵，干啥啥不挣钱，当然效益不好也和管理有关系……对了，记者同志，是不是我说跑题了？”

记者解释说：“我的意思是，对于既往西铁城厂有怎么样的怀念和感恩？对于未来生活有什么畅想？”

小满说：“怀念么，从前的荣誉也就放在身后了，奖章不能拿来当饭吃。感恩当然是子不嫌母丑，我们不嫌弃工厂没落贫穷。至于未来的畅想，如果一定要畅想的话，我想就是，我们的下一代可以不必蹲在山沟里了。”

记者问：“那您个人下一步准备怎么发展，有没有信心？”

小满说：“我和女朋友刚在城里开了个花店，第一步我俩先经营好花店，然后考虑成家结婚，对于我们的未来，我非常有信心。”

记者问：“最后您还要对自己的父老乡亲说些什么吗？”

小满说：“我们还要加倍付出努力，早一天走出困境，突围成功！但愿大家的明天充满更多机会，每个人都能追求到自己想要的幸福。”

记者最后说：“感谢您的采访，谢谢您！采访结束！”

小满说：“不客气，你们什么时候播出？”

记者说：“今晚的铁城新闻就能看到。”

和记者告别之后，小满走向七号楼王劳模家帮忙装车，然后又送走了八号楼吕会计家的卡车，他一再握手一再挥别，跟这些老街坊道一声惜别珍重。

第一天总共有五十辆卡车从西铁城奔向异乡。小满忙活了一天，傍晚才回到自己的小屋。他怕耽误了看电视就没做饭，只是剥了一个橘子等着节目开始。

到了六点半，铁城新闻开始播报：“今天，我市西郊的化工厂开始了历史性的搬迁工作，自 1966 年三线建设开始，化工厂已经度过了四十个春秋，加上三线建设之前的前身，这座共和国的功勋军工厂已经有六十年的历史，壮别昨日，开拓明天，上万名职工和家属将有序撤离，今天是撤离的第一天，请看现场记者发回的报道。”

紧接着画面切换，采访小满的那个记者手持话筒，介绍说：“今天我们来到西铁城搬迁现场，这是第一辆即将出发的卡车，搬迁家庭是西铁城子弟中学的老师，他们一家即将搬去沈阳。在现场，我们看到了很感人的一幕，这个小伙子是老师的学生，送别时，他抑制不住情绪哭了起来，下面我们采访一下这位小伙子。”

画面里，记者问小满：“您好，我是铁城新闻的记者，今天特意来报道西铁城大搬迁，刚才我们拍到了您和老师挥泪离别的一幕，我想采访您一下，可以吗？”

小满：好吧。

记者：请问您刚才为什么哭得这么伤心？

小满：老师是我的恩人，工厂的很多父老也都是我的恩人，尤其子弟校长大的孩子，对工厂有很深的特殊感情，我非常舍不得这些家乡父老。

记者：对于未来生活有什么畅想？

小满：每个时代都有不同的主题，我感到非常骄傲，我们军工厂曾经为国家做出了巨大的历史贡献。从前的荣誉也就放在身后了，但愿大家的明天充满更多机会，每个人都能追求到自己想要的幸福。对于我们的未来，我非常有信心。

记者：感谢您的采访，谢谢您！

坐在电视机前的小满目瞪口呆，采访时自己说了那么一大堆话，最后竟然剪辑得只剩下这么两句。他一生气，把手里的橘子皮抛向了电视机。

第二天上午，西铁城又开来一百辆卡车，这一天将有一百户人家彻底离开家乡。

小满没去帮忙装车，而是匆匆赶到了厂机关办公楼。

楼里空空荡荡，原来的电话声、打字机声、会议室的哄笑、劳资科的拍桌子争吵都彻底消失不见，偌长的机关楼走廊里只有他一个人的脚步声橐橐回响。到了三楼，小满撕开广播站的封条，踹开门锁走进去，从前的麦克风和播放机居然还在。

“太好了！”小满擦掉播放机表面浮灰，接上电源线。

奇怪，电源灯没反应。小满拍了一下自己的脑门，又走到走廊尽头，合上了电源总闸，嘴上念叨着：“老天拜托！让这些老机器再最后工作一次吧。”

电源灯终于争气地亮了。小满拿起麦克风试验：“喂——喂——喂——”

这一次声音传了出去！全厂区二十个老迈的大喇叭忽然同时响起了洪亮的“喂喂喂”，把全体西铁城人民吓了一跳，连午睡的人也被惊起，竖起耳朵。刚刚启程的卡车车队又慢慢停下，车里的人走下车，抬起头疑惑地望着大喇叭。

小满把准备好的磁带放进播放机，然后打开窗户坐在窗台上侧耳倾听。

磁带开始缓缓转动，悠扬的前奏从大喇叭里传出，响起了张镐哲的《北风》：“我在乡愁里跌倒，从陌生中成长，未来旅程却更长。我想到北方，无助地眺望。我知道，不能忘……”

歌声响彻十里西铁城的上空，马路上走路的人停下步伐，打扫院子的人停下笤帚，卡车旁的人放下绳索，窗前的人打开窗户，饭桌旁的人放下筷子。此一刻西铁城时间停顿，唯余歌声回荡悠扬，成千上万人抬起手臂，擦拭眼角。

“北风，又传来熟悉的声音，刹那间让我突然觉得好冷。仿佛，在告诉我走得太远，有没有忘记最初的相约……”

这是西铁城厂四十年风云的落幕终曲！曲终人亦散，从此家乡是故乡！

从初建到繁盛，再到衰败，直至废弃，四十年。

四十年里，几万人于斯生长，病老，婚丧。直到某一天，炊烟不再升起，街道不再喧嚣，人群像潮水倏忽退去，留下一座空城。从前的厂长、车间主任、邮递员、屠户、五保户、疯子、傻子都不见了。从前的欢笑、哭泣、争执、掌声、汽笛声、车铃声、广播声都消失了，唯余空寂。

夏天过后，小满经常一个人回到荒芜厂区里，彷徨游荡，独步空城。

他走在柏油马路上，路面已被黄土渐渐侵染掩盖，杂草在马路的罅隙里长成尺高，没有一辆汽车通过，也没有一辆自行车通过，行人只有他自己。他从厂东走到厂西，走累了就在马路当中躺下。马路的路面粗糙微凉，四下寂静，只有秋虫低鸣。

他翻窗跳进不同的住家。有的人家墙上还挂着没舍得撕下的红纸双喜字，有的人家搬走时地上还遗落着碗筷、木梳和小孩的田字格本。他俯身拾起一张青年标兵奖状，拂掉上面的灰尘，把奖状重新挂在墙壁上。

他走进废弃的幼儿园，园门上爬满了牵牛花，生锈的跷跷板已被藤蔓包绕，秋千上蹲着的一只蟋蟀猛地跳开。他走进废弃的浴池，浴池池底只有几只腐朽的木拖鞋，换衣箱上结满了蛛网。他走进空无一人的灯光球场和溜冰场，从前的女孩、汽水、汗水和荷尔蒙，都再无踪影，空空寂寂。

他钻过破损的铁丝网，已被掩埋的厂房再无机器的轰鸣，只有土石中长出来的小花在风中摇曳。他爬上机关楼的楼顶，这里曾经是工厂集体生活的心脏，他在最高处张开手臂，仿佛招呼从前上下班的千万车流。

他站在清晨废弃的铁路上，想着远方拥挤的城市，那些着急上班的皮鞋，那些按速度分类的马路，城市里没有人会仔仔细细地端详一棵草的伸展，一只蚂蚁的跋涉，一朵云的升起，一束霞光的隐去。

他在午后凭栏空楼，熟悉的微风吹过他的面颊，他想，都说风识故人面，这风可曾数清了我新增的几道皱纹？他睁开眼，只见风中吹来一片半黄的梧桐叶落在脚下。

他在傍晚登山，远眺山峦里的生产区。那些失去烟气蒸腾的烟囱和灯光不再的厂房弧顶，像他的父辈一样衰老沉默，背影黯淡，无声融入夕照后的黑暗。他在山顶坐下，点一支烟，看金乌坠落玉兔升起，繁星满天，北天星座在头顶闪耀，银河仿佛在头上噼啪作响。

废土之城，长沟流月去无声，西铁城旧日时光，俱往矣。

第六章
明天你是否依然爱我

紫茉莉花店里平添了好多旧物件，顾客一走进屋里就好像回到八十年代：柜台上是渡江牌收音机，墙角是蜜蜂牌缝纫机，门帘是挂历纸卷成的珠帘，窗台上摆着两分钱叠成的绿色纸菠萝，这些都是小满从西铁城废墟里捡回来的宝贝。

顾客等候切花拼花的时候，会饶有兴趣地端详店里面的摆设。大家都喜欢这样的怀旧风格，渐渐地有更多人慕名上门参观。爱美的女孩们特意穿上布拉吉连衣裙来拍怀旧风照片。小满经常在一旁示范指点："喏，站姿要掐腰。喏，手要搂在脖子后面，这才像《大众电影》的封面。"

午休时间，夏雷约上孔生一起去楼层吸烟区。

等点完香烟，夏雷深吸了一口烟气，跟孔生说："老板，有一件事我考虑了很久，最近压力很大，我想休息一段时间。"

孔生明显一愣，他是职场老江湖，当然知道夏雷的下一句话会是什么。让他吃惊的是，夏雷正在快速上升的通道上，无论怎么说，跳槽都是完全不合算的买卖。当然还有一种更险恶的可能，那就是夏雷以退为进要求升职加薪。想到这儿，孔生含住一口烟，歪着头反问：“我怎么才能留住你呢？”

“我仔细考虑了好久，不是为了谈条件，”夏雷说，“原因都在我身上，我需要休息，没有别的原因。”

这下孔生真的诧异了。以他商人的思维，一切条件都可以谈，一切利益都可以交换，一切立场都可以收买，可夏雷的回答无疑是去意已决，无可交换。真是见了鬼了！

往后两天，孔生找夏雷正式谈了两次，想搞清楚他的真实想法。夏雷也感觉到了孔生的不甘，如果不给出一个合理的理由，孔生不会轻易签字放他走。最后他只能编造说，最近相处一个女朋友，女方家里是券商，着急要他过去代持打理。

“女朋友？是那个地球仪上的麦哲伦吗？”孔生问。

“是的，我们已经登记了。”夏雷说。

孔生听了，放心地往椅背上一靠，觉得事实无非就是如此了。人家好运攀上了高枝，也许日进斗金，不需要在这里一个月挣两三万块钱。

“祝福你啊！夏雷，你走的是最让我羡慕的捷径。”孔生捋了捋头发，感慨地说。

夏雷笑了笑不置可否，只要孔生相信就好。

“我就不请你吃饭搞送别了，你找点交际餐费的票子，一万以下的，当作最后一次报销，算是我送你的结婚红包。”孔生补充说。

“感谢您一直的关照！”夏雷知道这是孔生的封口费，他客气地说，“宾主一场，我真的跟您学习到了很多东西，谢谢！”

夏雷离职后的一天，孔生坐在办公室里忽然想起了什么。他叫来财务查看夏雷的既往报销清单，并没有找到那一万元的交际餐费报销。也就是说，夏雷并没要这份封口费！孔生在办公室里走来走去，百思不得其解，难道是夏雷不想领他的人情？不会吧，即便当了金龟婿，白捡一万元也不是一个小数目。

辞职后的夏雷，先是去售楼处退了房子的定金。

“好奇怪，房价在猛涨，你还要退房子？”售楼小姐问他。

“不好意思，钱有点紧张。”

“好在现在是升值，马上就要限购了，你一退掉就会有人来接盘的，你确定要退？”

“是的，真的想好了。”

售楼小姐把退房协议交给夏雷签字，没等他最后一笔写完，身旁围观的几个人就争先恐后地喊道：“小姐，这个退掉的房子我要了，我现在就刷卡！”

夏雷从前忙得一直没顾得上父母，这次终于有了时间尽孝，他领着父母旅游了几个省市。等旅游回来，他很快应聘上了一家中等规模公司，收入和待遇很一般，好在不怎么加班，可以多陪陪家人。

“你总算能为自己活着了，”晓丹替夏雷的自由感到高兴，“趁不忙的时候，发展一下爱好吧。”

“这些年我手忙脚乱地追赶一个个指标和进度，都不知道自己还剩下什么爱好了。”夏雷苦笑。

“我刚报名了一个业余合唱团，要不你来陪我一起唱歌？”

“业余合唱团？不会是一群退休没事的老阿姨吧？”

“才不是呢，是来自各行各业的年轻人，”晓丹说，“并不是每个上海白领都推崇消费主义的人生观，你还真应该跳出单位环境的幸存者偏差，重新看看这个城市。”

夏雷的新单位办公室还是在陆家嘴，离原单位只隔了两个街区。新单位的工资不高，也不需要经常加班。

这一天下班时间，夏雷拎着皮包下楼，要赶去和晓丹汇合参加合唱团排练。穿过写字楼大堂时，他偶然瞥见孔生正和一个穿网球衫的人在咖啡厅门口握手分别。

孔生也看见了夏雷，他猝不及防地一愣，随即露出一个不自然的微笑。和夏雷尴尬寒暄了几句后，孔生接了个电话就匆匆离开。望着他远去的背影，夏雷疑惑，为什么孔生要跑到远离办公室的地方谈话？和孔生谈话的人是谁？

好奇心让夏雷停住了脚步。他忽然想到了办法，于是假意掏出钱包，走到咖啡厅的收银台，说："小姐，结账。"

"你是哪张台子的？"

"我是代结，就是刚出门的，穿网球衫先生的那一桌。"

"可是他自己已经结过了。"

"你再看看，应该是没结。"

"真的结过了，发票都开完了。"收银小姐无奈，给夏雷看了一眼发票的打印底联。

夏雷瞄了一眼，记住了发票的单位抬头，那是一家行业内的猎头公司。

这可就奇怪了！如果孔生和猎头谈公事，那肯定应该在单位办公室，还需要人力总监作陪。夏雷想了一下，今天在这里撞见孔生，他应该不是在谈公事，难道……是孔生自己准备跳槽？想到这儿，他掏出手机，给关系要好的前同事打了个电话。

果然，电话那边的同事说孔生被分销商联名举报到总部，总公司正在核查中国区业务作假。“审计师已经入驻，估计过不了多久，孔生就会露出大纰漏，大家都风传他在外面找工作呢。”

这下终于搞清楚了，夏雷边走边回想这一年发生的事，多少聪明人反被聪明误。孔生刚才肯定是在接洽新的职场东家。毋庸置疑，一定是他设计的做局方案失败了，吃了哑巴亏的分销商索性鱼死网破，掀开了业务数据作假的盖子。

陆家嘴的马路上熙来攘往。孔生在路上寻找下一个职场赌局，夏雷在路上赶赴一场合唱。两个人向着不同的方向，擦肩而过，各奔前路，各求其所也各得其所，这就是被人称为魔都的上海。

夏雷在地铁常熟路站下车，这里离音乐学院最近。每次排练之前，他都要和晓丹在附近吃上一口晚饭。这天，他俩选了一家水煮鱼小店，面对一满盆的腾腾热气，晓丹举起筷子正要开动，忽然又停了下来。

“怎么了？”夏雷问。

“你听你听，音箱里放的什么歌？”晓丹指了指饭店角落里的音箱，笑着说。

饭店的音箱里正放着《一天到晚游泳的鱼》。

夏雷不禁拍案大笑，转身对服务台大喊：“老板你换个曲子吧，我们都舍不得动筷子吃鱼了！”

“这首歌你还会唱吗？”晓丹问。

“当然会，这是我和小满初一那年暑假最喜欢唱的歌。”夏雷边说边哼哼，“一天到晚游泳的鱼啊鱼不停游，一天到晚想你的人啊爱不停休……”

“还是老歌好听，现在的新歌都不如从前。”

“也不是新歌不好听，只是再也抓不住我们这代人的心了。”

夏雷说，“这次回西铁城见到小满，我俩还一边骑自行车一边唱这首歌了呢。”

“小满从小就有一颗赤子之心，这是他身上最可贵的地方。他在安宁医院消沉避世的时候，我最担心他了。”晓丹说。

“幸好他遇见了春春，有了新的希望和陪伴。”夏雷说，“我跟他聊过，他又找回了原来的自信，时间是会改变一些东西，但也改变不了全部。”

吃过晚饭，夏雷和晓丹手牵手穿过郁郁葱葱的梧桐路，来到了校园音乐厅。这里聚集着下班匆匆赶来的合唱团友，大家在舞台上站成弧形，女声部在左，男声部在右。

“今天是七夕，我们来排练一首表白爱意的歌曲。”燕尾服指挥登台开场，“先做个小调查，请曾被表白过的女士举手。”

大家都发出笑声，女生们一边捂着嘴笑，一边纷纷举手。

“太好了，你们人生很完整！”燕尾服指挥转入正题，“我们今天排练的这首歌，可能是史上最啰唆的表白，你们不要嫌烦。”

“真心就不怕啰唆。”大家笑着回答。

燕尾服指挥点了点头，示意钢琴师开始。钢琴师随即敲出一串晶莹剔透的音符。夏雷和晓丹站在巨大的帷幕下，和大家一起轻轻摇动身体，轻轻吟唱：

我喜欢放学的铃铛
我喜欢停电的夜晚
点一对蜡烛在幽静的玄关

我喜欢城市尽头那远远的青山

我喜欢热气球飞上西边的天空

我喜欢清晨的石板路，雾腾腾的早餐店，阿公的桂花糕

我喜欢每一朵暮云与每一株绿树

我喜欢你，你应该也知道

我喜欢你，你应该也知道

…………

歌声中，晓丹和夏雷仿佛看见油毡纸被小满放回老泵房，火车票被夏雷退给售票阿姨，雪花从晓丹的手心升向天空，粉笔头从王东东鼻梁上飞回顾老师手里，摔倒在地的庄哥一跃而起跳回舞台，擀面杖被丁师傅收进车筐，搬迁的卡车缓缓后退回家属区，卡车上的家当被人们搬回家里，瓢盆碗筷被重新放回橱柜，黑暗沉默的西铁城重回一片闪亮通明。

歌声中，合唱团的每个人都想起了童年的梦、少年的诗、故乡的时与光。时光是七色花，时光是九色鹿，时光是每个凡人心中的潺潺小溪，溪流像雾气一样升腾萦绕，飘出音乐厅的穹顶，汇合于这世间的千江水与千江月，泛起无数细密的欢笑和眼泪、碎沫和水花。

（全文完）

后　记

千禧年之前，刚刚大学毕业的我进入了深圳的一家高科技公司。那时沿海城市的发展如日方升，市场经济唯快不破，个人被绩效和房价不停驱策，高速运转。终日忙碌的我只有在接到父母打来的电话时，才想起远方还有一个衰败哀愁的故乡叫作“咱们厂”。

“咱们厂”是一家坐落在辽西深山中的三线军工厂，我的父母在此工作生活了四十年，兄姊也都出生于厂职工医院，在厂内上班，一家人由此认定我们的根就在“咱们厂”。

然而同在千禧年，这座国营大厂却是暮色沉沉的景象，直到二〇〇六年政策性破产，曾经以厂为家的几万职工家属分流四散，我的故乡就此被连根拔起。

虽然计划体制下的大厂纷纷消失，但当年的厂矿生活经历还是给我们留下了深深的人生印痕。

由于工作的关系，我常在全国各地出差，接触过不少厂矿出身的子弟，并慢慢了解到各地厂矿的二代、三代子弟是一个非常巨大的群体，他们大都经历过厂矿集体社会的鼎盛和落幕，也都饱含着一份特殊的乡愁。许多子弟曾向我热情地展示“他们厂”的生活老照片，有江西的铜矿、四川的钢厂、甘肃的核工业厂、贵州的航空厂、河南的热电厂。我边看照片边感慨：工会俱乐部、独身宿舍楼、子弟校、职工医院、大集体冷饮厂、厂报、厂电视台……原来大家的成长环境如此相近相似，并没有想象中天南地北的巨大差异。

及至二〇一六年，我偶然间读到一则新闻，提及国企改革的最后一步就是在全国范围内完成“剥离企业办社会职能”，即全国万千家企业的子弟校、职工医院和家属区将被移交地方管理，这意味着原来的“企业小社会”将不复存在，曾经熟悉无比的厂矿集体生活将成为历史名词！

读罢新闻，我心底泛起了几层涟漪，一来想到了故乡老厂的荣光和落幕，二来推己及人，也想到了千千万万各地各厂子弟的同质化经历。

从那一刻起，一颗种子埋进我的心中，决定将当年厂矿生活的荣枯聚散写成故事。于是，在第二年的春节假期里，我一鼓作气写完了第一稿。在随后的不断修改过程中，我曾因书名犹豫过很久，想到过一些抓人眼球的名字，但最后还是选择《子弟》这个远焦距的书名，来承载故事中已有的和未尽的表达。

这就是这篇小说的创作缘起。

小说定稿在二〇二〇年初，这一年恰逢第一批八零后步入四十岁的一年。四十岁是人生半程的驻足点，很多人都会静下心来总结自己的出发和抵达。若说少年时转身背离故乡是一种必然，那么，人到中年重又泛起的思乡，是否也是另一种必然？

不同于父辈们的社会运动迁徙，我们这代是经济活动的迁徙，像是一群面向繁华的大城迎风飞起的风筝，而身后的故乡越远越模糊，个人和故乡之间那根脆弱的细线，终会崩断在时光深处。

潮水起落，人群聚散，每个年代都自有独特的浪漫与艰辛。世间的故事涓滴连绵，我谨以这篇小说，掬起一捧故厂少年的跌宕乡愁。

以此为后记，并谢谢所有的编辑。